KB130870

아버지와 두 아들

홍인표 장편소설

도서출판
청어

아버지와 두 아들

홍인표
장편소설

작가의 말

『아버지와 두 아들』(장편소설)은 이미 전자책으로 출판되었던 적이 있습니다. 다시 손질하여 종이책으로 만들어 봅니다.

정치란 무엇입니까?

이념이란 무엇일까요?

대한민국은 왜 분단이 되었습니까?

이 소설은 실화를 바탕으로 하여 만들어진 소설입니다.

어느 교장선생님 집안의 한 가족간첩단사건을 재미있게 이야기하고 싶었습니다. 입담은 없지만…. 지루하지 않았으면 합니다.

다시 손질하면서 반공을 국시의 제일로 삼았던 유신시대가 새삼스럽게 떠올랐습니다.

이 소설은 남북으로 갈라져 있는 대한민국에서만 가능한 서글픈 사연이라고나 할까요?

소설은 인간 삶의 이야기인데…. 정말 서럽군요.

평화적인 통일을 위하여 정성을 다해 봅니다.

이런 작품을 쓰고 나면 항상 허전합니다. 부끄럽기도 하고요.

내가 왜 하필이면 이야기꾼이 되었을까요?

목차

아버지와 두 아들

홍인표 장편소설

1. 통방

1

"소쩍 소쩍 소쩌쩍…."

소쩍새는 저녁노을이 핏빛의 물들고 있을 무렵부터 구슬프게 울어대고 있었다. 땅거미가 드리워지자 더욱 서럽게 흐느껴댔다. 밤이 이슥하게 깊어지니 피눈물을 흩뿌렸다. 그 서러움은 재소자들이 잠든 감방의 철창 사이로 파고들었다.

"소쩍새도 나처럼 서러운가 보다."

윤 교장은 두견이와 함께 구슬프게 흐느꼈다.

"교도소의 뒤주 같은 작은 감방에서 맞이하는 첫날 밤에…."

윤 교장은 교도소의 특사(특별사동) 독방에 갇혀있었다. 홀로 누워 잠을 청했다. 잠이 오지 않았다. 괴로웠다. 배앓이를 하는 사람처럼 몸을 뒤척거렸다.

특사는 교도소 안에서는 아주 특별한 사동이었다. 간첩, 국가보안법 및 반공법 위반자, 공산당원인 사상범, 유신 독재에 저항하는 긴급조치 등 정치사범을 수용했다.

특사의 감방은 토끼장처럼 아주 작았다. 영락없는 뒤주나 널이나 성냥갑 같았다. 넓이가 0.7평이다. 그 안에 뺑끼통(변기통)이 삼분의 일을 차지했다. 그런 감방이 72개가 있었다.

"무덤 속의 살아있는 송장이 담긴 관 같은 감방!"

윤 교장은 자신이 주검으로 변해 널 속에 누워 있다는 상상을 지울 수가 없다. 무섭고 두려웠다. 도저히 잠을 이룰 수 없었다. 몸을 뒤척이며 몸부림쳤다.

2

"나처럼 슬프게 울고 있는 소쩍새의 사연은?"

윤 교장은 하염없이 흘러내리는 서러운 눈물을 손바닥으로 닦았다.

"사형수에게 죽임을 당한 피해자의 원혼일까?"

"억울하게 누명을 쓰고 사형당한 사형수의 영혼이 찾아왔을까?"

"아닐지도 모르지?"

윤 교장은 상상의 날개를 펴며 넋두리를 했다.

"어쩌면 저승으로 가신 부모님의 혼령이 찾아와서…?"

"징역살이하고 있는 자식을 걱정하며 흐느끼고 있는지도 몰라?"

윤 교장은 죄인이 된 자신을 돌아보았다.

"내가 왜 이렇게 되었을까?"

윤 교장은 신세를 한탄했다. 귀촉도와 함께 서럽게 흐느끼며 울어 댔다.

3

윤 교장은 제풀에 지쳐버렸다. 노루잠으로 깜빡 잠이 들었다. 꿈을 꾸었다. 자신의 몸뚱이가 송장으로 변해 관속에 누워 있었다. 깜짝 놀랐다. 비명을 지르며 벌떡 일어나 앉았다.

"내가 시체로 변해 관 속에 누워 있네!"

윤 교장의 몸에는 식은땀으로 흠뻑 젖어 있었다.

"가위눌렸나?"

윤 교장은 두리번거렸다. 관 같은 감방이 조여들었다. 짓누르며 괴롭혔다.

"송장으로 변해 널 속에 누워 있는 꿈!"

윤 교장은 꿈을 되새김질하며 음미했다. 몸이 바르르 떨렸다. 두렵고 무서웠다.

"사람은 모두가 죽게 되어 있는데…!"

윤 교장은 정신을 가다듬었다.

"이슥하게 깊어 주검처럼 고요한 밤."

"앞으로 어떻게 살아야 할 것인가?"

"고통스럽게 사느니 죽는 편이…?"

윤 교장은 미친 사람처럼 씨부렁거렸다. 하루에도 수없이 죽음을 그려보았다.

"도저히 이렇게는 살 수 없는데…."

윤 교장은 죽음의 고통으로 괴로워하고 있는 이승을 떠나고 싶었다. 저승으로 가버리면 편안해질 것만 같았다. 자닝스럽게 살려고 몸부림치는 자신이 한없이 처량하고 불쌍했다.

"스스로 목숨을 끊으면 지옥으로 간다고 하던가?"

윤 교장은 또 한숨을 쉬었다. 손등으로 눈물을 닦았다. 언젠가부터는 삶이 무서워졌다. 자살에 대한 상상은 머릿속에 똬리를 틀고 앉아 떠나지를 않았다.

"환갑, 진갑이 지난 지도 몇 해 되었으니…."

윤 교장은 살아온 햇수를 헤아려보았다. 이승에서 하루빨리 떠나고 싶었다. 환갑잔치를 남부럽지 않게 치렀었다. 자신에게 주어진 몫의 삶은 다한 셈이었다.

"생의 끝자락인데…."

윤 교장은 성냥갑처럼 작은 감방 안을 둘러보았다. 영락없이 관 속에 있는 시체였다. 자신의 주검을 생각하니 더욱 슬퍼졌다. 흘러내리는 눈물을 주체하지 못했다. 슬픔의 늪 속으로 빠져들어 허우적거렸다. 저승사자가 찾아와 옆에서 지켜보고 있는 것 같았다.

"한 많은 이승의 여행길!"

윤 교장은 또 눈물을 닦았다. 자신의 궤적을 다시 돌아보았다. 살아온 지난날들이 영상의 화면처럼 펼쳐졌다. 나라를 빼앗긴 일본의 강점기에 태어났다. 해방을 맞았다. 미국과 소련의 강대국에 의해 한반도가 분단되었다. 통일이라는 미명 아래 6·25전쟁이 일어났다. 꼭두각시가 춤을 추는 광대놀이 같은 전쟁이었다. 이승만의 독재정치에 항거하는 4·19 혁명이 일어났다. 민주화가 되어 가는 과정에서 5·16 군사쿠데타가 생겨났다. 그리고 박정희가 장기 집권을 하려는 유신정권이 시작되었다. 민주화운동을 하는 국민을 무자비하게 짓밟는 잔인한 공포정치를 하고 있었다.

"어쩌면 나는 유신정권의 희생물?"

윤 교장은 자신의 처지를 몇 번이고 되새김질하며 음미했다. 유신 독재의 제물이 되어버렸다는 의심을 지울 수가 없었다.

두견이는 한밤중인데도 떠나지 않고 서러움을 흩뿌려댔다.

4

사이렌 소리는 교도소의 높은 담을 넘어 하품을 하듯이 아스라이 들려왔다.

"사이렌이 울리네!"

윤 교장은 퉁명스럽게 씨우적거렸다. 하나님에게 투덜거리며 하소연하고 있었다. 위로를 받기 위해서였다. 그래서 혼잣말로 씨부렁거리는 습관이 생겨버렸다.

"자정 아니면 새벽 네 시일 텐데…?"

윤 교장은 자정인지 새벽인지 구분하지 못했다. 통행금지 소리 같기도 하고 아닌 것 같기도 했다.

"오늘은 1977년 5월 초의 어느 날?"

윤 교장은 오늘의 날짜를 어림잡아 짐작해보았다.

"조금 전에 뻥끼통에서 환기통의 철창살 사이로 보이는 하늘에서 황혼을 보았는데….'

"벌써 꼭두새벽이 되었구나!"

"세월은 인간의 고통과 무관하게 빠르게 지나가네!"

윤 교장은 시간의 흐름을 음미했다. 교도소에서 지새우는 하룻밤은 참으로 길고 지루했었다.

5

"땡- 때앵-"

교회의 새벽 종소리가 아스라하게 들려왔다. 맥놀이가 서럽게 흐느꼈었다.

"예수님의 손길 같은 교회의 종소리!"

윤 교장은 꿇어앉아 두 손을 모았다.

"나는 길이요, 진리요, 생명이다."

"아름다운 희생과 사랑을 외쳐대는 예수님의 속삭임 소리!"

윤 교장은 언젠가부터 교회를 나가고 있었다. 그래서 늘 예수님을 생각했다.

"원수를 사랑하라, 네 이웃을 내 몸같이 사랑하라, 겉옷을 달라고 하거든 속옷까지 주어라, 왼쪽 뺨을 치거든 오른쪽 뺨도 내주어라….'

윤 교장의 가슴에는 종소리가 예수님의 가르침처럼 축축하게 적시고 있었다.

"오른손이 하는 선행을 왼손이 모르게 행하라!"

"집에 있으면 교회를 찾아가 새벽기도를 할 시간인데…!"

윤 교장은 담 밖을 그리워했다. 괴로워 잠 못 이룰 때면 가끔 새벽에 교회를 찾아가 기도를 하곤 했었다.

"죄 많은 몸이라…. 저의 모든 죄를 용서해주시고…!"

윤 교장은 눈물을 흘리며 기도를 하기 시작했다.

"교도소의 작은 독방에 갇혀있으니 큰 죄를 지었음에 분명하지요?"

"죄가 쌓여 죽음에 이르고….'

"죽기가 싫어 살려고 몸부림쳤던 것이 잘못이겠지요?"

"인간의 삶 자체가 남을 괴롭히는 일이기도 하고…'

"내 탓이오, 내 탓이오, 나의 탓이오니….'

윤 교장은 자신의 죄에 대해 용서를 구하고 있었다. 그래서 그저 서러웠다. 한없이 눈물만 흘리고 있었다.

"세례를 받고 다시 태어났는데…?"

윤 교장은 회개했다. 그래서 예수님을 영접하고 새사람이 되었다. 그러나 아무것도 달라지지 않았다.

6

오늘도 교도소의 하루가 지나갔다. 어떻게 보냈는지 알 수가 없었다. 제정신이 아니었다. 어리둥절하여 무감각한 생활을 하고 있었다. 그렇게 며칠이 지났다. 감방의 공포가 시나브로 사라져갔다. 살기 위해 적응을 해가고 있는지도 몰랐다. 언제부터인지 모르지만, 감방 안이 안전한 피난처로 변해있었다.

"특사 운동!"

운동 담당이 특사로 들어가며 소리쳤다. 운동 나갈 준비를 하라는 예고였다.

"오늘도 운동을 나가라고 하겠네?"

윤 교장은 깜짝 놀랐다.

"운동 준비!"

특사본무담당은 의자에 앉아있다가 벌떡 일어났다. 열쇠를 손에 쥐고 감방으로 갔다. 차례대로 철문을 따 열었다. 네다섯 명을 한 조로 하여 밖으로 내보냈다.

"나는 오늘도 나가지 않을 거야."

윤 교장은 마음속으로 다짐했다.

"널처럼 생긴 비좁은 작은 감방이 왜 이렇게 편안해졌지?"

윤 교장은 자신에게 물어보았다.

"교도소는 짐승보다 못한 포악한 죄수들을 가두어 놓은 곳임이 틀림없지?"

윤 교장은 사악한 죄수들과 마주하는 것이 두려웠다. 그래서 감방을 나가려고 하지 않았다. 독거실에 혼자 있는 것이 가장 편안하고 좋았다.

"교도소는 죄인들이 득시글거리는 나락! 악마의 소굴!"

윤 교장은 죄수들을 상기하며 되새겼다. 생각할수록 소름이 돋았다.

"며칠째 운동을 나가지 않겠다고 거절했는데…?"

윤 교장은 마른침을 삼켰다. 무서운 마귀 같은 괴물들이 눈앞에서 아른거렸다.

"어제는 강제로 끌어내리려고 했는데…?"

윤 교장은 억지로 끌어내리려는 것을 완강히 버티며 거절했다. 본부담 당은 못이긴 체하며 눈감아버렸다.

"나는 교장선생인데…."

"못된 죄수들과 마주하는 것 지체가 싫어!"

윤 교장은 고개를 저어댔다. 마음속으로 단호하게 다짐했다. 죄수들에게 잡아먹힐 것만 같았다.

7

재소자들이 운동을 나갔다. 몇 분 되지 않아 돌아왔다. 또 몇 명이 떼를 지어 몰려 나갔다. 그들도 운동을 마치고 들어왔다. 감방으로 들어갔다.

"22방 운동!"

본부담당이 22방으로 다가갔다. 철문을 열쇠로 따 열었다.

윤 교장은 실뚱머룩하게 앉아있었다. 어느 개 짖느냐는 듯이 외면했다.

"오늘도 운동을 하지 않을 거야?"

담당은 거쿨지게 쏘아 붙었다.

"꼭 나가야 합니까?"

윤 교장은 담당을 물끄러미 바라보았다. 귀찮았다.

"운동을 하지 않는 이유가 뭐야?"

담당은 앙칼지게 악을 썼다.

윤 교장은 고개를 숙였다.

"몇 번째야?"

본부담당은 독침 같은 시선으로 찔러댔다. 짜증이 났다. 처음에는 대수롭지 않게 받아들였다. 여러 차례를 거절하니 담당에게 저항하고 있다는 생각이 들었다.

윤 교장은 귀를 닫았다. 모든 사람이 무섭고 두려웠다. 상대하는 것 자체가 싫었다. 감방에서 나가면 누군가가 해코지를 할 것만 같았다.

"나는 학생들을 가르치는 교장선생님이다."

윤 교장은 마음속으로 중얼거렸다. 자신은 교장선생이었다는 사실을 되새김질하며 음미했다. 어린이들을 지도하는 세상에서 가장 선한 성인군자였다. 예수님처럼 '착하게 살라, 올바르게 살라, 이웃을 사랑하라, 남을 도와주라, 사회를 위해 헌신하는 들무새가 되라, 국가를 위해 충성하라'고 외쳐대는 훌륭한 지도자의 한 사람이었다.

8

주임은 사동에 순시를 왔다. 특사의 한 재소자가 운동을 나가지 않는다는 보고를 받았었다. 그래서 때를 맞추어 찾아왔다.

"운동을 하지 않겠다고 하는 빨갱이가 누구야?"

주임은 사동으로 들어가며 실랑이가 벌어지는 것을 보았다.

"나오지 않으면 억지로 끌어내!"

주임은 교도 봉을 휘두르듯이 악을 썼다. 갑자기 험한 살풍경으로 변했다.

"간첩인 주제에 불만 있어?"

본부담당은 뒤에서 지켜보는 주임을 의식했다.

"불만 있는 것이 아니라…."

윤 교장은 시무룩해졌다. 어느새 코푸렁이가 되어버렸다.

"그럼 왜 담당을 괴롭혀?"

본부담당은 교도 봉으로 뒤통수를 내리치듯이 소리쳤다.

"헛수작 부리지 말고 빨리 운동 나가!"

본부담당은 계속 인상을 긁어댔다. 특사의 재소자들은 특히 골치 아
픈 사상범들이었다.

"이 빨갱이가 운동을 나가지 않았다고?"

주임은 담당의 뒤에 서서 독침 같은 시선으로 노려보았다.

담당은 힐끗 돌아보았다.

"운동담당, 코뚜레로 코를 꿰어서라도 알아서 끌고 나가시오!"

본부담당은 사동 후문에 서서 지켜보고 있는 운동담당을 불렀다. 자
기 손으로 끌어내는 것이 싫었다. 재소자의 운동은 운동담당에게 책임
이 있기 때문이었다.

"별것도 아닌 역적 빨갱이들이 더럽게 귀찮게 하네."

운동담당은 투덜거리며 들어왔다.

"말 안 들으면 묶어서 벌방에 처넣어버려!"

주임은 만수받이하였다. 한술 더 떴다.

"빨리 나와. 운동가라고!"

본부담당은 실뚱머룩해졌다. 살풍경이 벌어질 찰나였다. 주임이 찾아
온 이유를 알아차렸다. 벌방에 처넣으려고 온 것이 분명했다. 드잡이가
벌어질 것 같아 초조했다. 자신이 맡고 있는 사동의 재소자이기에 불상
사가 일어나는 것도 싫었다.

"멱살잡이를 하기 전에 나와야지."

운동담당은 신발을 신은 체 감방 안으로 들어갔다. 쪼그리고 앉아있는 재소자의 팔을 붙잡아 끌어당겼다.

"여기는 교도소야. 교도관의 지시대로 따라야 해!"

주임은 뒤통수를 내리치듯이 말했다.

윤 교장은 묵비권을 행사하는 것처럼 입을 굳게 다물었다. 그대로 앉아서 흘겨보았다. 나가지 않으려고 버티었다.

"빨리 일어나라니까!"

본부담당은 참지 못하고 감방으로 들어갔다. 합세하여 일으켜 세웠다.

"놓으시오. 나가면 될 것 아니요!"

윤 교장은 어깃장을 놓으며 벌떡 일어났다. 보라는 듯이 감방에서 나갔다. 다리가 바르르 떨렸다.

"다른 재소자들은 감방에 들어가지 않으려고 안달하는데."

운동담당이 뒤를 따라가며 등을 떠밀었다.

특사의 사동 안은 찬물을 끼얹듯이 싸늘해졌다. 무서운 긴장감이 감돌았다.

9

윤 교장은 사동에서 나갔다. 찬란한 태양 빛이 눈앞은 가렸다. 빛줄기가 날카로웠다.

"눈부신 햇빛!"

윤 교장은 깜짝 놀라 장승처럼 서버렸다. 캄캄하여 앞이 보이지 않았다. 가리고 있던 손을 조심스럽게 내렸다. 햇살은 부린 살처럼 날아와 눈동자를 찔러댔다.

"얼마 만에 마주하는 해인가?"

윤 교장은 하늘을 쳐다보지 못했다.

"한동안 감방의 굿 속에 갇혀 살았으니…."

윤 교장은 햇빛을 피했다. 담 밑 그늘로 갔다. 말뚝처럼 서 있었다.

"살피꽃밭에 피어있는 오랑캐꽃!"

윤 교장은 담 밑을 찬찬히 살펴보았다. 제비꽃이 눈을 사로잡았다. 자줏빛이 함치르르했다.

윤 교장은 고개를 들었다. 주변을 살폈다. 어웅했던 앞이 환하게 밝아졌다. 높은 담, 사동, 철창살, 감방, 무서운 재소자들 등이 눈 앞에 펼쳐졌다.

"민들레꽃도 있네!"

윤 교장은 샛노란 민들레꽃을 쓰다듬었다. 살피꽃밭 저쪽에 라일락꽃이 보였다. 꽃 냄새가 코끝을 스치며 지나갔다.

10

윤 교장은 다리가 떨렸다. 주저앉으며 몸을 웅크렸다. 천천히 일어났다. 어지러웠다. 조심스럽게 한 걸음 나아갔다. 바늘 같은 빛줄기가 세차게 내려왔다. 눈동자 속으로 파고들며 찔러댔다. 비둘기가 떼를 지어 날아다녔다.

"나는 죄가 없는데…. 교도소에 갇혀서…."

윤 교장은 고개를 저어댔다.

"하늘은 쪽빛이고…."

윤 교장은 하늘을 쳐다보았다. 파란 하늘에는 솜 같은 흰 구름 한 덩이가 나들이 나왔다. 길 잃은 나그네처럼 정처 없이 헤매고 있었다.

떨꺼둥이가 되어 어디로 가는지 알 수 없지만 두둥실 떠가고 있었다.

"나는 높은 담 안에 갇힌 죄수?"

윤 교장은 특사를 에둘러 싸고 있는 담 너머를 바라보았다. 멧부리처럼 우뚝 솟아 있는 감시대도 보였다.

"밖에 있으면 어린이들을 가르치는 교장선생인데!"

윤 교장은 또 눈물이 나오려고 했다.

"내가 고정간첩? 김일성의 지령을 받아 활동했다고?"

"난 반공의 선봉에 선 교장선생이야. 북진통일을 하자고 목 놓아 외쳤고. 애국자인데…."

"새마을사업과 한국적 민주주의 토착화를 위한 유신정권의 앞잡이가 되어 국가에 충성했고."

윤 교장은 억울했다. 생각할수록 분노가 치솟았다.

"하나님이 내려다보며 비웃고 있다!"

윤 교장은 바다 같은 하늘을 다시 쳐다보았다.

"하늘에 계신 우리 아버지 아버지의 이름이 거룩히 여김을…."

윤 교장은 주기도문을 중얼거렸다. 흥분이 가라앉은 것 같았다.

"따뜻한 봄볕이 참으로 좋구나!"

윤 교장은 이불처럼 감싸고 있는 햇볕은 음미했다. 조심스럽게 발을 옮기며 걷기운동을 하기 시작했다.

11

윤 교장은 감방 안에 홀로 있으니 참으로 지루했다.

"널 속에 누우면 편안하겠지?"

윤 교장은 몸을 눕히며 하품을 했다. 낮잠을 청해보았다. 여러 날이

지나니 관처럼 생긴 감방에 길들어 가고 있었다. 적응했는지 거부감이 시나브로 사라져갔다. 가끔은 편안하고 아늑한 둥지처럼 느껴지기도 했다.

"사형을 면치 못할 거라고 했는데…?"

윤 교장은 누워서 눈을 감았다. 갑자기 중앙정보부의 요원들에게 들었던 말이 떠올랐다.

"공칙스럽게 되어 사형을 당하게 되면?"

윤 교장은 깜짝 놀랐다. 벌떡 일어나 앉았다.

"죄가 쌓여 죽음에 이른다고…? 인간은 모두가 죄인이니…."

윤 교장은 성경에서 보고 갈무리해 놓았던 말씀을 덧들어내었다. 소가 되새김질을 하듯이 잘근잘근 곱씹어보았다. 예수님께 언턱거리 하여 위로를 받고 싶었다.

"교도소는 죄를 지은 인간들이 살아가는 곳!"

"나도 살아오면서 모진 짓거리를 많이 했으니…."

"그 벌을 받고 있는지도 몰라. 그래서 언젠가는 죽게 될 것이고…."

윤 교장은 죽음을 받아들이고 싶었다. 그렇게 길들여야 했다.

12

교도소 안에도 계절의 변화는 어김없이 찾아왔다. 언제부터인지 모르지만, 감방 안은 펄펄 끓는 가마솥으로 변해버렸다. 고온다습한 공기가 살갗에 찰싹 달라붙었다. 심술을 부리듯이 끈적거리며 자드락거렸다.

"벌써 삼복더위가? 시간의 흐름은 인간의 고통과는 아무런 상관이 없구나!"

윤 교장은 얼굴에 흐르는 땀을 닦으며 짜증을 냈다. 계절의 변화를 음미했다. 화가 슬그머니 치밀었다. 며칠 사이에 푹푹 삶아 더위가 도둑처럼 찾아왔다. 후덥지근한 공기가 가슴을 답답하게 만들었다. 숨 쉬는 것까지 괴롭혔다.

"장마철이 되었는지 며칠째 비까지 추적추적 내리고 있으니…."

윤 교장은 환기통 너머에서 들려오는 빗방울 떨어지는 소리를 들었었다.

"호랑이 장가가나. 오늘은 날이 들었네. 석 달 장마에 해 안 뜨는 날이 없다고…."

윤 교장은 환기통의 철창살에 햇빛이 얹혀있는 것을 보고 어루만졌다.

"송장 썩은 냄새!"

윤 교장은 뻥끼통 안에 서 있다가 토악질을 했다. 코피까지 터졌다. 흘러내리는 피를 손가락으로 닦았다. 며칠 전만 해도 그런대로 참을 만했다. 합수 내가 독가스로 변해버렸다.

"내가 싸놓은 배설물인데…."

윤 교장은 뻥끼통에서 나갔다. 뻥끼통 문을 닫았다. 감방 가운데에 앉았다. 관지로 코를 막았다. 눈을 감았다.

13

오늘도 하늘은 끄느름했다. 높은 담 안은 동굴 속처럼 음침하였다. 갑자기 소나기가 쏟아졌다. 운동을 하던 재소자들은 쫓기듯이 감방으로 들어왔다.

"운동을 나가고 싶은데…."

윤 교장은 내리는 비가 야속했다.

"밖의 세상이 그립구나."

윤 교장은 밖의 세상이 그리워졌다.

"운동장에서 뛰노는 어린 학생들이 눈앞에서 아른거리고."

윤 교장은 교정에서 즐거워하던 어린애들이 보고 싶었다. 애들의 떠드는 소리가 귓속을 후벼팠다. 들녘에 벼가 누렇게 익어갈 무렵 참새떼가 대밭에 모여 앉아 자냥스럽게 떠들어대는 것처럼 시끄러웠다. 그때는 듣기 싫은 소음이었다. 지금은 정겨운 속삭임으로 메아리쳤다.

환기통의 철창에는 햇빛이 드리워져 있었다. 날이 들어 비가 그친 모양이었다. 그래서 더욱 후덥지근해졌다.

"몸을 친친 감고 있는 축축한 습기가….."

윤 교장은 찜통 속에 앉아있는 것 같은 뜨거운 열기로 숨이 막혔다. 온몸에서 땀으로 목욕했다. 울컥 치솟는 감정을 참지 못했다. 벌떡 일어났다.

"대낮인데 모기들까지 괴롭히는구나!"

윤 교장은 모기를 잡으려고 볼을 때렸다. 모기는 조롱하듯 피해 도망갔다.

"합수 냄새!"

윤 교장은 또 속이 뒤틀렸다. 금방이라도 토할 것만 같았다.

"밖의 시원한 맑은 공기가 그립구나!"

윤 교장은 다시 뺑끼통으로 들어갔다. 빈 잡수통을 뒤집어 놓았다. 위에 올라섰다. 얼굴을 환기통으로 가져갔다. 철창살 사이로 들어오는 공기를 마시고 싶었다. 깊은 숨쉬기를 했다. 밖에는 바람이 불고 있는지 나뭇가지가 흔들렸다. 감방에는 기적도 없었다.

"햇빛도 기웃거리지 못한 음침한 뒤주 같은 독방!"

윤 교장은 햇살 같은 날카로운 시선으로 이곳저곳에 살폈다. 언제 구름이 걷혔는지 사동과 담 사이의 비좁은 틈새에 햇볕이 가득 담겨있었다. 담 위에는 비둘기 두 마리가 앉아있었다.

"무덤 같은 굿 속에 갇혀있는 신세!"

윤 교장의 머릿속에서는 특사의 독방에 대한 무서운 환상이 스멀스멀 되살아나고 있었다. 자신의 몸뚱이가 송장으로 변해 땅속에 파묻혀 있다는 상상의 날개가 펴지고 있었다.

"주검이 썩으면 흘리는 추깃물에서 뺄어대는 고약 악취!"

윤 교장은 맑은 공기를 마셔보려고 들숨을 깊게 빨아들였다.

"나도 때가 되면 언젠가는 흙으로 돌아갈 텐데…."

"구태여 서둘러 죽는 것도…. 모든 걸 하늘에 맡기면…. 살아 있어야 좋은 것 궂은 것을 맞이할 수도 있으니…."

윤 교장은 마음을 고쳐먹었다. 생각을 바꾸니 살고 싶어졌다.

"현실을 인정해야 하지?"

윤 교장은 아무리 저항하며 몸부림쳐도 제 뜻대로는 되지 않았다. 정신을 놓아 잃어버렸던 자신을 하나둘 되찾아 가고 있었다.

"누구든 좋으니 터놓고 대화할 상대가 있었으면…."

"예수님이 찾아와 주시지 않을까?"

윤 교장은 사람이 그리워 씨부렁거렸다. 자신의 속내를 하나님에게 털어놓고 있었다. 누구에게든 속 시원하게 하소연하면 편안해질 것 같았다.

담 위에는 참새들이 날아와 쩍쩍거리던 가뭇없이 사라졌다. 잠자리들은 햇빛 속에서 떼를 지어 날아다니고 있었다.

14

윤 교장은 뻥끼통에서 나왔다. 감방 가운데에서 부처처럼 앉아있었다. 눈을 감았다.

"중앙정보부에서 당했던 고문들!"

윤 교장은 몸서리쳤다. 전기고문을 당했던 장면이 떠올랐다. 온몸에 전율을 일어났다. 몽둥이로 두들겨 맞던 일도 영화의 화면처럼 펼쳐졌다. 손님처럼 자주 찾아와 괴롭혀대는 고문의 흔적이었다.

"나더러 김일성 공산괴뢰도당에게 충성하는 간첩이라고?"

윤 교장은 또 감정이 울컥 치솟았다. 주체하기가 어려운 응어리진 분노였다.

"나는 공산주의를 가장 싫어하고 저주하는 지주의 아들인데!"

윤 교장은 기가 막혔다. 공산주의는 연민의 정이 추호도 없었다. 재산을 강제로 빼앗기기 싫었다. 가멸다고 인민재판을 받아 죽임을 당하는 건 더더욱 안 되는 일이었다.

"지금까지 대한민국 국민으로서 빨갱이 타도에 앞장섰고…"

"교장선생으로서 책임과 의무를 다했는데…"

"영웅이시고 위대한 민족의 지도자이신 대통령 각하의 명령을 따라 국민을 잘살게 해준다는 새마을사업에 몸 바쳐 충성했고…"

"유신혁명과업의 성공을 위해 자신을 헌신했고…"

"멸공통일을 하자고 앞장서서 외쳐댔었는데…"

윤 교장은 자신의 궤적을 낱낱이 덧들어내어 되새김질했다. 잘근잘근 짓씹어대며 음미했다.

"내가 죽지 않으려고 공산당에 가입했다고 해서…?"

"위대하신 대통령 각하님은 빨치산이 아니었습니까?"

"그런데 나더러 간첩이라고 한다네!"

"공산주의가 나의 철천지원수인데!"

윤 교장은 마음속으로 외쳐댔다. 눈에서는 눈물이 샘물처럼 하염없이 솟아났다.

15

"큰아들 정섭이가 월북했다가 남파 되어 집을 다녀갔다는 죄로?"

윤 교장은 북에서 산다는 큰아들의 모습이 떠올랐다. 바로 그 죄가 자신을 간첩으로 만들고 있었다.

"아들이 애비 집을 찾아온 것이 무슨 잘못이라고?"

"정섭이가 간첩이라고 해서…?"

윤 교장은 억울했다.

"어찌 되었든 큰아들은 죽지 않고 살아있으니…"

윤 교장은 마른침을 삼켰다. 어쩔 수 없었다. 바동거려도 소용없는 일이 되어버렸다. 받아들일 수밖에 다른 방법이 없었다.

"아버지와 간첩인 아들이 만났던 것이 죄라고 하니…"

윤 교장은 눈앞이 캄캄해졌다.

"간첩인 내가 살아서 교도소를 나갈 수 있을까?"

윤 교장은 사형장으로 끌려가는 자신의 모습을 그려보았다.

"대낮인데도 저승사자가 찾아와 자드락거리고 있으니…"

윤 교장은 죽음에 대한 공포는 떼어내지 못했다.

"밤이면 꿈자리도 사납고…"

윤 교장은 지난밤에도 자반뒤집기를 하며 노루잠으로 무서운 밤을 지새웠다.

"예수님, 내게 오셔서 무서운 저승사자를 거두어 가소서!"

윤 교장은 두 손을 모았다. 간절하게 기도하며 서러움을 삼켰다.

"이 일을 어떻게 하면 좋단 말인가?"

"날아다니는 새도 떨어뜨린다는 중앙정보부!"

윤 교장은 벌떡 일어났다. 복장이 터질 것만 같았다. 비좁은 감방 안을 바장이었다.

"없는 죄도 만들어 낸다고 했었지?"

"자백을 강요하면서도…."

윤 교장은 발광하기 시작했다. 자신에게 묻는지 하나님께 하소연하는지 몰랐다.

"교육자로서 표창장을 여러 장 받았고…."

"대통령이 훈장을 준다고 하여 신청까지 해 놓지 않았는가?"

윤 교장은 억울하고 분했다.

"내가 김일성괴뢰도당의 간첩이라고?"

"말도 안 되지. 말도 안 되고말고!"

"나는 한국적 민주주의의 토착화에 발 벗고 나선 애국자인데! 나보다 더 투철한 사람이 있으면 나와 보라고 해!"

윤 교장은 아무리 따져보아도 간첩은 아니었다.

"이 한 몸 다 바쳐 유신정권과 국가에 충성을 했는데!"

"나는 맹세코 간첩이 아니다!"

윤 교장은 자신이 미워졌다. 울분을 주체하지 못하고 머리로 벽에 찍어댔다. 눈에서는 눈물이 하염없이 흘러내렸다. 소리 없이 통곡하고 있었다.

교도소에 들어온 지 여러 날이 지났다.

윤 교장은 교도소의 독방 생활에 시나브로 적응하며 길들여져 가고 있었다. 보고 들으면서 지식이 많이 쌓였다. 특사의 분위기도 어느 정도 파악이 되었다. 재소자로서 사는 삶에 대한 방법도 터득해가고 있었다.

"감방에는 통자로 끝나는 것이 일곱 가지가 있다고 했지?"

윤 교장은 언젠가 운동을 나가서 들었던 말을 떠올렸다. 옆에 서서 듣고만 있었었다. 생소한 단어들이라 흥미로웠다. 귀가 솔깃해졌다. 한 번 들었는데 머릿속에 갈무리되었다.

"식구통, 감시통, 뺑끼통, 환기통, 똥통, 잡수통, 페통!"

윤 교장은 감방 안을 둘러보며 살펴보았다.

식구통은 구매밥과 음식물이 들어오는 구멍이었다.

감시 통은 교도관들은 시찰구라고 말했다. 말 그대로 교도관들이 시찰하며 감방 안을 들여다보는 곳이었다.

식구통은 철문 하단에 있고 감시 통은 철문 상단에 뚫어져 있다.

뺑끼통은 화장실을 말했다. 뺑끼통 안에는 환기통과 똥통이 있다.

잡수통은 개숫물이나, 세수나, 몸을 씻을 수 있는 허드렛물을 담아 놓은 물통이었다. 항상 뺑끼통 안쪽 구석에 놓고 사용했다.

페통은 재소자가 담당의 도움을 받고 싶을 때 면담하자고 하는 신호의 막대기였다. 막대기를 밀어서 통로로 내놓으면 시찰하던 교도관이 알고 시찰구로 들여다보았다. 무슨 애로사항이 있는지 물었다.

"틀림없네. 통 자로 끝난 것이 일곱 개!"

윤 교장은 고개를 끄덕였다. 낱낱이 확인하고 나니 틀림없었다. 신기한 것을 알았다는 듯이 빙긋이 웃었다.

18

언제부턴가 감방 안에서는 모기와 파리들이 득시글거렸다. 무더워 옷을 벗고 있으면 살갗에 찰싹 달라붙어 떨어지질 않았다. 밤낮을 가리지 않고 자드락거리며 귀찮게 굴었다.

"이놈의 파리떼가….'

윤 교장은 신경질을 냈다.

"제철이라고 모기와 파리들이 극성을 부려대니….'

윤 교장은 여름의 물것들과 전쟁을 벌이고 있었다. 떼거리로 달려들며 조롱하듯이 괴롭혀댔다. 손바닥으로 때려잡으려고 했다. 소용이 없었다. 비웃듯이 날아가 버렸다. 또 달려들었다. 정말로 귀찮았다.

"파리도 내 몸뚱이가 시체로 보이나 보지?"

윤 교장은 상여가 나갈 때 널에서 새어 나온 송장 썩은 물이 떠올랐다. 자신의 몸에서 솟아나는 땀이 영락없는 추깃물이었다. 파리들은 맛난 식삿거리라며 달라붙어 빨아댔다.

"대낮인데 모기까지 피를 빨아 먹겠다고…!"

윤 교장은 손바닥으로 볼을 때렸다.

"네 놈들도 내가 간첩이라고 무시하는 거냐?"

윤 교장은 또 분노가 치솟았다. 흥분한 감정을 주체하기 어려웠다. 울고 있었다.

19

"운반!"

취부들이 취사장에서 구메밥과 국과 반찬을 손수레에 싣고 오면서 소리쳤다. 배식 시간이 한참 지나버렸다. 늦어서 서두르고 있었다. 특사의 출입문 앞에 멈추었다.

특사의 두 청소부는 장맞이 하고 있었다. 손수레 위에서 밥판과 국통과 반찬통을 내렸다.

"밥 왔다. 배식 준비!"

두 청소부는 사동 안으로 나르며 다급하게 외쳐댔다. 콩밥 냄새를 특사의 독방으로 흩뿌렸다. 이 방 저 방에서 식기를 챙기느라 소란스러웠다.

두 청소부는 정신없이 서둘렀다. 출입문에서 가까이 있는 감방부터 배식을 시작했다.

한 청소부는 구메밥을 가지고 다녔다. 밥판 안에는 거푸집으로 찍어 만들어 놓은 콩밥덩이가 무덤처럼 가지런히 놓여있었다. 식구통 바로 밑에 놓여있는 알루미늄 식기에 콩밥 한 덩어리를 담아 넣어주었다.

다른 청소부는 국통과 반찬통을 가지고 다니며 나누어 주었다. 국이나 반찬도 철문의 식구통 밑에 놓여있는 남은 두 개의 그릇에 담아 밀어 넣었다.

청소부들의 배식 솜씨는 난든집이었다. 기계처럼 움직였다. 행동은 형사에게 쫓기는 도둑처럼 빨랐다.

어느새 사동의 중앙에 다다랐다. 20방을 지나쳤다. 22방 앞에 섰다.

"22방, 밥 받으시오."

한 청소부는 밥판을 끌어다 놓았다.

"밥이라고요?"

윤 교장은 깜짝 놀랐다. 넋을 놓고 멍하니 앉아있었다. 사형장을 생각하고 있었다. 밥이 왔다는 소리를 듣지 못했다. 아무 소리도 들리지 않았다.

"무엇 하고 있소? 밥그릇도 준비해 놓지 않고!"

청소부는 식구통으로 감방 안을 들여다보았다. 형사가 죄수에게 하듯이 신경질을 냈다. 낯을 붉히며 인상을 긁어댔다.

"벌써 저녁밥이요?"

윤 교장은 전혀 배가 고프지 않았다. 점심을 먹은 지 얼마 되지 않았기 때문이었다. 그런데 저녁밥이 왔다. 교도소에 들어온 뒤 지금까지 해온 그대로였다. 깜빡 잊어버렸다. 아직도 생소하여 받아들이지 못하고 있었다.

"농촌에서는 곁두리를 먹을 때인데…."

윤 교장은 문 옆에 놓아둔 식기를 내주며 두런거렸다. 농부들이 들일을 할 때를 생각했다. 새참을 먹을 시간이었다.

"오늘은 운반이 늦게 떠서 늦었소."

청소부는 본부담당처럼 신경질을 내며 꾸짖었다. 배식을 서두르며 부리나케 재우치고 있었다. 든손에 모든 감방에 구메밥을 넣어주어야 했다. 그러고 나서 자신들도 저녁밥을 먹고, 설거지를 했다. 그다음으로 사동통로의 청소를 마치고 나서 몸까지 씻어야 했다. 그래야 입방할 준비가 끝났다. 폐방 시간을 맞추려고 서둘러댔다. 잠을 자려고 감방에 들어가야 하루의 징역살이가 끝났다.

"아직도 해가 중천에 있는 것 같은데…."

윤 교장은 귀가 거슬려 두런거렸다.

"무슨 말이 그렇게 많소. 그러면 공산당 아니라 할까 봐. 빨갱이들은 생매장을 시켜야 하는데…."

청소부의 혀는 무서운 칼날이었다. 교도관들보다 더 거칠었다. 거침없이 저주를 퍼부어댔다.

윤 교장은 귀 너머로 들었다. 한마디 해주고 싶었으나 꾹 참았다. 무슨 독설이 되돌아올지 몰랐다.

"빨갱이들은 이유가 많다고 하더니…."

청소부는 분이 풀리지 않았는지 눈을 흘기며 조롱했다. 애국자가 된 것처럼 큰소리쳤다. 일반재소자들도 특사에 있는 재소자들을 보면 빨갱이라고 하며 거침없이 욕설을 퍼부어댔다. 더러운 오물이나, 무서운 짐승이나, 사악한 마귀를 대하듯이 외면하며 피했다.

윤 교장은 입술을 꼭 깨물며 참았다. 재소자에게 빨갱이라는 말을 들으니 더욱 역겨웠다.

"나도 학생들에게 반공교육을 시켰다. 짐승만도 못한 괴물인 김일성 괴뢰도당이라고 저주하며 욕설을 퍼부어댔으니까."

윤 교장은 교장선생으로서 어쩔 수가 없었다. 그래서 대한민국국가에 충성하는 애국자가 되었다. 지도자이신 대통령 각하의 시책에 충실하게 따라야만 했다. 그런데 억울하게 간첩의 누명을 쓰고 말았다. 역적이 되어 교도소에 들어와 징역살이를 하고 있었다. 원통하고 분해서 울화가 치밀어 올랐다.

"시간 없으니 빨리 식기를 내주시오."

청소부는 식구통 안으로 독침 같은 말을 뱉어 넣었다. 국가에 반역자라는 생각이 들어 화풀이까지 해댔다.

20

"소지, 너무 그러지 마시오. 들어온 지 얼마 되지 않은 신입인데, 무얼 안다고…."

20방의 재소자가 듣고 있다가 끼어들었다. 같은 처지에 있는 동료가 당하고 있으니 심기가 뒤틀렸다.

교도소에서는 청소부를 소지라고 불렀다.

"당신이나 잘해."

청소부는 벌떡 일어섰다. 20방의 시찰구를 노려보았다.

"소지! 쓸데없는 소리 하지 말고 배식이나 계속해!"

본부담당은 지켜보고 있다가 끼어들었다. 시끄러워지면 다른 방에서 벌 떼처럼 일어날 수도 있기 때문이었다. 복잡해지면 수습하기가 어려웠다.

"여기 있소."

윤 교장은 구석에 있는 양은식기 세 개를 식구통에 끼어 놓았다. 밥, 국, 반찬을 담을 그릇이었다.

"때가 되면 알아서 식기를 밖으로 내놓아야지."

청소부는 식기를 빼내어 바닥에 놓았다. 그릇 하나를 집어 들었다. 콩밥 한 덩이를 담았다.

"밥 받으시오!"

청소부는 식구통으로 구메밥이 든 식기를 넣어주었다.

"별것도 아닌 것들이!"

청소부는 밥판을 끌고 옆방으로 옮겨가며 남아있는 화풀이를 해댔다.

21

"이것도 밥이라고."

윤 교장은 밥그릇 받아 앞에 놓았다. 콩밥덩이를 응시했다. 보리밥에 퉁퉁 불은 콩이 듬성듬성 섞여 있었다. 밥덩이에서는 김이 모락모락 피어올랐다. 파리들이 냄새를 맡았다. 굶주림을 달래려고 떼거리로 몰려왔다. 밥 위에 앉았다.

"콩이 든 시커먼 꽁보리밥!"

윤 교장은 얼굴을 찡그렸다. 구메밥에 앉아있는 파리를 응시했다.

"토할 것만 같네!"

윤 교장은 속이 뒤틀렸다. 밖에서 먹었던 하얀 쌀밥이 눈앞에서 아른거렸다. 남부러운 것 없이 잘 먹고 살아왔던 지난날들이 그리워졌다. 고기반찬이 아니면 수저를 들지 않았다.

"억지로 먹어야 살 수 있지?"

윤 교장은 손을 휘저어 파리를 쫓았다.

"국 받으시오."

다른 청소부는 식기에 된장국을 담아 식구통으로 넣어주었다.

"이것도 국이라고."

윤 교장은 국그릇을 받아 앞에 놓았다. 된장국에는 왕거미인 두부 한 조각이 떠 있었다. 뻥끼통에서 새어 나오는 독가스 같은 악취가 물씬 풍겨댔다. 코를 잡아 꼭 쥐었다. 오늘따라 유난히도 고약했다.

"반찬이요."

청소부는 식기 하나를 더 밀어 넣었다.

윤 교장은 반찬을 받아 밥그릇 앞에 놓았다. 콩나물과 무말랭이가 약간 들어 있었다. 한쪽에 오이장아찌 몇 조각이 숨어 있었다.

"반찬 꼬락서니 보면!"

윤 교장은 얼굴을 찡그렸다.

"죄수들이 먹는 구메밥이라 그런지 우리 집 개밥보다 못하네."

윤 교장의 입술에는 조소가 번져갔다.

"내가 이런 밥을 먹게 되다니…!"

윤 교장은 꿈에도 생각 못 했었다. 구메밥을 먹으려고 할 때마다 느끼는 감정이었다.

"나는 남 부러운 것이 없는 가멸은 지주의 아들인데…."

윤 교장은 어렸을 때부터 잘 먹고 살았었다. 상 위에는 항상 진수성

찬으로 가득했다. 그래도 입맛이 없다고 밥투정 하며 생떼거리를 했었다. 그때의 일들이 눈앞에서 아른거렸다. 입맛이 나질 않았다. 처음에는 도저히 먹을 수가 없었다. 며칠을 굶었던 적도 있었다. 배가 몹시 고팠다. 어쩔 수 없었다. 몇 숟가락을 억지로 먹기 시작했었다.

"죽지 않으려면 먹어야 한다."

윤 교장은 어쩔 수 없이 수저를 들었다. 콩밥을 떠 된장국에 말았다. 수저로 떠 입속에 넣었다. 단숨에 먹어야 했다. 눈을 감았다. 역겨운 냄새가 속을 뒤틀어놓았다. 콩은 목구멍에 걸렸다. 넘어가지 않았다. 간신이 겨우겨우 삼켰다.

"고기반찬이 아니면 밥을 먹지 않았었는데…."

윤 교장은 국에 만 밥을 수저로 떴다. 입 속에 넣었다. 사회에서 먹었던 밥과 반찬이 떠올랐다. 서러워 눈물이 핑 돌았다.

파리들은 떼를 지어 날아 와 콩밥 위에 앉아있었다. 먹이가 있을 때 굶주린 배를 채워야 했다. 때를 놓치지 않으려고 억척스럽게 덤벼들었다.

22

오늘도 어제처럼 교도소의 한나절이 저물어가고 있었다.

"검붉은 저녁놀!"

윤 교장은 환기통의 철창살 사이를 보이는 하늘을 쳐다보았다. 흰 구름에서는 아름다운 분홍색 물감이 번져가고 있었다.

"살기 좋은 내 고향 양촌마을!"

윤 교장은 향수에 젖어 들었다.

"가족들이 하루의 일을 마치고 편안한 안식처인 둥지로 모여드는 시간!"

윤 교장은 상상의 날개를 활짝 폈다. 어느새 동구 밖에 서서 마을을 바라보고 있었다. 동네는 산그늘이 내려와 이불처럼 덮고 있었다. 집 집마다 저녁밥을 짓느라 굴뚝에서는 연기가 모락모락 피어오르고 있었다. 수리봉 멧부리 위에는 핏빛의 저녁노을이 물감처럼 번져가고 있었다.

"아내는 어떻게 지내고 있을까?"

윤 교장은 부엌에서 저녁밥을 짓고 있는 아내의 모습을 그려보았다. 퇴근하여 집으로 돌아오면 부지깽이를 들고 뛰어나와 반겨주었었다. 오늘도 옛날같이 대문 앞에서 서성거리며 남편이 오기만을 기다리고 있을 것 같았다.

"북한에 살고 있는 장손인 큰아들은?"

윤 교장은 장손인 큰아들을 상상해보았다. 실뚱머룩해졌다. 자신을 간첩으로 만들어 놓은 악연의 자식 놈이었다.

"몇 년 전에 시집간 큰딸은?"

윤 교장의 눈앞에서는 갓 태어난 귀염둥이 외손자의 웃고 있는 재롱이 아른거렸다.

"대학에 다니는 막내아들은?"

"별일 없이 잘 다니고 있을까?"

윤 교장은 또 한숨을 쉬었다. 가족들의 모습을 낱낱이 그려보았다. 모두가 보고 싶었다. 같이 살아왔던 한 피붙이들이었다.

23

"누렁이는?"

윤 교장은 집에서 기르는 강아지를 생각했다. 퇴근하여 동구 밖에 다다르면 어떻게 알았는지 뛰어나왔다. 앞에서 꼬리를 흔들어대며 반겨주었다.

"마을사람들은 한나절의 들일을 마치고⋯."

윤 교장은 눈앞에는 동네사람들을 아른거렸다. 해동갑하여 논매기, 피 뽑기, 밭의 김매기 같은 하루의 농사일을 서둘러 마무리해야 할 시간이었다. 하천이나 산자락에 매어 놓았던 소 몰고 논틀길이나 밭틀길을 따라 마을로 돌아갔다. 서로 도와주며 함께 살아온 고마운 이웃사촌들이었다.

"농토가 많아 농사일할 때면 동네사람들에게 신세를 많이 졌는데⋯. 도움만 받고⋯."

윤 교장은 이웃들과 곰살갑게 지내지 못했다.

"내가 가멸은 지주로서 베풀었어야 했었는데⋯?"

"더 많이 소유하고 싶어서⋯. 이웃이 가지고 있는 작은 농토까지 빼앗으려고⋯. 그놈의 욕심 때문에⋯. 잔인하게 굴며 못된 짓을 많이 했었지?"

윤 교장은 자신을 돌아보았다.

"동네사람들도 우리 집을 경계했고⋯."

윤 교장은 동네사람들과 선을 그었다. 담을 쳐 놓고 접근하지 않았다. 욕설을 퍼부으며 저주하고 있다는 것도 잘 알고 있었다.

"나도 동네사람들과 아우르지 않으려고⋯."

윤 교장은 이웃들에게 가까이 다가가지 않으려고 했었다.

"아흔아홉 섬 가진 자가, 한 섬 가진 자의 그 한 섬을 빼앗으려 한다고⋯?"

윤 교장은 오늘따라 유난히도 고향사람들이 보고 싶어졌다. 이제 와 생각하니 후회스러웠다.

"고향이 그리워도 못 가는 신세…."

윤 교장은 흥얼거리며 눈물지었다. 이제는 교도소 생활을 시나브로 적응해가고 있었다. 며칠 전부터는 궤적을 더듬으며 그리워하고 있었다.

"집 뒤란 텃밭에는 정성껏 기르던 포도나무가 있고…."

윤 교장의 시선은 집터서리를 맴돌며 돌아다녔다. 포도나무에 탐스러운 포도송이가 주렁주렁 매달려 있을 것 같았다. 감나무에는 뚤기 감들이 주렁주렁 열려 살이 오르며 여물어 갈 때였다. 껑충 자란 옥수수도 긴 수염을 늘어뜨리며 익어갈 것이다. 한쪽에서는 무성하게 자란 고구마 넝쿨은 얼기설기 아우러져 있었다. 장독대 위에는 잠자리들이 날아다녔다. 대밭에서는 멧새들이 둥지를 찾아왔다. 여름의 더위를 식히며 편안한 잠자리의 준비도 마쳤을 것이다.

"매미들은 여기저기서 노래를 부르고…."

윤 교장의 귓속에서는 참매미의 시원한 노랫소리가 파고들었다. 마을 앞 팽나무나 뒷동산의 도래솔에서 자신의 존재를 과시하며 목소리를 드높이고 있을 것 같았다.

"내가 살아남아서 다시 고향으로 돌아갈 수 있을까?"

윤 교장은 자신에게 물어보았다. 아니, 하나님에게 하소연하고 있는지도 몰랐다. 또 눈물방울이 주르르 흘러내렸다. 고향을 생각할 때마다 복받치는 서러움이었다.

24

곱던 황혼이 어느새 시커먼 땅거미로 변했다. 별들이 반작거리며 얼굴을 내밀고 있었다. 철창살 사이로 감방을 들여다보며 수런거렸다.

감시등에 불을 켜졌다. 교도소 안이 희끄무레하게 밝아졌다.

"또 교도소의 무서운 밤이 시작되었구나."

윤 교장은 뻥끼통에서 나왔다. 감방의 가운데에 서 있었다. 가위눌리는 무서운 잠자리가 떠올랐다. 몸서리쳐졌다.

"땡땡땡, 땡땡땡…."

취침시간을 알리는 종소리가 감방을 찾아다녔다.

"취침, 취침…."

담당 두 명이 사동의 통로를 돌아다니며 소리쳤다.

재소자들도 덩달아 춤을 추듯이 악을 써댔다. 친한 동료의 이름을 부르며 잘 자라고 외쳐댔다. 누군가는 어머니를 불렀다. 연인의 이름을 부르기도 했다. 사동에서는 한동안 통방하는 소리로 소란스러웠다.

"55방, 좋은 꿈을 꾸시오!"

특사의 감방에서 누군가가 소리쳤다.

"좋은 꿈이요?"

"유신 독재를 타도하는 꿈이요."

"알았습니다. 꿈은 이루어지니까!"

특사의 재소자들도 잠자리에 들면서 화풀이를 하고 있었다.

"누가 통방하는 거냐!"

담당들은 통로에서 바장이었다.

통방은 감방과 감방 사이를 내통한다는 말이었다. 이 감방의 재소자가 저 감방의 재소자에게 무언가를 알려주는 것을 말했다. 재소자와 재소자가 말하는 것도 통방이라고 했다.

"초저녁인데 벌써 자라는 거야!"

윤 교장은 잠자리를 폈다. 팬티만 걸치고 홀랑 벗었다. 반듯이 누웠다.

"잠을 자라고 하니 억지로 잘 수밖에!"

윤 교장은 천장에 붙어 있는 촉수 낮은 전구를 바라보았다.

"오늘 밤에도 전등은 켜있을 것이고….."

감방에는 밤중에도 전등을 켜놓았다. 자살 같은 사고를 예방하기 위해서였다.

"밤이면 모기들 때문에….."

윤 교장은 어젯밤 일을 생각했다. 교도소는 유난히도 파리와 모기들이 많았다.

"초저녁인데 벌써부터 괴롭히는 거야?"

윤 교장은 요사이는 파리, 모기와 실랑이를 하고 있었다. 잠 못 이루는 괴로운 밤이었다.

"물것들은 감때사나운 흡혈귀 떼!"

모기들은 떼거리로 달려들었다. 허기진 흡혈귀의 무리였다. 주저하지 않고 저돌적으로 공격했다. 살갗에 찰싹 달라붙었다. 날카로운 부리를 찔러 피를 빨아댔다.

"그래도 잠은 자야 하는데…!"

"모기야 오늘 밤에는 잠 좀 자자!"

"더위까지 합세하여 괴롭히니….."

윤 교장은 씨우적거렸다. 날씨는 갑자기 무더워졌다. 후덥지근한 공기가 온몸을 친친 감았다. 살갗에 단단히 달라붙어 떨어지질 않았다. 밤마다 땀으로 목욕을 했다.

"모든 걸 다 잊고 잠들고 싶은데….."

윤 교장은 억지로 자야 할 것을 생각하니 두려웠다. 도저히 잠을 이룰 수가 없었다.

"모기, 파리, 더위와 싸우는 여름밤!"

윤 교장은 마당 가운데에 모깃불을 피워놓은 고향집을 그려보았다. 모기장 속에 누워 단꿈을 꾸는 편안한 잠자리가 눈앞에서 아른거렸다.

25

윤 교장은 밤마다 잠과 투쟁을 벌이고 있었다. 몸부림치는 사이에도 시간은 흔적도 없이 흘러갔다. 인간의 괴로움과는 상관없었다. 한밤중이 되었다. 잠에 취하여 정신이 몽롱해졌다. 구둣발 소리가 흐릿하게 들여왔다. 발소리가 멈추었다. 감시통 덮개가 열렸다. 담당의 날카로운 시선이 스쳐 지나갔다. 구둣발 소리가 멀어져갔다.

모기들은 여전히 전투기처럼 드세게 달려들었다. 수확의 계절을 만났으니 허기진 배를 채워야 했다. 추수의 때를 놓치지 않겠다는 듯이 악착같이 덤벼들었다. 영락없는 인간의 피를 빨아먹는 흡혈귀였다.

"모기들아, 네놈들도 중앙정보부의 똘마니들이냐? 잠을 재우지 않고 고문하게?"

윤 교장은 비몽사몽간에도 중앙정보부에서 고문을 받았던 일들이 떠올랐다. 그들은 여러 날 동안 잠을 재우지 않고 괴롭혔다.

"흡혈귀들아, 나는 간첩이 아니다!"

윤 교장은 뒤척거리며 몸부림쳤다. 온몸은 땀으로 축축하게 젖어 있었다.

"지새우는 하룻밤!"

윤 교장은 벌떡 일어나 앉았다. 수건으로 몸뚱이를 닦았다.

26

윤 교장은 제풀에 지쳐버렸다. 자신도 모르게 깜빡 잠이 들었다. 노루잠이었다.

꿈을 꾸었다. 중앙정보부에서 고문을 받았던 꿈이었다.

윤 교장의 몸은 의자에 앉혀진 채 밧줄로 친친 감겨 묶여 있었다. 몽둥이로 두들겨 맞은 고문을 받았다. 꿈속에서도 꾸벅꾸벅 졸았다. 깜빡 잠이 들었다. 온몸에 물이 뿌려졌다. 다음은 전기고문이 이어졌다.

"교장선생이라는 작자가 김일성괴뢰도당의 간첩 노릇을 해?"

사내가 조롱했다.

"나는 간첩이 아니야!"

윤 교장은 비명을 질러댔다. 눈을 떴다. 벌떡 일어나 앉았다.

"꿈을 꾸었네."

"꿈속에서도 역적, 빨갱이, 간첩, 불순분자, 괴뢰도당?"

윤 교장은 고개를 저어댔다.

"교육자로서 유신정권에 충성했던 애국자가 분명한데!"

"밤이면 밤마다 찾아와 괴롭히는 고문의 통증!"

"지하실로 끌려가서 얼마나 당했던가?"

윤 교장은 마른침을 삼켰다. 처참하고 자닝스럽게 당했다. 자신의 존재는 인간이 아니었다. 개돼지만도 못한 허섭스레기였다.

27

"잠은 잘 수 없으니 별이나 세어 보자!"

윤 교장은 뺑끼통으로 들어갔다. 잡수통을 뒤집어 놓았다. 밟고 올라섰다. 환기통의 철창살 사이로 하늘을 쳐다보았다. 희끄무레한 감시등의 불빛이 눈 앞을 가렸다. 눈동자를 크게 뜨고 응시했다. 둥근 달이 보였다. 몇 개의 별들이 아스라하게 먼 하늘에서 반짝거리고 있었다.

그때였다.

"22방, 2103번."

담당은 발 받치고 있었다는 듯이 시찰구 덮개를 열고 소리쳤다. 감방 안에서 자고 있어야 할 재소자가 보이지 않으니 깜짝 놀랐다.

윤 교장은 듣지 못했다. 아니, 들리지 않았다.

"2103번, 윤선준!"

담당은 문 옆에 붙어 있는 목찰을 다시 확인했다. 자살이나 탈옥이 떠올랐다. 머리끝이 섬뜩했다.

목찰은 감방에 수용된 재소자의 명찰과 같았다. 죄명, 이름, 수번이 적혀있었다.

"예."

윤 교장은 깜짝 놀랐다. 얼른 대답했다. 중앙정보부의 사내들이 조사할 때 소리치는 예리한 음성 같았다.

"잠자지 않고 뻥끼통에서 무슨 짓거리를 하는 거야?"

담당은 화풀이했다. 한편으로는 안도의 한숨을 쉬었다.

"대변 보았습니다."

윤 교장은 뻥끼통에서 나갔다. 얼른 둘러댔다.

"빨리 자시오."

담당은 솥뚜껑으로 자라를 잡듯이 억지로 짓눌러 눕혔다. 시찰구의 덧문을 닫고 옆방으로 갔다.

"나도 편안하게 잠들고 싶은데….."

윤 교장은 담요 위에 누웠다. 눈을 감았다. 잠이 오지 않았다. 조사받으면서 당했던 고문이 다시 떠올랐다. 몹시 괴로웠다.

모기들은 여전히 피를 빨아먹겠다고 악착같이 덤벼들었다. 불이 켜져 파리들도 합세하였다. 눈을 감고 자반뒤집기를 하였다. 정신은 더욱 맑고 밝아졌다.

28

윤 교장은 밀려드는 피로감 때문에 깜빡 잠이 들었다.

또 꿈을 꾸었다. 두 번째 꾸는 꿈이었다.

윤 교장의 몸은 형틀에 묶여 있었다. 시커먼 두루마기를 입은 누군가 칼을 들고 춤추었다. 저승사자인지 사형을 집행하는 망나니인지 알 수 없었다. 칼을 내리치려는 순간이었다.

"아-앗!"

윤 교장은 깜짝 놀라 비명을 질렀다. 특사의 사동이 흔들렸다. 벌떡 일어났다.

"무서운 꿈을 꾸었네?"

윤 교장의 온몸은 땀으로 흥건하게 젖어 있었다. 넋을 잃고 두리번거렸다. 몸을 바르르 떨었다. 촉수 낮은 전등의 불빛이 귀신의 치마처럼 감싸고 있었다.

"저승사자가 찾아왔을까?"

윤 교장은 두리번거렸다. 잠자는 것도 두려웠다. 눈만 감으면 가위눌림에 시달렸다.

29

"이 근처에서 비명 소리가 났는데…?"

담당은 지나쳐가다가 22방 시찰구의 덮개를 열었다.

"아직도 잠들지 않았네?"

담당이 감방을 들여다보며 퉁명스럽게 쏘아 붙였다.

"자겠습니다."

윤 교장은 얼른 자리에 누웠다. 눈을 감았다. 자는 체라도 해야 할 것 같았다. 교도관의 눈에 거슬리면 좋을 것이 없었다.

"자지 않고 딴짓할 때는 가만두지 않을 테니까. 눈 밖에 나지 않도록 조심해!"

담당은 단단히 을러대며 포승으로 옭아맸다. 다른 방으로 옮겨갔다. 감방을 낱낱이 들여다보며 시찰을 계속했다.

"나도 편안하게 귀잠을 자고 싶은데…."

윤 교장은 마음속으로 외쳐댔다. 잠을 청할수록 괴로웠다. 이런저런 생각들이 찾아와 귀살쩍었다. 정신이 이상해져 미칠 것만 같았다. 잠이 들어도 가위눌림에 고통스럽기는 마찬가지였다.

30

유난히도 큰 쥐 한 마리가 뼁끼통에서 감방으로 들어왔다. 조심조심 기어서 머리맡으로 다가왔다.

"쥐새끼가 동무하자고?"

윤 교장은 바스락거리는 소리를 듣고 눈을 떴다. 사람이 있어도 두렵지 않은 모양이었다. 대담하게 행동했다.

"간이 큰 놈이네. 허물없이 지내보자 이거지?"

윤 교장은 쥐가 바투 하는 것을 보고 고개를 돌렸다.

"원수진 일이 없는데 너까지 나를 괴롭히려 하느냐?"

윤 교장은 벌떡 일어났다. 옆에 있는 걸레를 집어 던졌다.

"찌-익."

쥐는 비명을 지르며 냅다 도망쳤다. 왔던 길을 되돌아갔다. 뼁끼통으로 들어가 버렸다.

"사람 살려!"

윤 교장은 또 자신도 모르게 소리쳤다. 사동이 흔들거렸다. 저승사자가 찾아와서 괴롭히고 있음에 틀림이 없었다. 얼른 누워버렸다. 눈을 감았다. 귀잠을 자는 체했다.

31

"무슨 소리지? 사람을 살리라고?"

담당은 의자에 앉아서 고주박잠을 자고 있다가 벌떡 일어났다.

"재소자가…. 혹시 자살?"

담당은 불길한 생각이 떠올랐다. 통로를 따라 걸었다.

"간단없는 시찰을 해야 하는데…. 졸음이…."

담당은 시찰구의 뚜껑을 열고 감방 안을 들여다보았다. 재소자들을 낱낱이 확인했다. 특사는 무슨 일이 있었냐는 듯이 고요했다. 깊은 잠에 빠져 꿈을 꾸고 있는 것 같았다.

32

윤 교장은 가까워지는 구둣발 소리를 들었다. 몸을 뒤척거렸다. 깊은 잠에 빠진 것처럼 코를 골아댔다.

"비명 소리가 이 근처에서 난 것 같은데!"

담당은 시찰구로 들여다보았다. 전등의 희끄무레한 불빛이 잠자는 재소자를 흰 이불처럼 덮고 있었다.

"22방은 조금 전까지 잠들지 않았는데…. 꿈나라로 찾아갔나?"

담당은 시찰구의 덮개를 닫았다. 중얼거리며 옆방으로 갔다.

쥐새끼 세 마리가 사동의 통로를 마실 나와 거닐고 있었다. 한 마리
는 뒤에서 쫓아가고 두 마리는 냅다 도망쳤다. 사동 안쪽으로 오다가
인기척을 들었는지 얼른 돌아섰다. 어디로 갔는지 가뭇없이 사라졌다.

33

특사는 귀잠을 자고 있었다. 영락없는 무덤 같은 굿 속이었다. 한밤
중의 적막으로 철벽처럼 단단히 굳어 응고되었다. 호젓한 깊은 산속 같
아 무서웠다.

"나만 잠들지 못한 깊은 한밤중?"

윤 교장은 눈을 떴다. 수많은 상상이 서로 시샘하듯 머릿속에서 뒤얽
히며 괴롭혔다. 불안, 걱정, 초조, 공포, 두려움이 봄비 후 죽순처럼 돋
아났다.

"잠이 와야 자지!"

윤 교장은 여전히 자반뒤집기를 하였다.

"담당이 잔소리를 할지라도…."

윤 교장은 슬그머니 일어나 뺑끼통으로 들어갔다. 항상 잠이 오지 않
으면 환기통의 철창살 사이로 밤하늘을 응시했다. 하나님을 대하듯이
별들 바라보며 하소연했다. 한참 동안 고자질하고 나면 분노가 가라
앉았다.

"화장실에 들어오니 대변이 마렵네."

윤 교장은 닫아 놓았던 변기통의 뚜껑을 열었다. 똥통 위에 쪼그리고
앉았다. 모기들이 떼거리로 몰려나왔다. 엉덩이에 달라붙었다. 모든 힘
을 썼다. 후다닥 볼일을 마쳤다. 교도소에서 지급해준 마분지로 밑을

닦았다. 빠른 동작으로 바지를 추슬러 입었다.

"잠 못 이루는 징역살이의 괴로운 여름밤!"

윤 교장은 큰소리로 두런거리며 화풀이를 했다. 미칠 것만 같았다.

34

그때였다.

"22방."

누군가가 발 받히고 있었다는 듯이 불렀다.

"22방이면 내 방인데⋯. 누굴까?"

"저승사자? 아니, 인기척이 분명한데⋯."

윤 교장은 중얼거리며 귀를 기울였다. 반갑기도 했다. 지금까지 대화를 나눌 상대가 없었다. 혼자서 외롭게 자신과 싸우고 있었다.

"22방, 여기는 20방이요."

20방은 대답이 없자 작은 목소리로 당정하게 속삭였다.

윤 교장은 당황하여 입을 열 수 없었다. 어떻게 해야 좋을지 알 수 없었다.

"담당이 감시통으로 들여다보고 있으면?"

윤 교장은 두려웠다. 담당이 철문을 따고 들어와 목덜미를 낚아채갈 것만 같았다.

"22방, 듣고 있어요?"

20방은 다시 불렀다. 긴장되어 목소리가 떨렸다.

"예."

윤 교장은 눈을 찔끔 감았다.

"특사의 독방생활은 할 만하십니까?"

20방은 자신이 처음 들어 왔을 때를 생각했다. 특사에 온 지 얼마 되지 않은 신입이니 어려움이 많을 것이다. 교도소의 생활에 대해 알려주고 싶었다.

"모르겠어요."

윤 교장은 얼른 받았다.

"입소했던 때에는 감방에 들어가지 않으려고 하시던데?"

"널 속으로 들어가는 것 같아서…."

"운동을 나가려고 하지 않았었지요?"

"그냥 무서워서…."

"요사이는 운동도 나가고 많이 변했던데요?"

20방은 느긋하게 말을 걸었다. 깊은 밤중의 외로움을 달래고 있었다.

윤 교장은 대답하지 않았다. 담당이 감시통으로 지켜보고 있는 것 같았다.

"아직도 많이 힘드시죠?"

20방은 도와주고 싶었다. 가장 가까이 있는 이웃사촌이었다. 너나들이하며 서로 돕고 살아야 했다.

"두렵고, 무서워 겁도 나고…."

윤 교장은 어눌하게 얼버무렸다. 알아주는 것 같아 눈물이 나오려고 했다.

"나도 마찬가지예요. 특사는 아주 특별한 재소자들을 수용한 곳이라 더욱이…."

"간첩 같은 반역 죄인을 말하는 거죠?"

윤 교장은 서러움 복받쳤다.

"그렇지요. 국가보안법위반자, 공산당, 빨갱이, 빨치산, 사상범, 긴급조치 등 국가를 전복시키려는 역적 놈들이죠."

20방은 앙칼지게 짓씹어댔다.

"정말로 힘듭니다."

윤 교장은 용기를 내어 거쿨지게 한마디 해보았다.

"다 그래요."

"죽게 될지 모른다는 공포 때문에….."

"죽을 때는 죽을지라도 당당하게 행동하십시다."

20방은 독기를 뱉어냈다.

"그러고 싶은데….."

"교도소라고 해서 겁먹으면 더욱 무서워요. 아무것도 할 수 없습니다. 인간은 누구나 어차피 죽게 될 몸인데….."

20방은 힘을 북돋아 주고 싶었다.

"이제는 교도소에 대한 공포가 시나브로 사라지는 것 같기도 하고….."

윤 교장은 자신을 돌아보았다. 교도소의 생활에 적응되어 가고 있음에 틀림이 없었다.

"코푸렁이가 되면 짓밟혀요. 살아남기 위해서는 독하게 행동하기도 해야 합니다. 수단과 방법을 가리지 않아야 할 때도 있고….."

20방은 의연한 체했다.

"생존하기 위해서는 어쩔 수 없이…?"

윤 교장은 어눌하게 대거리하고 있었다.

"끼리끼리 논다고 재소자는 재소자끼리 도와주어야 합니다."

20방은 가까이 있는 이웃이니 서로 도우며 살아가고 싶었다.

구둣발 소리가 들여왔다. 통방이 끊겼다.

두 사람은 입술을 다물고 긴장했다.

35

"한밤중인데 뜬것들이 잠은 자지 않고 씻나락 까먹고 있는 거야? 시끄럽게!"

담당은 20방의 시찰구의 덮개를 열었다. 작은 목소리에는 날카로운 독침이 박혀있었다. 밤이 깊어 재소자들이 잠자고 있기에 조심했다. 안면방해를 하면 안 되었다.

"무조건 오리발을 내시오."

20방은 담당에게 걸렸다는 것을 알아차렸다. 어깃장을 놓았다.

"오리발 내라고?"

담당은 댓바람에 받았다.

"오리발을 내라고? 어떻게?"

윤 교장은 중얼거렸다. 처음 겪은 일이었다. 어떻게 해야 할지 몰랐다.

"우리는 통방하지 않았어요."

20방은 뺑끼통에서 나가며 태연하게 대거리했다. 배를 째라며 누워버렸다. 이렇게 빠져나가야 했다. 머뭇거리게 되면 더욱 복잡해졌다. 그래야 알면서도 눈감아주었다.

"배짱 좋네!"

담당은 어이가 없어 웃어버렸다.

"언제 통방을 했다고 성질부림을 하십니까?"

20방은 씨우적거렸다.

"담당을 가지고 놀겠다고?"

담당은 짓눌렀다. 잘못하여 말려들었다.

"잠을 자고 있는데 무슨 통방입니까?"

"저승사자가 찾아왔나 보지?"

"저승사자요?"

"다 들었어. 몇 방과 통방했어?"

"그런 사실 없습니다."

"오리발을 내라고 했잖아?"

"잘못 들었겠지요?"

"몇 방이야?"

"통방하지 않았습니다."

20방은 무슨 일이 있어도 끝까지 오리발을 내야 했다.

"22방과 통방한 것 다 알아."

담당은 예감으로 넘겨잡았다.

"천격스럽게. 쥐에게 했던 말을 들었나 봅니다."

20방은 영절스럽게 얼버무렸다.

"말 되네!"

담당은 감정이 복받쳐 자신도 모르게 소리를 질렀다.

36

"담당, 잠 좀 자자!"

"안면방해 하지 마라!"

"담당이면 다냐!"

이 방 저 방에서 겨끔내기로 투덜거려댔다. 장맞이하고 있었다는 듯
이 합세하였다. 동료를 구하기 위해서 힘을 모았다.

"담당을 가지고 놀아!"

담당은 시찰구를 닫고 돌아섰다.

"하늘 같은 담당님을 감히 누가 가지고 놀다니요?"

20방은 승리했다는 듯이 넉살 좋게 비아냥거려댔다.

"감때사나운 빨갱이 괴뢰도당 놈들. 넌더리가 나네. 아침에 보자고!"

담당은 귀 너머 들었다. 참아야 했다. 밤중에 재소자와 실랑이를 할 수는 없었다. 사동이 소란스러워지는 것도 싫었다. 판이 커지면 골치가 아팠다. 눈감아버려야 가장 좋은 해결책이었다. 용서하면 빚을 놓은 격이 되기도 했다.

37

"22방."

담당은 22방의 시찰구의 덮개를 열었다. 방 안을 들여다보았다. 속삭이는 목소리에 가시가 박혀있었다.

윤 교장은 잠을 자는 체했다. 몸을 뒤척였다. 눈을 비비며 떴다.

"20방과 통방했지?"

담당은 몽둥이로 때려잡듯이 말했다.

"통방이라니요? 잠을 자고 있었는데…."

윤 교장은 일어나 앉았다.

"잠을 잤다고?"

담당은 재소자를 찬찬히 살펴보았다. 나이가 지긋이 들어 보였다. 재소자라고 해서 마구잡이로 다룰 수는 없었다. 감정을 진정시켰다. 귀잠을 자는 다른 재소자들을 생각했다. 목소리가 커지지 않도록 조심해야 했다.

"한밤중에 무슨 통방입니까?"

윤 교장은 실뚱머룩해졌다. 오리발을 내라는 말이 귓속에서 메아리쳤다.

"뺑끼통에서 20방과 통방했지 않아?"

담당의 입술에는 조소가 묻어있었다. 인정하면 주의를 주려고 했다.

"뺑끼통에 간 사실이 없습니다."

윤 교장은 20방의 재소자가 했던 대로 말하고 있었다.

"오리발을 내라 하니 그대로 따라 하고 있네?"

담당의 목소리는 목구멍으로 기어들어 갔다.

윤 교장은 할 말을 잃었다.

"나도 징역살이 할 만큼 했는데…."

담당은 더 이상 따지지 않았다. 시찰구를 닫았다.

"20방과 22방은 내일 아침에 보자고."

담당은 앙갚음하겠다는 듯이 앙칼지게 쏘아댔다.

"볼 테면 보라지. 두고 보잔 담당은 무섭지 않더라."

어느 감방에서 기다렸다는 듯이 대거리했다.

"빨갱이들이라 말이 많다."

담당은 흘려들으며 시찰을 계속했다.

"아침에 참혹한 살풍경을 보겠네!"

저쪽 감방에서 누군가가 어깃장을 놓았다.

사이렌 소리가 아스라하게 들려왔다. 교회의 종소리는 꽁무니를 붙잡고 울려 퍼졌다. 높은 담을 넘어 감방으로 찾아왔다.

"하나님이 찾아오시겠지?"

윤 교장은 자신도 모르게 무릎을 꿇고 두 손을 모았다. 기도를 하고 있었다. 눈에서는 눈물이 주르르 흘러내렸다. 한없이 서러웠다.

교도소의 하룻밤이 지나갔다. 해돋이에서 붉은 노을이 번지면서 먼 동이 트고 있었다. 환기통의 철창살에는 희붐한 빛이 드리워져 앉아있었다.

기상을 알려주는 종소리는 감방을 돌아다녔다. 감방에서 잠자던 재소자들이 깨어났다. 교도소의 하루가 시작되고 있었다.

"지새운 하룻밤!"

윤 교장은 벌떡 일어났다. 뻥끼통으로 들어갔다. 소변을 보았다.

"33방, 잘 잤습니까?"

"예, 17방도 편안하게 주무셨어요?"

"모처럼 잘 잤습니다."

"오늘도 밥 잘 먹고 건강 합시다."

"42방도."

특사는 깊은 잠에서 깨어났다. 재소자들은 어제 아침에 그랬던 것처럼 오늘도 잠에서 깨어나 뻥끼통으로 들어갔다. 통방을 하기 시작했다. 담당 몰래 나누는 아침 인사였다.

"22방."

20방에서 윤 교장을 찾았다.

"예."

윤 교장은 듣고 있다가 얼른 대답했다.

"기상점검이 끝나면 야간담당이 따내어 통방했다고 따질지 몰라요. 어젯밤에 했던 것처럼 무조건 오리발입니다."

20방은 혹시 있을지 모르는 어젯밤의 일에 대해 입을 맞추었다. 잘못하며 징벌을 받게 될 수 있기 때문이었다. 빨갱이라고 해서 모질게 짓밟았다. 한두 번 당했던 일이 아니었다.

"알겠습니다."

"죽는 한이 있어도 우리는 통방한 사실이 없습니다."

"우리가 언제 통방했나요? 말도 안 되지요."

윤 교장은 주먹을 불끈 쥐었다. 당당하고 거쿨지게 말했다. 이상하게 오기가 났다.

"앞으로 우리 사이에 무슨 일이 생기게 되면 무조건 오리발입니다."

20방은 조금도 거리끼지 않았다. 그것이 교도소의 일상이기 때문이었다. 이웃에서 가까이 살고 있기에 어쩔 수 없었다. 살다 보면 이런저런 일이 자연스럽게 자주 생기게 되어 있었다.

"통방을 하면 큰일 나나요?"

윤 교장은 고개를 갸웃거렸다. 별것 아닌 일상 같았다.

"큰일 날 것은 없는데. 공칙스럽게 되면⋯. 빨갱이라고⋯."

20방은 씨우적거렸다. 기분이 좋지 않았다.

"간첩, 빨갱이, 괴뢰도당, 역적!"

윤 교장은 중앙정보부에서 들었던 말을 떠올렸다. 수 없이 되새기며 잘근잘근 곱씹었다.

"특사에서 생활하다가 궂은일이 생기면 이렇게 통방하여 상의하기로 합시다."

20방은 22방을 도와주고 싶었다. 서로에게 힘이 되었다.

"서로 도우면서 살아야 하지요. 이웃사촌인데⋯."

윤 교장은 20방이 고마웠다. 혼자가 아니라 함께라서 좋았다. 힘이 되었다.

건너편 기결수 사동에서는 아직도 소리치며 통방을 계속하고 있었다.

"각 방, 점검 준비!"

야간담당이 통로에 서서 소리쳤다.

"빨리 나가서 방 가운데에 정좌로 앉아있으시오."

20방은 뻥끼통에서 나가며 소리쳤다.

"다음에 뵙시다."

윤 교장은 뻥끼통에서 얼른 나갔다. 감방 가운데에 앉았다.

"각 방, 차렷!"

담당이 악을 써댔다. 그 소리가 사동을 흔들었다.

기상점검이 시작되었다.

특사는 죽은 듯 조용해졌다. 살걸음의 구둣발 소리가 사동의 통로에서 지나쳐갔다. 점검교사는 시찰구로 감방 안을 들여다보았다. 재소자들을 확인했다. 몸의 상태도 살펴보았다.

2. 검사의 소환

1

장마가 끝나는가 싶었다. 푹푹 삶는 삼복더위가 몽니를 부려댔다. 감방 안의 열기로 가득했다. 대장간의 풀무 불에 달궈진 도가니 속의 쇳물 같은 불덩이였다. 숨이 턱까지 막혔다. 더위의 기세도 한순간에 지나쳐갔다. 심술쟁이처럼 투정을 부려대더니 제풀에 지쳐 한풀 꺾이었다. 아침저녁으로 제법 선선해졌다. 공기는 빨래를 했는지 몸을 씻었는지 모르지만 개운해졌다. 시원하고 상쾌했다. 며칠 전부터 땅거미가 드리워지면 귀뚜라미들은 바이올린 연주하기 시작했다.

"벌써 가을밤!"

윤 교장은 누워서 귀뚜라미의 우짖어대는 소리를 듣고 있었다. 세월의 흐름을 음미했다. 가을은 인생의 황혼 녘 같아서 유난히도 슬펐다.

"교도소에 들어온 지도 몇 개월이 지난 것 같은데…."

윤 교장은 자나 깨나 신세타령이었다. 세상의 모든 슬픔을 혼자서 간직하고 있는 것 같았다. 밤이 되면 더욱 서러워졌다.

"나는 자자손손 기득권을 누리며 살아갈 줄 알았는데?"

"교도소에 들어온 지도 벌써 몇 개월이 지나버렸으니…."

"재판은 언제 받게 될까?"

"사형은 면할 수 있을까?"

"위대하신 민족의 지도자이신 대통령 각하께서 죽이기야 하겠어?"

윤 교장은 또 자신을 들여다보며 넋두리하고 있었다. 예측할 수 없는 앞날을 스케치하듯이 그려보았다.

"지독한 유신 독재정권!"

윤 교장은 흘러내리는 눈물을 손바닥으로 쓱 문질렀다. 종잡을 수 없는 앞날이었다. 자신이 유리할 데로 개탕 치며 가닥을 잡아보았다.

2

귀뚜라미들은 윤 교장의 아픈 사연을 달래주기라도 하듯이 함께 울어댔다. 아니, 아픈 곳을 긁어대며 괴롭히는 것 같기도 했다.

"요사이는 운동도 시켜주지 않으니…. 감방에만 가두어 놓고…. 접근도 하지 않으니…."

"무엇 때문일까? 참으로 이상하단 말이야?"

윤 교장은 섬뜩해졌다. 고개를 갸웃거리며 곰곰이 따져보았다. 알 수가 없었다.

"운동을 나가지 않는다고 억지로 끌어내었는데…?"

윤 교장은 무서운 공포 휩싸였다. 교도소에 들어온 후 며칠은 밖으로 나가려고 하지 않았었다. 교도관들이 억지로 끌어냈었다. 그런데 갑자기 감방에 가두어 놓고 운동을 시키지 않고 있었다. 몸이 아파서 의무과에 갈 때만 문을 열어주었다.

"틀림없이 공칙스럽게 되어…. 불길한 징조 같은데…?"

윤 교장은 상상의 날개를 활짝 펴보았다. 사형이라는 죽음의 그림자가 드리워지고 있음에 틀림이 없었다. 그래서 한없이 슬퍼하며 눈물을 지었다.

3

간밤에는 갑자기 기온이 뚝 떨어졌다. 서리가 내린 것처럼 차가웠다. 철창살 사이로 파고드는 공기가 날카로운 바늘처럼 찔러댔다. 가을이 깊어졌다는 사실을 알려주었다.

"지독한 특사의 감방 추위."

저쪽 누군가 투덜거렸다.

"겨울의 냉동고 속에서 어떻게 살아가지?"

이쪽 감방에서 맞수받이하였다. 겨울이 되면 냉동실로 변했다. 자리끼로 놓아둔 물이 꽁꽁 얼었다. 특사의 재소자들은 겨울잠을 자는 짐승처럼 웅크리고 지내야 했다.

"좋은 시절 다 지나갔네."

"여름 내내 모기나 파리 같은 물것들에게 시달렸는데?"

"그래도 뼛속까지 파고드는 삭풍의 추위보다는….."

그들은 통방을 하며 하소연하고 있었다.

"교도소의 겨울나기가 힘드나 보지?"

윤 교장은 귀담아듣고 있었다. 몸을 웅크리며 걱정했다.

4

아침밥을 먹고 나서였다.

"특사에 출정 나갈 재소자가 있습니다."

출정담당이 특사의 출입문 앞에 서며 사동 통로를 향해 소리쳤다.

출정은 미결수가 법정이나 검찰청에 나가는 것을 말했다.

"몇 방?"

본부담당이 사동 출입문을 열어주었다.

"22방. 2103번 윤선준!"

출정담당은 또박또박 말했다.

"검사가 불렀습니까?"

"월요일이니까. 검취입니다."

월요일에는 재판이 없었다. 검취는 검사의 취조를 말했다.

"22방, 윤선준. 출정."

본부담당은 어느새 22방 앞에 섰다. 열쇠를 꺼냈다. 열쇠 구멍으로 넣어 돌렸다. 딱 소리와 함께 철문의 자물쇠를 풀었다. 감방문을 열었다.

"출정이요?"

윤 교장은 무슨 말인지 알아듣지 못했다. 멍하니 서 있었다.

"검사가 불렀어."

담당은 퉁명스럽게 말했다.

"검찰청에 가야 합니까?"

윤 교장은 깜짝 놀랐다.

"검사가 오랜만에 소환했네?"

본무담당은 이상하다는 듯이 고개를 갸웃거렸다. 교도소에 들어온 지 몇 달이 지난 것 같았다. 검찰이 이제야 조사를 시작한다는 것이 상식에 어긋났다. 일반사건 같으면 이미 기소하여 재판이 진행되어야 했다. 간첩이기 때문에 특별한 사연이 있는 것 같았다.

"죄도 없는데."

윤 교장은 몸을 바르르 떨었다. 조사를 받는 것이 무서웠다.

"그것은 검사에게 말하고."

본부담당은 외면했다. 재소자들 중에 죄 있다고 하는 사람은 아무도 없었다.

"간첩이 아닌데."

윤 교장은 뒤로 물러섰다. 고문을 당했던 일들이 떠올랐다.

"빨리 나가!"

본부담당은 소리쳤다.

윤 교장은 담당의 눈치를 살폈다. 마지못해 엉두덜거리며 감방에서 나갔다.

"또 있습니까?"

본부담당은 출정담당에게 물었다.

"22방 한 명입니다."

"나갑니다. 데려가시오."

본부담당은 떠밀듯이 소리쳤다.

"고문을 당하게 될 텐데….'

윤 교장은 도살장으로 끌려가는 황소처럼 뭉그적거렸다.

5

"검취가 처음인가요?"

출정담당은 사동 출입문을 나온 재소자를 앞세웠다. 교도관은 항상 재소자의 뒤에서 따라가야 했다.

"예."

윤 교장은 뒤를 돌아보았다.

"구속된 지 얼마나 되었지요?"

"몇 개월 된 것 같은데, 잘 모르겠어요."

윤 교장은 얼른 생각이 나지 않았다.

"죄명은?"

출정담당은 취조하는 검사처럼 다그쳤다.

"중앙정보부로 가는 건 아니죠?"

윤 교장은 딴청을 부렸다.

"검사가 불렀어요."

출정담당은 재소자의 신상을 파악하려고 묻고 있었다. 미결수이니 미결사동에 수용되어 있어야 했다. 특사에 수감된 경우는 아주 특별한 경우였다. 국가보안법 위반, 간첩, 반공법, 사상범, 긴급조치 같은 정치 사범들이었다.

"또 검사가 조사를 한다고?"

윤 교장은 비명을 지르듯이 중얼거렸다. 고문을 당할 것 같아 넌더리를 냈다. 몽둥이로 뒤통수를 맞은 기분이었다. 눈앞이 캄캄해졌다. 무서워 두려움에 떨고 있었다.

6

미결사의 출입문 앞에는 칠팔 명의 재소자들이 손목에 쇠고랑을 차고 오랏줄로 묶이고 있었다. 모두가 검사의 조사를 받기 위해 검찰청의 유치장으로 갈 미결수였다.

"특사에서 재소자를 연출해 왔습니다."

출정담당이 재소자를 데려가며 출정교사에게 보고했다.

"2103번 윤선준을 검신하고 단독 시승해."

출정교사는 윤 교장을 노려보며 지시했다. 공안사범, 간첩, 정치사범들은 한 사람씩 묶어 특별 계호를 했다. 일반재소자와 접촉하지 못하게 하려고 특별 관리해야 하기 때문이었다. 역적들이기 때문에 철저하게 격리하여 지켜야 했다.

검신은 몸수색을 말했다.

"알겠습니다."

출정담당은 재소자의 몸을 두 손을 훑어 내리며 몸을 뒤졌다. 구석에 놓여있는 수갑 하나를 주워들었다.

"간첩이니까 도망가지 못하도록 꼭꼭 묶어."

출정교사는 날카로운 시선으로 노려보았다. 음성에는 독기가 가득 서려 있었다. 시선은 날카로운 독침이었다.

"간첩? 아침마다 시승을 하려니…."

출정담당은 수갑을 채우며 혀를 찼다. 재소자이지만 사람을 묶는 일이었다. 썩 내키는 일은 아니었다.

"이것이 직업이니…"

출정담당은 사려져 있는 포승을 들고 풀었다. 오랏줄의 가운데를 잡았다. 나비맺음을 하였다. 두 개의 고가 만들어졌다. 고를 수갑 채워놓은 양쪽 손목에 끼워 넣었다. 줄을 잡아당겨 조였다. 두 손목 사이에 수갑의 연결고리를 휘감아 고를 만들어 묶었다. 포승 한 가닥을 고에 끼워 빼내었다. 그렇게 고거리를 하였다. 남은 두 가닥의 밧줄을 양 가닥으로 나누어 허리를 감았다. 그리고 뒤의 등쪽에 고를 내어 묶었다. 고거리를 하였다. 남아있는 두 가닥의 포승으로 한 가닥씩 나누어 양쪽 팔에 고를 내어 묶었다. 남은 포승으로 반대편의 팔에 묶은 고에 끼웠다. 그리고 단단히 잡아당겼다. 양팔에 걸어 맨 두 가닥으로 고를 지어 묶었다. 남은 포승으로 고 거리를 하여 메지었다. 재소자를 단독 시승할 때에 묶는 방법이었다. 늘상 해 왔기에 난든집이었다. 든손에 척척 묶어나갔다.

"담당이 단독 계호해."

출정교사는 연출해서 시승하고 있는 담당에게 맡겼다.

"단독 계호해야 합니까?"

담당은 시승을 하면서 찬찬히 뜯어보았다.

"불순분자이니까 책임지고 다른 재소자들과 접촉하지 못하도록 철저히 감시해."

출정교사는 잔소리를 하고 있었다. 신경이 쓰였다. 간첩이라 마음이 놓이질 않았다. 감시·감독을 소홀히 할 수가 없었다.

"김일성괴뢰도당의 첩자?"

담당은 통일이라는 명목으로 동족을 살해했던 6·25전쟁을 생각했다. 소름이 끼쳤다.

"이상한 언행을 하게 되면 보고하고."

출정교사는 자신의 책임을 의식했다. 잘못되면 무슨 일을 당하게 될지 몰랐다. 옷을 벗게 되면 큰일이었다. 간첩이기에 꼼짝하지 못하도록 단단히 얽어매어 조였다. 유신정권은 반공을 제일로 삼기 때문에 살벌했다.

"남의 밥통 자르지 말고 행동거지 잘 해."

출정담당은 시승을 마치고 재소자의 등을 탁 쳤다. 손뼉을 치며 먼지를 털었다.

윤 교장은 고개를 숙였다. 간첩이 아니라고 항의하려다가 참았다. 말끝마다 비아냥거리는 소리가 귀에 거슬렸다. 분하고 억울해도 화풀이할 곳이 없었다. 오랏줄은 더욱 세게 조여들었다. 팔이 저리며 아팠다.

7

호송버스가 교도소 정문에서 들어왔다. 미결사로 들어가는 출입구의 철문 앞에 섰다.

"월요일이라 출정 나갈 재소자가 몇 명 안 되지요?"

운전기사는 호송버스에서 내려왔다.

"검사취조만 8명입니다."

출정교사는 버스의 출입문 앞에 서며 말했다. 승차하는 재소자의 인원을 세어보기 위해서였다.

"소제 2명까지 10명입니다?"

운전기사는 출정 나간 재소자의 인원을 알아두어야 했다. 점심때에 밥을 싣고 가야 하기 때문이었다.

"오늘은 소제가 한 명만 나갑니다."

출정교사는 운전기사를 바라보며 고개를 저어댔다.

"출정 인원이 아홉 명!"

운전기사는 머릿속에 갈무리했다. 싣고 갈 재소자의 인원이 적으니 홀가분한 기분이 들었다.

"소제 한 명은 가족이 면회 온다고 하기에 미결사에 맡겨 놓았습니다."

출정교사는 청소부의 개인적인 사정을 헤아렸다. 하찮은 일이지만 크게 인심 썼다는 듯이 자랑스럽게 말했다.

"교도소가 텅 비게 되는 세상은 안 오나? 유신 독재정권은 되는 대로 잡아들이고 있으니…."

운전기사는 운전석에 앉으며 투덜거렸다.

"세상 참으로 이상하게 돌아가. 정치판 개판이여!"

운전기사는 출발하려고 시동을 걸었다.

8

"지도, 문 열어주고, 호송차에 태워!"

출정교사는 호송버스의 출입문 앞에 섰다. 승차한 재소자의 인원을 세어보기 위해서였다.

미결사로 들어가는 출입구의 통문을 지키고 있던 보안지도는 큰 철문의 빗장에 채워놓은 자물쇠를 풀었다. 빗장을 잡아당겨 철문을 활짝 열었다.

보안지도는 모범된 기결수를 뽑아 지도완장을 채웠다. 교도관 대신에 교도소 안에 있는 통문을 지키는 재소자들이었다.

"천천히 승차해."

출정담당들은 옆에서 계호했다.

검취를 나간 피의자들은 두 명씩 굴비를 엮어놓듯이 묶여 있었다. 통문을 빠져나갔다. 호송버스를 향해 걸어갔다.

"조금 있다가 가."

담당은 윤 교장을 일반재소자들의 회두리에 세웠다.

"교도소를 나가는가? 엊그제만 해도 담 밖에서 떵떵거리며 잘 살았는데…."

윤 교장은 중얼거리며 정문을 물끄러미 바라보았다. 교도소 밖의 사회를 그려보았다. 아름다운 천국이었다. 가진 것이 많아 호의호식하며 불평할 것 없이 누리며 잘 살았었다.

"뭐 하고 있어? 빨리 따라가!"

담당은 등을 떠밀었다.

"오랏줄에 묶여 있어서…?"

윤 교장은 두런거리며 재소자들의 뒤를 따라갔다. 담 너머를 바라보았다. 멀리 무등산이 보였다. 바다 같은 쪽빛 하늘에 흰 구름이 두둥실 떠가고 있었다. 햇빛이 찬란하여 눈이 부셨다.

9

"빨리 버스에 올라."

담당은 머뭇거리고 있는 윤 교장의 등을 떠밀었다.

"밀지 마시오."

윤 교장은 묶여 있기에 버스에 오르면서 중심을 잡지 못했다. 넘어지려고 하였다. 몸을 간신히 추슬렀다.

"간첩은 여기에 앉아."

출정교사는 맨 나중에 버스에 오르고 있는 윤 교장을 자신이 앉아있는 바로 뒷좌석에 앉혔다. 요시찰이기 때문이었다.

"간첩이 아닌데 듣기 싫게!"

윤 교장은 두런거리며 눈을 흘겨보았다.

"송 담당이 옆에 앉아 잘 지켜."

출정교사는 마음이 놓이지 않아 잔소리를 해댔다.

"간첩님을 특별 경호하라고?"

송 담당은 윤 교장의 옆에 앉으며 비아냥거렸다.

"출발합시다."

출정교사는 운전기사에게 시선을 보냈다.

호송차는 서서히 움직였다. 정문으로 다가섰다. 대문 앞에 멈추었다.

정문담당은 권총을 차고 호송버스에 올랐다.

"출정 몇 명입니까?"

정문담당은 손에 든 출문증을 들여다보았다. 문밖으로 나가는 재소자의 인원이 적혀져 있었다. 호송차에 타고 있는 재소자의 인원과 같아야 했다.

"아홉 명!"

출정교사는 툭 쏘았다. 정문담당으로서 당연히 해야 할 일인데 신경질이 났다.

"맞습니다."

정문담당은 재소자의 인원을 헤아려 확인했다. 버스에서 내려갔다.

호송차를 한 바퀴 돌았다. 차 밑을 찬찬히 살폈다. 재소가 묻어 나갈 수 있기 때문이었다. 개미 새끼도 보이지 않았다. 정문의 큰 철문의 빗장에 걸려있는 자물쇠 풀었다. 교도소의 대문을 양쪽으로 제쳐놓았다. 활짝 열어주었다.

10

호송버스는 정문을 빠져나갔다. 천천히 외 정문을 지나쳤다. 신작로를 달리고 있었다. 창밖으로 작은 들판이 펼쳐졌다. 논뙈기에는 벼들이 껑충 자라 어우러져 있었다. 어느새 벼 이삭이 고개를 숙이고 있었다. 누르스름한 빛이 아침의 햇살을 받아 함치르르했다. 참새들이 떼를 지어 날아다녔다. 허수아비들은 늦잠에 취해있는지 물끄러미 바라보고만 있었다.

"밖의 세상이 신비로운 천국이네!"

윤 교장은 한숨을 쉬며 탄식했다.

"고향의 부산 들에도 황금빛으로 물들어 있겠구나!"

윤 교장은 눈물이 핑 돌았다. 마음은 어느새 고향을 찾아갔다. 질펀한 들녘이 눈앞에 펼쳐졌다. 농부들은 호미씻이를 하고 풍년의 꿈을 꾸며 추수철을 기다리고 있을 것이다.

"어젯밤 꿈속에서는 빈재들과 보끼미들의 논배미를 둘러보았는데…."

윤 교장은 꿈속에서 보았던 문전옥답을 그려보았다. 대대로 물려받은 소중한 논이었다.

호송버스는 한길을 따라 시내로 들어갔다. 교차로의 넓은 도로에는 차들이 가득했다. 파란불이 켜지자 택시가 경적을 울리며 총알처럼 지나쳐갔다.

"간첩이 되어 검찰청으로 가고 있는 죄인 신세!"

윤 교장은 간첩이 되어 조사를 받으려고 검찰청으로 가고 있는 자신을 돌아보았다. 도저히 받아들일 수 없는 현실이었다.

"지난날의 삶을 되찾을 수 있을까?"

윤 교장은 살아온 궤적을 더듬었다. 소설 같은 이야기일 뿐이었다. 자유가 그리워졌다. 슬픈 사연으로 남아 괴물처럼 괴롭혔다. 그림에 떡이 되어버렸다.

"바쁘게 걷고 있는 사람들!"

윤 교장은 한없이 부러웠다. 뭐가 저리도 급한지 잰걸음으로 지나쳤다.

"누더기를 입고 있는 저 사람은 동냥아치?"

"가진 것이 없어도 교도소에 갇혀 사는 죄수보다는….."

윤 교장은 양지바른 곳에 앉아있는 동냥아치를 응시했다. 비렁뱅이를 부러워하고 있었다. 양아치가 천국에서 살아가고 있었다. 특사의 관 같은 독방은 생지옥이었다.

"가방을 메고 학교에 가는 저 어린 소녀는 천사!"

윤 교장은 어린 학생을 보니 꿈속 같았다. 어느새 학교로 찾아갔다. 등교하고 있는 어린이들과 아우러져 뛰어놀고 있었다.

"우리 학교도 가을운동회 준비를 하고 있겠지?"

윤 교장은 운동회 날을 떠올랐다. 만국기가 펄럭이는 운동장에서 달리기, 무용, 공 굴리기, 기마 경기, 기계체조 등을 하는 학생들의 모습이 영화처럼 펼쳐졌다.

"살퍼꽃밭에는 코스모스꽃이 가을바람에 한들거릴 것이고?"

윤 교장은 향수에 젖어 들었다. 어느새 눈가가 축축하게 젖어 들었다. 노란 국화꽃은 햇빛 속에서 환하게 웃고 있었다.

12

호송버스는 검찰청으로 들어갔다. 유치장 앞에 멈추었다. 교도관들이 먼저 내렸다. 여기저기에 서서 감시했다. 도망가지 못하도록 지켰다.

"지하 유치장으로 들어간다."

출정교사는 맨 먼저 내렸다. 호송차의 문 앞에 섰다. 버스에서 나오는 재소자의 인원을 헤아렸다.

"여기가 검찰청인가."

윤 교장이 호송차에서 내렸다. 두리번거리며 살펴보았다. 고문을 당하게 될 것만 같았다. 오금이 저렸다. 다리가 후들후들 떨렸다. 정신이 사나워 어지러웠다. 넘어질 것만 같았다.

"뭐 하고 있어. 빨리 유치장으로 들어가!"

담당이 뒤따라 나오며 팔을 붙잡고 끌어당겼다.

윤 교장은 회두리에서 담당에게 끌려 지하실 유치장으로 내려갔다. 유치장 안은 동굴처럼 어두웠다. 음침한 것이 뜬것이 살고 있는 동굴 같았다. 전등불이 켜졌다. 희끄무레한 불빛이 유령의 치맛자락처럼 덮었다.

"이놈의 냄새!"

윤 교장은 손을 끌어올려 코를 움켜쥐었다. 유치장의 환영 인사는 역겨운 냄새였다. 교도소의 감방에 처음 들어갔을 때처럼 속이 뒤틀렸다.

울렁거리며 토하려고 하였다. 억지로 참았다.

교도관들은 묶여 있는 다른 재소자들의 포승을 풀어주고 있었다.

13

"나는 왜 묶어놓은 오랏줄을 풀어주지 않지?"

윤 교장은 고개를 갸웃거렸다. 자신만 홀로 묶인 채로였다. 교도관들은 외면하며 더러운 오물을 보듯이 피하고 있었다.

"간첩인 교장선생님은 1방에 처넣어 두고 철저히 감시해!"

출정교사는 유치장담당에게 지시했다. 나라를 팔아먹는 역적이라는 생각을 들었다. 저주하며 미워하고 있었다. 교장선생님이라는 사실을 알고 나니 더욱 추하게 보였다.

"반공을 국시의 제일로 한다는 유신정권의 정치이념도 모르시나? 학생들에게 김일성 숭배사상을 가르쳤나? 공산주의를 찬양하는 빨갱이교육?"

출정교사는 독침을 쏘아대었다. 그리고 사무실로 들어가 버렸다.

"교장이 간첩이라고? 이리 와."

유치장담당은 첫 번째 감방문을 열었다. 감방 안을 확인하고 나왔다.

윤 교장은 1방 문 앞으로 다가갔다.

"간첩이니 묶은 채로 처넣어 놓을까?"

담당은 앞에 서 있는 윤 교장을 물끄러미 바라보았다. 고개를 갸웃거렸다. 일반재소자 같으면 당연히 포승을 풀어주어야 했다. 간첩이기 때문에 망설여졌다.

"간첩을 풀어줄까요?"

유치장담당은 포승을 풀어주고 싶었다. 그래서 출정교사에게 묻고 있었다.

"포승은 풀어주고 수갑은 단단히 채워놓아."

출정교사는 사무실의 의자에 앉아 짜증을 냈다. 간첩이라 신경 쓰였다. 귀찮았다.

"아무도 접근하지 못하도록 해!"

출정교사는 덧붙였다. 다른 직원들의 시선이 무서웠다. 무슨 일이 생길 것만 같아 마음이 놓이질 않았다. 중앙정보부에서 감시하고 있다는 사실을 지울 수가 없었다. 교도소에는 간첩, 국가보안법, 긴급조치 등이 시국사범이 수용되어 있었다. 교도관 중에도 끄나풀이 있을 것 같았다.

"수갑은 그대로 차고 있어. 교장선생님께서 어쩌다 간첩이 되었소?"

담당은 포승을 풀고 나서 빈정거렸다. 일반재소자 같으면 감방에 넣으니 수갑도 풀어주어야 했다.

"글쎄 말입니다."

윤 교장은 조롱을 당하니 신경질이 났다. 어쩌다 보니 간첩이 되어있었다.

"1방으로 들어가!"

담당은 감방 안으로 떠밀듯이 말했다. 검찰청유치장에서 가장 작은 감방이었다. 바로 앞에는 유치장담당이 앉아있었다.

"내가 간첩이라고?"

윤 교장은 감방으로 들어가며 투덜거렸다.

"아니 땐 굴뚝에서 연기 날까?"

담당은 흘겨보았다.

"아이고, 이 썩은 냄새."

윤 교장은 어깃장을 놓았다. 수갑을 찬 손으로 코를 잡았다. 독가스같은 악취가 콧속으로 파고들며 괴롭혔다. 질식되어 죽게 될 것만 같았다. 어느 감방이든 송장이 썩은 것 같은 냄새가 진동했다.

14

엿장수의 가위소리가 들려왔다. 누군가는 '가위나 칼을 갈라'고 소리
쳤다. '똥을 퍼'라는 외침도 꼬리를 물었다. 강냉이를 튀기는 '뻥' 하는
소리는 성기게 듬성듬성 들렸다.

"살아보겠다는 인간들의 함성소리!"

윤 교장은 멍하니 앉아서 밖에서 들려오는 소리를 듣고 있었다. 탈출
하고 싶은 충동을 억제했다.

"몇 시입니까?"

윤 교장은 감방 앞에서 서성이는 담당에게 물었다.

"시간은 알아서 무엇 하려고?"

담당은 외면했다.

"지루해서요."

윤 교장은 정신이 돌아버릴 것만 같았다.

"세월이 좀먹나? 징역살이야. 그냥 맡겨요."

담당은 대거리하는 것도 귀찮았다. 자신도 징역살이를 하고 있다는
생각을 지울 수가 없었다.

"검사는 언제 부르게 될까?"

윤 교장은 시간이 갈수록 초조해졌다. 고문이라는 무서운 악마가 엄
습했다. 머릿속에 똬리를 틀고 앉아 괴롭혀댔다.

"맞을 매 먼저 맞으라고…."

윤 교장은 빨리 맞고 싶었다.

"사형수가 사형당할 순번을 기다리는 것 같은 잔인한 시간."

윤 교장은 불쌍한 신세가 되어버렸다. 자닝스럽게 짓밟히고 있었다. 몇 분이 수십 년같이 길었다.

반나절이 지나가는 갔다.

16

청소부는 호송차에서 밥통과 국통과 반찬통을 날랐다. 유치장으로 가져다 놓았다.

청소부는 든손에 배식을 시작했다.

"배식이요. 밥 받으시오."

청소부는 구매밥과 국과 반찬을 한꺼번에 들고 와 철창살 사이로 넣어주었다.

"생각이 없는데."

윤 교장은 입 안이 소태를 씹고 있는 것처럼 쓰디썼다.

"먹든지 말든지. 빨리 받아. 간첩이!"

청소부는 흘겨보며 재우쳤다. 간첩이라는 사실을 알고 나니 괜히 미워졌다.

윤 교장은 청소부의 눈치를 살폈다. 마지못해 받아 놓았다.

"간첩이라는 누명을 벗으려면 억지로 먹어서 살아남아야 하겠지?"

윤 교장은 입술을 지그시 깨물었다. 분노가 울컥 치솟았다. 오기를 부렸다. 된장국에 구매밥을 말았다. 입 속으로 떠 넣었다.

"사는 것이 무엇인지 모르지만…"

윤 교장은 잘근잘근 씹으며 음미했다. 모래를 씹는 것 같았다. 몇 숟가락 뜨고 나서 수저를 놓았다. 식기를 식구통 밖으로 내놓았다. 넋이 나간 사람처럼 멍청하니 앉아있었다.

17

윤 교장은 자신도 모르게 하품을 했다. 점심을 먹고 나니 졸음이 찾아왔다. 계속되는 긴장 속에 심신이 피곤했다. 불안과 초조 때문에 애가 탔다. 눈동자는 툭 튀어나오려고 했다. 몸은 제풀에 지쳐버렸다.

"밤마다 무서운 꿈 때문에 노루잠으로 지새웠고."

윤 교장은 자신도 모르게 꾸벅꾸벅 졸았다. 고주박잠을 잤다. 얼마나 잤는지 몰랐다.

어디선가 까치들이 요란스럽게 우짖어댔다.

윤 교장은 깜짝 놀라 눈을 떴다.

"반가운 손님이 찾아와 나를 부르는 소리?"

윤 교장은 밖으로 뛰어나가고 싶은 충동을 느꼈다. 또 눈물이 핑 돌았다. 시도 때도 없이 서러움이 복받쳤다.

18

저녁나절의 새참 때가 지나갈 무렵이었다.

"2233번, 검취!"

한 담당이 수갑과 포승을 들고 유치장 안쪽으로 들어가며 소리쳤다. 재소자를 묶어 검사실로 데려가기 위해서였다.

유치장담당은 감방열쇠를 손에 들고 자리에서 일어났다.

"3방입니다."

2233번은 감방문 앞으로 다가갔다.

유치장담당은 열쇠로 3방 문의 자물쇠를 풀고 열어주었다.

"검사는 불러서 조진다더니….".

2233번은 투덜거리며 감방에서 나왔다.

"몇 호실?"

유치장담당이 서류정리를 하려고 물었다.

"4호실입니다."

2233번은 담당이 건네준 수갑을 찼다.

"빨리 끝내자!"

담당은 포승을 풀어 나비맺음을 했다. 시승을 하기 시작했다.

"덤터기를 씌우니…."

2233번은 몸을 맡겼다.

"빠져나가려고 오리발을 내미는 것은 아니고?"

담당은 단숨에 시승을 끝냈다. 재소자를 묶는 것이 직업이라 난든집
이었다.

"담당님도…. 공갈 협박에 고문한 것 안 보셨습니까?"

2233번은 대거리했다.

"쓸데없는 소리 하지 말고. 가지!"

담당은 재소자의 등을 떠밀었다.

문을 지키는 담당은 유치장의 문을 열어주었다.

19

또 세 명의 재소자가 검사실로 불려 갔다.

검사실로 갔던 두 사람이 돌아왔다.

다시 한 명이 검사실로 가기 위해 감방에서 나왔다.

갑자기 장사가 잘된 것처럼 한꺼번에 불려 나갔다.

"나는 어떻게 되는 거야?"

윤 교장은 철창으로 통로를 내다보았다. 검사실에 조사 받으려 가기 위해 밧줄에 묶이는 재소자가 부러웠다.

"언제 맞아도 맞을 매인데…."

윤 교장은 마른침을 삼켰다. 몸이 굳어버렸다. 목이 뻣뻣하여 움직여지질 않았다.

"이것이 고문이구나."

윤 교장은 죽든 살든 검사와 빨리 맞닥뜨리고 싶었다. 재소자가 검취를 나가면서 '검사는 불러서 조진다.'고 하더니 말이 귓속에서 메아리쳤다.

"그래, '경찰은 때려서 조지고, 검사는 불러서 조지고, 판사는 재판을 미루어 조지고, 변호사는 사기 쳐서 조지고, 교도관은 세어서 조지고, 재소자는 먹어서 조지고, 집에서는 팔아서 조지고.'라고 했었지. "

윤 교장은 언젠가 재소자들에게 들었던 일곱 가지 조지를 떠올리며 되새겨보았다.

"검사도 전기고문을 하겠지?"

윤 교장은 중앙정보부에 끌려가서 고문당했던 일들을 덧들어내었다. 소름이 끼쳤다.

"검사가 고문을 하게 되면…? 차라리 죽어버려야 하겠지?"

윤 교장은 모질게 짓밟혀도 하소연할 곳이 없었었다. 생각할수록 억울하고 분했다.

"하나님, 나는 어떻게 될까요?"

윤 교장은 예수님을 찾았다. 모든 것을 맡기며 위로받고 싶었다.

20

태양이 해넘이로 들어가는 해거름 녘이 되었다. 산그늘이 내려왔다. 법원과 검찰청을 이불처럼 덮고 있었다. 곧바로 땅거미가 드리워졌다. 어두워지기 시작했다.

호송버스는 검찰청유치장 앞에 멈추어 섰다. 경적을 울렸다. 퇴근시간이 되어 재소자들을 싣고 교도소로 가기 위해서였다.

운전기사는 버스에서 내려 유치장으로 들어갔다.

"퇴근시간은 벌써 한참 지났는데…. 이제 들어갑시다."

운전기사는 교도관실로 들어가면서 큰 소리로 말했다. 얼굴을 찡그렸다. 퇴근할 시간은 훌쩍 지나가 버렸다. 집에서 가서 가족과 함께 오붓하게 보내야 할 저녁시간이었다.

"검취를 받지 않은 재소자가 몇 명 있는데…."

유치장담당이 서류를 뒤적거렸다.

"야간근무자는 들어가야 합니다."

야근담당들이 투덜거렸다. 빨리 교도소로 들어가야 했다. 저녁밥을 먹고 나서 야간근무를 하려면 시간에 쫓기었다.

"검사실에 확인해서…."

출정교사는 수화기를 들었다. 피의자를 부른 검사호실에 전화했다. 조사하지 않게 되면 교도소로 보내기 위해서였다. 조사할 사건이 많아서 바쁘게 되면 다음 날 부르기도 했었다.

"검사들 말이야. 권력을 쥐고 있다고 해서…? 소환했으면 빨리빨리 조사해야지."

운전기사는 독설을 뱉어내려다가 꾹 참았다.

"높은 양반 마음대로니까."

유치장담당은 추임새를 메기었다.

"그 힘은 약한 사람들을 위해 사용해야지!"

한 담당은 용기를 내었다. 발림하며 장단을 맞추었다.

21

"2103번 윤선준만 남기고 모두 들여보내."

출정교사는 검사실에 확인하고 나서 얼굴을 찡그렸다.

"일근자 중 누군가가 야근해야 하겠습니다."

유치장담당은 자신의 차례라는 것을 알고 있었다. 야근을 하기 싫어 발등걸이하며 짜증냈다.

"오늘은 유치장담당 차례인 것 같은데?"

출정교사는 장부를 뒤적거렸다.

"그런 것 같습니다."

유치장담당은 알아듣고 이내 포기했다.

"간첩 교장선생님 때문에 앞으로 한동안 골치 아프게 생겼네."

출정교사는 자리에서 일어났다. 교도관실에서 나갔다. 유치장으로 갔다. 다른 재소자는 서둘러 교도소로 보내야 했다. 야간이기 때문에 더욱 걱정이 되었다. 도망칠 가능성이 커졌기 때문이었다.

22

유치장담당은 자물쇠를 풀어 감방문을 열었다. 담당들은 수갑과 포승을 챙겨 들고 시승을 시작했다. 시승은 단숨에 끝났다.

"얼른 들어가자."

"저녁밥 먹고 야근하려면…."

야근담당들이 시승을 끝내고 재우쳤다. 시간에 쫓기고 있었다.

"추가소환 두 명 신고 온 차로 한 명 들여보냈으니 일곱 명 맞습니다."

유치장담당은 재소자의 인원을 점검하고 나서 보고했다.

"간첩 한 명 남아 있으니…."

출정교사도 세어보고 나서 고개를 끄덕였다.

"승차시켜!"

출정교사는 유치장에서 먼저 나가며 소리쳤다. 승차하는 재소자의 인원을 세어보기 위해서였다.

교도관들은 유치장에서 먼저 나갔다. 재소자들이 도망가지 못하도록 지켜야 했다.

재소자들은 뒤를 따랐다.

23

"나는 어떻게 되는 겁니까?"

윤 교장은 철창으로 내다보며 담당에게 물었다.

"어떻게 되긴?"

담당은 외면했다.

"야간에 취조를 한다는 겁니까?"

"당신 때문에 골치 아프게 생겼소."

담당은 퉁명스럽게 화풀이했다.

"밤에 고문하려고?"

윤 교장은 야간에 조사받는 것이 무서웠다. 지레 겁을 먹었다. 무서워 떨고 있었다.

"그러니까 남으라는 거지."

담당은 독침을 뱉듯이 말했다.

"이놈의 신세야. 언제까지 잡아두려고. 간수가 된 내가 잘못이지. 입에 풀칠하기가…!"

출정교사는 호송차를 보내고 유치장으로 돌아오면서 투덜거렸다. 피의자가 한 명 때문에 퇴근할 수가 없었다. 몇 시에 끝날지도 기약할 수가 없었다. 간첩, 정치사범, 반공법, 간급조치 등은 자정을 훌쩍 넘기는 경우가 다반사였다.

24

지하의 유치장 감방 안은 금방이라도 뜬것이 나올 것처럼 무서웠다. 희끄무레한 형광등의 불빛은 귀신의 하얀 치맛자락 같았다. 소름이 돋았다.

"저 썩을 놈이 누굴 잡으려고."

여자의 앙칼진 목소리가 칼을 휘두르듯이 찢어댔다.

"미친년 봐라!"

남자의 고함이었다.

"네놈이 미쳤다! 이 썩을 놈아!"

"남의 돈 가져갔으면 내놓아야지."

"네놈이 언제 나에게 돈을 꿔주었다고?"

남녀의 드잡이하는 앙칼진 목소리가 사납게 들려왔다.

호루라기가 뒤를 따랐다. 조용해졌다.

"살아보겠다고…."

윤 교장은 밖에서 들려오는 소리를 들으며 한숨을 쉬었다. 치열한 생존경쟁의 다툼이었다.

25

"잘 있거라, 나는 간다. 이별의 말도 없이….."

한 사내의 흥얼거리는 소리가 들려왔다. 거나하게 취하여 모주가 되었는지 노랫소리도 비틀거렸다.

"떠나가는 새벽열차 대전발 영 시 오십 분….."

윤 교장은 눈을 감고 함께 따라 부르고 있다. 가슴이 뭉클해졌다. 노랫소리를 듣고 있으니 갑자기 서러움이 복받쳤다. 눈물방울은 볼을 타고 주르르 흘러내렸다. 자신이 갇혀있다는 사실을 새삼스럽게 실감했다. 막걸리 몇 잔 걸치고 밤늦게 집에 가면서 술주정을 하던 자신의 모습이 떠올랐다. 밖에서만 누릴 수 있는 행복한 순간이었다.

"술 한잔 생각난다."

윤 교장은 도리깨침을 삼켰다.

"내게도 자유로운 삶이….."

윤 교장은 자신의 앞날을 상상해보았다.

"그림에 떡?"

윤 교장은 자신의 신세가 한없이 자닝스럽게 느껴졌다.

"아름다운 천국은 밖에서 손짓하며 부르고 있는데….."

윤 교장은 듣고 싶지 않은 소리들이었다. 들려오니 어쩔 수가 없었다. 흘려들으려고 귀를 막았다. 날카로운 화살처럼 날아와 가슴을 찔러댔다.

밤은 이슥하게 깊어져 갔다. 가끔 들려오던 자동차의 경적소리도 뜸해졌다. 세상은 귀잠 속으로 빠져들었었다. 세상은 고요해졌다.

"통행금지 시간이 다 되어가는 것 같은데…."

윤 교장은 단단히 굳어져 있는 적막 속에서 홀로 몸부림치고 있었다.

"왜 취조를 하지 않지? 전기고문을 하려고…?"

윤 교장은 두려움 속에서 자닝스럽게 짓밟히고 있었다.

"검사도 잠을 재우지 않고 밤샘하려고?"

윤 교장은 자신에게 닥쳐올 일들을 상상해보았다.

"하루 종일 유치장의 감방에 앉아서…. 보이지 않은 괴물에게 모질고, 살천스럽고, 자인하게. 짓밟히며 고문을 당하고 있으니…."

윤 교장은 초조하게 떨고 있는 자신의 모습이 처량하고 불쌍하고 가련했다.

"죽어버릴까? 그래, 차라리 죽어버리는 것이…."

윤 교장은 자리에서 벌떡 일어났다. 감방을 바장이었다. 저승사자가 찾아와 옆에서 지켜보고 있음에 틀림이 없었다.

"자살하게 되면? 그래, 예수님께 맡기자. 못난 이 죄인의 죄를 용서하여주시고…. 하나님 뜻대로 하소서."

윤 교장은 감방의 구석으로 갔다. 쪼그리고 앉았다. 기도를 하기 시작했다. 십자가가 매달린 예수님을 생각했다. 눈에서는 서러움이 샘물처럼 솟아 볼을 타고 흘러내렸다.

"검사는 불러서 조진다더니. 좆같이, 들어갑시다."

담당은 열쇠로 감방문의 자물쇠를 풀었다. 문을 활짝 열며 투덜거렸다.

"그냥 들어갑니까?"

윤 교장은 쇠고랑을 찬 손으로 볼에 흘러내리는 눈물을 훔쳤다.

"조사를 하지 않으려면 일찍 보내야지"

담당은 가래침을 뱉었다.

"몇 시나 되었습니까?"

윤 교장은 감방에서 나갔다.

"열한 시가 넘었어요."

담당은 신경질을 냈다.

"불렀으면 조사해야지. 아무리 높은 양반님 마음대로라고…."

출정교사는 교도관실에서 나오며 투덜거렸다.

"저승사자와 한밤중까지 치열하게 싸운 유치장의 하루!"

윤 교장은 정신적인 고통으로 몹시 피곤했다. 한밤중까지 피를 말리는 괴로운 하루였다. 심신이 지쳐 넘어질 것만 같았다. 자살하고 싶은 충동을 어렵게 참았다.

"당신 때문에 여러 골이 복잡하고 시끄러워!"

담당은 흘겨보며 분풀이를 해댔다.

"세상은 힘 있는 높은 양반의 마음대로니까."

운전기사는 몇 시간 전에 미리 와서 기다리고 있었다. 야간이기에 검사취조가 끝난 즉시 재소자를 호송하기 위해서였다.

"빨리 가!"

담당은 시승을 마치고 재소자의 등을 힘껏 떠밀었다.

"하나님, 이 억울한 사연을…. 어디에도 하소연할 곳이 없으니…."

윤 교장은 유치장을 나서며 속으로 중얼거렸다.

밖에는 어스름 달빛이 드리워져 희끄무레했다.

28

호송차는 교차로에 다다랐다. 빨간불이 켜졌다. 멈추어 섰다. 통행금지 시간이 가까워져서 그런지 도로는 한산했다. 여기저기에서 깜빡거리고 있는 네온사인 불빛이 어지러웠다.

"사람들은 자기 집을 찾아가고 없는 한산해진 밤거리."

윤 교장은 차창 밖을 응시했다.

"아늑하고 편안한 고향집은 언제쯤 갈 수 있을까?"

윤 교장은 어느새 고향을 찾아갔다. 술에 취해 비틀거리며 걸었던 동구 밖 신작로가 생각났다. 수리봉 멧부리 위에서는 별들이 반짝거리고 있었다. 뒷동산에 부엉이가 울었다. 어두운 밤길을 소삽했다. 가로수는 총을 겨누고 있는 산사람처럼 보였다. 깜짝 놀라 발걸음을 멈추었다. 솟대처럼 서서 살펴보았다.

29

신호등은 파란불로 바뀌었다. 호송차는 출발했다.

"내일도 검사가 소환했으니 나와야 해."

출정교사는 윤 교장을 돌아보았다.

"내일도…."

윤 교장은 어눌하게 중얼거렸다.

"당신 때문에 복잡하게 생겼어!"

담당은 또 신경질을 부렸다.

"하루 이틀에 끝날 것 같지 않으니…"

출정교사는 두런거렸다.

"내일 아침에 데리러 갈 테니 일찍 준비하고 있어!"

담당은 독침을 뱉듯이 말했다.

윤 교장은 귀찮아 대거리하지 않았다. 창밖만 바라보았다. 내일도 검찰청으로 나올 것을 생각하니 가슴이 답답했다. 얼마나 많은 괴롭힘을 당하게 될지 알 수 없었다. 피를 말려서 죽게 만들 모양이었다.

"이것은 눈에 보이지 않은 잔인한 고문!"

윤 교장은 전기고문보다 더 모질고 잔인하다는 생각을 지울 수 없었다.

30

호송차는 언제 왔는지 교도소 외 정문을 지났다. 정문 앞에 섰다.

"내리시오."

담당은 일어나며 옆에 있는 재소자의 팔을 잡아당겼다. 빨리 인계하고 퇴근해야 했다.

윤 교장은 뭉그적거렸다. 교도소 안으로 들어가는 것이 무서워 싫었다.

"당신 집인데, 들어가기 싫어?"

담당은 재소자가 내려오자 뒤로 갔다. 묶어놓은 오랏줄을 단단히 움켜잡았다. 밤이기 때문에 도망칠 가능성이 커졌다.

"내 집이라고?"

윤 교장은 담당의 말을 되새겼다. 사형장으로 끌려가는 기분이었다.

"빨리 들어가!"

담당은 뒤에서 떠밀었다.

윤 교장은 힐끗 돌아보았다. 무슨 말을 하려다가 참았다. 뚜벅뚜벅 정문을 향해 걸어갔다.

담 위에 있는 감시등의 희끄무레한 불빛이 유난히도 밝게 보였다.

"출정입니까?"

정문담당은 기다리고 있었다는 듯이 대문 옆에 붙은 작은 쪽문을 열었다.

"예, 출정 한 명입니다."

출정담당은 재소자를 열어놓은 문 안으로 밀어 넣었다. 묶어놓은 포승을 단단히 붙잡고 따라갔다.

"수고했습니다."

정문담당은 재소자와 출정직원이 들어가자 문을 닫았다. 빗장을 걸고 자물쇠를 걸어 잠갔다. 인터폰을 들어 보안과에 출정이 들어왔다고 보고했다.

"징그러운 야근!"

출정담당은 보안과로 가면서 불만을 토로했다. 교도관들의 정원은 턱없이 부족하였다. 하루가 멀다 하고 야근을 해야 했다.

하늘에 박힌 수많은 별이 내려다보며 수런거리고 있었다.

31

윤 교장은 다음날, 그다음 날에도 검사의 소환을 받았다. 두 주일을 검찰청에 불려 나와 유치장에 갇혀있었다. 조사는 받지 않았다. 밤이 이슥해져서 교도소로 돌아왔다.

윤 교장은 오늘도 소환되었다. 검찰청 유치장에 갇혀있었다. 흔적 없는 고문을 당하고 있었다. 맞을 매를 기다리며 마른침을 삼켰다. 어떻게 당하게 될지 몰랐다. 두려웠다. 괴로워 제정신이 아니었다. 그렇게 제풀에 지쳐가고 있었다.

"고물 삽니다. 고물이요!"

검찰청 밖의 동네 고샅에서 누군가가 외쳐댔다.

"오늘은 고물장수가?"

윤 교장은 귀를 쫑긋 세웠다. 출정을 나오면 들을 수 있는 반가운 목소리였다.

애들이 잔양스럽게 떠들어대는 소리도 들려왔다. 학교가 파하여 집으로 가고 있는지도 몰랐다.

32

오늘도 아침나절이 지나갔다. 구메밥이 들어와 점심을 먹었다.

윤 교장은 지쳐 피곤했는지 식후 졸음 때문인 모르지만, 깜빡 고주박잠으로 졸고 있었다.

"2103번 윤선준. 드디어 검사가 불렀다."

담당은 포승을 들고 유치장 안으로 들어서며 소리쳤다.

"불러 놓고, 굴침스럽게 괴롭히더니…."

윤 교장은 잠에서 깨어났다. 벌떡 일어났다.

"드디어 올 것이 왔네!"

유치장담당은 두렁거리며 감방문을 열어주었다.

윤 교장은 감방에서 나갔다.

"교장선생님이 빨갱이 간첩이라고?"

연출담당은 포승을 들고 나비맺음하면서 흘겨보았다. 시선을 날카롭게 세우고 다가갔다.

"검사님 앞에서 잘해."

담당은 비수로 가슴을 찌르듯이 말했다.

"무엇을요?"

윤 교장은 어깃장을 놓았다.

"오리발을 내지 말라는 거야."

담당은 시승을 시작했다.

"거짓말할 것이 없습니다."

윤 교장은 당당하게 대거리했다. 사실이 그랬다.

"말이 많다. 김일성의 첩자가!"

담당은 든손에 시승을 끝냈다.

"빨리 가자고."

담당은 재소자의 뒤에 섰다. 묶고 남아 있는 오랏줄을 단단히 붙잡았다.

"나더러 간첩이라고?"

윤 교장은 유치장을 나갔다. 고개 숙이고 묵묵히 걸어갔다. 시원한 바람이 얼굴을 어루만지며 지나갔다. 꽉 막혔던 가슴이 조금은 트이는 것 같았다.

"고문을 당하게 될 텐데…?"

윤 교장의 발걸음은 차꼬를 채워놓은 것처럼 느려졌다.

검찰청 뒤에 있는 정구장에는 잠자리들이 떼거리로 날아다녔다. 제비들은 전깃줄에 나란히 앉아있다. 하늘에는 먹구름 한 덩이가 정처 없이 떠다녔다.

3. 검사 앞에서

1

윤 교장은 공안검사실의 구석진 곳에 수굿이 앉아있었다. 가끔 숙이고 있던 고개를 쳐들었다. 검사의 행동을 살폈다. 옆에는 자신을 묶어데려온 교도관이 지켜보고 있었다.

검사는 한 피의자를 앞에 앉혀놓고 다그쳤다. 술자리에서 유신정권을 비방했다는 이유로 붙잡혀 온 사람이었다. 막걸리반공법인지 긴급조치인지 알 수 없었다. 유신정권의 한국적 민주주의 토착화는 철천지원수인 김일성공산당의 침략을 막는 유일한 방법이며 수단이라고 꾸짖었다. 애국자이시고 위대한 미족의 영도자이신 대통령 각하에게 충성하라고 설교했다.

"막걸리를 마시면서 거나하게 취하니 기분 좋게 한마디 한 것을 가지고…."

윤 교장은 귀담아듣고 있다가 마음속으로 중얼거렸다. 참으로 무서운 세상이었다.

"그러니, 나는 간첩이 될 수밖에…."

윤 교장은 한숨만 쉬고 있었다.

윤 교장은 벽에 걸린 시계를 보았다. 어느새 6시가 되어가고 있었다.

검사실 구석에 가만히 앉아서 반나절을 보내었다. 온몸이 절이며 쑤시고 아팠다. 머릿속에는 무서운 불안감이 헝클어진 실타래처럼 뒤엉키었다.

2

담당은 의자에 앉아 소설책을 읽고 있었다. 지루함을 독서로 달래었다.

"시간이 벌써 이렇게 되었나."

담당은 벽에 걸린 시계를 바라보며 책을 덮었다. 지루하여 하품을 했다. 교도소로 돌아가 야간근무를 해야 할 시간이었다. 자리에서 일어났다. 검사를 바라보며 눈치를 살폈다.

"오늘은 그냥 데리고 들어가시오."

검사는 알아차렸다. 불구속 피의자를 조사하다 보니 어느새 퇴근시간이 되어버렸다. 몸이 피곤하였다. 지쳐 야간 일은 하기 싫었다.

"면전에 놔두고… 조사를 받게 될 줄 알았는데… 이렇게 피를 말리는구나!"

윤 교장은 내색을 못 하고 속으로 끙끙 앓았다. 불러다 놓았으니 한마디라도 물어보았어야 옳았다. 도대체 무엇을 하는 있는지 알 수가 없었다. '검사는 불러서 조진다.'는 말이 다시 떠올랐다.

"갑시다."

담당은 퉁명스럽게 말했다. 옆에서 지켜보는 것도 짜증났다. 은근히 당하는 아주 이상한 고문이었다. 교도관의 어려움도 헤아려주었으면 좋겠다는 불만을 재소자에게 하고 있었다.

윤 교장은 뭉그적거리며 일어났다. 다리에 쥐가 내려 결렸다. 절뚝거리며 걸었다.

"내일도 데려와!"

검사는 힐끗 쳐다보았다.

"알겠습니다."

담당은 문을 나서며 돌아보았다.

"빨리 가. 야근을 해야 하니까!"

담당은 뒤에서 떠밀듯이 재우쳤다.

어느새 땅거미가 드리워졌다. 검찰청은 시커먼 보자기로 덮어 놓은 것 같았다. 어두운 밤이 시작되고 있었다.

3

"고정간첩 맞지?"

검사는 굶주린 호랑이가 포효하듯 앙칼지게 악을 썼다.

"아닙니다."

윤 교장은 참다못해 대거리했다.

"또 오리발이네!"

검사는 몽둥이로 때리듯이 살똥스럽게 닦달해댔다.

"오리발이 아니라 사실입니다."

"궤란쩍게. 궤사를 부리지 마."

검사는 자백을 하라고 굴침스럽게 파고들었다.

"간첩질을 했던 적이 없다니까요."

윤 교장은 도저히 인정할 수가 없었다.

"좋은 게 좋은 거야!"

검사는 독침 같은 날카로운 시선으로 찔러댔다.

"나는 간첩이 아닙니다."

윤 교장은 애원했다.

"그렇게 해봐. 나에게도 생각이 있어!"

검사의 음성은 면도날처럼 예리했다. 입술에는 조소가 묻어있었다. 자백을 하라는 강요였다. 피의자가 인정하면 조사하기가 편했다. 증거를 제시하여 범죄사실을 입증할 필요가 없었다. 고문이나 공갈, 협박 같은 짓거리를 하지 않아도 되었다. 그래서 양심의 가책도 받지 않았다. 가장 손쉽고 편안한 방법이 스스로 자백하는 것이었다.

윤 교장은 고개를 숙였다. 당당하게 부인하지 못했다. 간첩질을 한 사실이 없으니 간첩이 아니었다.

4

"중앙정보부에서 모두 자백했으면서?"

검사는 노골적으로 협박하고 있었다.

"그들이 꾸민 거짓입니다."

윤 교장은 입술을 지그시 깨물었다.

"중앙정보부에서 꾸몄다고? 그 말 사실이지? 다시 중정으로 보내줄까?"

검사는 눈을 흘겼다.

"중앙정보부!"

윤 교장 비명을 지르듯이 외쳤다. 몸은 사시나무 떨 듯했다.

"계속 오리발을 내보라지?"

검사는 고개를 돌려 창밖으로 시선을 보냈다.

"모두 덧들어났는데…. 토해 낼 것도 없어요. 기가 막혀서!"

윤 교장은 몽둥이찜질과 전기고문을 떠올렸다. 마귀처럼 귀살쩍게 자드락거리며 괴롭혔다. 무서웠다.

"반공교육을 시켜야 할 교장선생님이⋯ 반공을 국시의 제일로 삼는다는 것도 몰라?"

"교장선생님이 김일성괴뢰도당의 앞잡이가 되어 있으니, 학생들의 교육이 어떻게 되었겠어?"

"학생들을 모두 빨갱이로 만들었겠지?"

검사는 혼자서 판소리하듯이 떠들었다. 북과 장구를 처가며 추임새를 메기어 발림까지 해댔다.

"억울합니다!"

윤 교장은 울먹거렸다. 학생들 앞에서 입술이 닳도록 반공과 북진통일을 외쳤다. 김일성괴뢰도당은 짐승만도 못한 악마라고 입버릇처럼 떠벌렸다. 그런데 간첩이 되어버렸다. 미치고 환장할 일이었다. 아무리 팔딱거려 보아도 소용이 없었다.

5

검사는 입술을 다물었다. 잠시 침묵이 끼어들었다. 회전의자 등받이에 기대고 눈을 감았다. 숨 고르기를 했다. 어떻게 해야 할지를 따져보았다. 엉킨 실타래를 풀듯이 올의 가닥을 잡았다. 실오라기를 붙잡고 개탕을 쳐보았다.

"인간은 누구나 자신의 잘못을 합리화시키지!"

검사는 씨부렁거리며 눈을 떴다. 자세를 바로 했다. 어떻게 해서든 자백하도록 만들어야 했다. 고문은 하고 싶지 않았다. 좋은 방법이 아니기 때문이었다. 피의자가 자닝스럽게 당하는 것을 보면 가슴이 미어졌다. 서글픈 일이었다.

"6·25 때에 월북한 아들이 있었다면서?"

검사의 음성은 한결 부드러워졌다. 머릿속에는 밑그림이 그려져 있었다.

윤 교장은 대답하지 않았다. 큰아들이 월북한 것은 사실이었다.

"아들놈이 공산주의혁명의 열성분자이니… 부전자전?"

검사는 피의자의 가슴에 비수를 꽂아댔다. 공산괴뢰도당 놈들은 선의로 해서는 안 되었다. 좋게 대해준다고 해서 자백하는 것은 아니었다. 순간순간 행동을 바꾸기로 하였다.

"아들 정섭이가 간첩으로 남파된 일이 있지 않아? 집에 찾아왔었고? 며칠 동안 숨겨 주었으면서? 무사히 돌아갈 수 있도록 도와주었으면서?"

검사는 맛있는 고기를 입에 넣고 짓씹듯이 말했다. 재미있게 즐길 줄도 알아야 했다.

"교장으로서 교육정책의 국가비밀을 알려주었고?"

"왜 신고하지 않았어?"

검사는 살똥스럽게 되잡았다.

윤 교장은 입술을 굳게 다물었다. 접착제로 붙어 놓은 것처럼 떨어지질 않았다.

"꿀 먹은 벙어리가 되었네?"

검사는 신명이 났다. 증거는 차고 넘쳤다.

"이래도 간첩이 아니라고? 소가 하품할 할 일이네!"

검사는 조롱했다. 따져볼 것도 없었다. 빠져나가려고 허우적거리며 더욱 구렁텅이 속으로 빨려 들어갔다.

윤 교장은 입술을 깨물었다. 말하고 싶지 않았다. 모두가 부인할 수 없는 사실이었다.

"검사의 말이 말 같지도 않다는 거지?"

"대한민국은 민주주의 국가여서 묵비권을 행사할 자유가 있으니까?"

검사는 흥분하였다. 얼굴은 상기되어갔다.

윤 교장은 고개를 들지 못했다.

"나는 빨갱이 잡는 검사야. 왜, 아니꼬워? 눈이라도 마주치게 고개를 들어봐."

검사는 담배를 꺼내 입에 물었다. 옆에 있는 성냥갑에서 성냥알을 꺼냈다. 그어 불을 붙였다. 힘껏 빨아 깊숙이 들이마셨다. 연기를 뱉어냈다. 날카로운 시선은 피의자에게 꽂혀있었다. 순순히 불 것 같지는 않았다.

윤 교장은 검사를 훔쳐보듯이 힐끗 쳐다보았다.

"간첩이 애국자처럼 행동하려고?"

검사는 담배 맛을 음미하며 피워댔다.

"모두가 사실이니 할 말이 없겠지? 언턱거리 할 핑계를 찾으려고 하지 마. 아무리 발버둥 쳐봐도 빠져나갈 구멍은 없어."

"사형을 면하려면 자백하고 죄를 뉘우쳐야지. 반성해야 동정을 받을 수 있어!"

검사는 혼자서 너름새를 떨며 독백하듯이 씨우적거렸다. 사실이 그랬다. 인정하고 시인해야 했다. 그리고 싹싹 빌며 선처를 구해야만 죽음을 면할 수 있을 것 같았다.

6

"뛰어봐야 벼룩이야. 날아 봐도 부처님 손바닥 안에 있어."

검사는 눈앞에서 아른거리는 담배연기를 바라보았다. 어디로 갔는지 가뭇없이 사라져버렸다. 향긋한 담배냄새가 코끝을 스쳤다. 다시 힘껏 빨아들였다. 무언가를 골똘히 생각했다.

"한국적 민주주의 토착화가 무엇인지 알아요? 교장선생님이니 국민의 자유를 제한하며 통제하고 있는 유신정권을 모를 리는 없을 것이고…. 사법, 입법, 행정의 모든 권한을 대통령이 관장하고 있다는 사실도 잘 알고 계실 텐데…?"

검사는 담배연기를 뱉어내듯이 말했다. 자신도 담배 맛을 보듯이 음미하고 있었다.

"알아서 하셔요. 어차피…."

검사는 입술을 빨았다. 이 사건은 유신정권이 정치적으로 이용하는 큰 사건이기에 소홀이 처리할 수 없었다. 자신도 조금이라도 잘못하게 되면 곤경에 빠져 위태롭게 될 수도 있었다. 깔끔하게 처리하고 싶었다. 승진할 좋은 기회이기도 했다.

7

"큰아들이 6·25 때에 월북한 것 맞지 않아?"

검사는 다시 물었다. 이것은 거짓말할 수 없는 분명한 사실이었다. 이미 중앙정보부에서 자백을 받아놓았기 때문이었다.

"아니라고 부인하지 그래? 월북한 것 분명하지?"

검사는 댓바람에 다그쳤다.

윤 교장은 대답할 수 없었다. 입술을 깨물었다. 부인할 수 없는 사실이었다.

"월북한 아들이 간첩으로 남파되어 집에 찾아왔고?"

검사는 담배를 재떨이에 짓이겨 껐다. 입술에 알 수 없는 이상한 미소가 번져갔다.

"왜 말을 못 해. 오리발을 내야지?"

검사는 버럭 소리쳤다.

윤 교장은 입술을 봉해버렸다.

"얼굴을 붉히면 서로가 피곤하지 않아? 인정할 것은 인정해야지?"

검사는 피의자를 넌지시 바라보았다.

윤 교장은 고개를 들지 못했다.

"교장선생님으로서 그래가지고 학생들에게 반공교육을 어떻게 시켰어요?"

검사는 조롱하며 구슬렸다.

"간첩 잡아 애국하고 신고하여 포상받자! 의심나면 다시 보고 수상하면 신고하자! 불안에 떨지 말고 자수하여 광명 찾자!"

검사는 학생들을 가르치듯이 너름새를 부려댔다. 듣거나 말거나 상관하지 않았다. 심기를 건드려댔다.

"자식이 북에서 간첩으로 왔는데 왜 신고하지 않았어?"

검사는 비수를 날리며 메지었다.

"부모가 보고 싶어 다녀가려고 찾아왔는데…. 자식이 죽을지도 모르는데 신고하라고?"

윤 교장은 속으로 중얼거리며 자신에게 묻고 있었다. 자신도 학생들에게 그렇게 가르쳐왔었다. 처지가 바뀌어 듣고 보니 말도 안 된 소리였다. 자기 자식은 절대로 죽게 만들 수 없었다. 검사를 힐끗 쳐다보았다.

8

"자식이 간첩이라고 아버지도 간첩인가? 나는 교장으로서 새마을사업과 유신정권에 앞장선 애국자인데…."

윤 교장은 속으로 씨부렁거리며 끙끙 앓았다. 살똥스럽게 대거리하며 드잡이를 벌일 수 없었다.

"학생들 앞에서 멸공하자고 열을 올렸고…"

윤 교장은 월요일이면 전교생을 운동장에 집합시켜놓고 반공교육을 시키던 자신의 모습이 떠올랐다. 북진통일을 선동했다. 빨갱이인 괴뢰도당을 때려잡자고 열변을 토했었다. 간첩을 신고하여 애국하고 포상받자고 외쳐댔다.

"교장선생님이 고정간첩이었으니 학생들에게 반공교육을 제대로 시켰겠어?"

검사는 조롱하며 가지고 놀았다. 슬슬 놀려대는 데에는 다른 목적이 있었다. 자신의 입으로 뱉어내는 자백을 듣고 싶어서였다.

"북에서 내려온 자식이 집에 왔던 건 사실이지만 나는 간첩이 아닙니다."

윤 교장은 검사를 흘겨보았다.

"말 되네. 신고를 했어야지?"

검사는 장맞이하고 있었다는 댓바람에 되받았다.

"자식인데 어떻게…?"

윤 교장은 서러움이 복받쳤다. 눈물방울이 볼을 타고 흘러내렸다. 마음을 독하게 먹으려고 해도 자꾸만 눈물이 앞을 가렸다. 큰아들의 모습이 아른거렸다.

"자식이니까 억지로 끌고 가서 신고했어야지?"

검사는 기다리고 있었다는 듯이 후려쳤다.

"그러겠네요."

윤 교장은 한숨만 몰아쉬었다.

"나 같으면 열 번이라도…"

검사는 빈정거리며 즐겼다.

"애비가 자식을 죽이라는 거네? 말도 안 되지!"

윤 교장은 퉁명스럽게 쏘아 붙였다. 어디서 그런 용기가 났는지 몰랐다. 자신의 행동에 대해서는 후회하지 않았다. 자식을 살리기 위해서 어쩔 수 없었다. 그것은 아버지의 당연한 도리였다. 큰아들이 간첩이었다는 사실을 말해주었을지라도 신고하지 않았을 것이다. 왜냐하면 내 자식이기 때문이었다.

"그거야 당신 사정이고."

검사의 마음 한구석에는 동정심이 도사리고 있었다. 피의자의 사정은 충분히 이해하고 남았다. 몇 번을 역지사지하여 보았다. 자신의 자식이 월북했다가 간첩으로 남파되어 찾아왔다면 당연히 신고하지 않았을 것이다. 자식이기 때문이었다. 분단의 현실이 비극을 만들어 내고 있어 안타까울 뿐이었다. 그러나, 실정법을 위반한 것은 의심할 수 없는 명백한 사실이었다.

"아무리 발버둥 쳐봐도 구형은 사형이야! 아마 사형을 면하지는 못할걸. 희생양이 분명하니까!"

검사는 속으로 뇌까렸다. 피의자를 물끄러미 바라보았다. 가슴이 아팠다. 자신은 비정할 수밖에 없었다. 처지가 그랬다. 사형을 구형하지 않으면 안 되었다. 선고는 판사가 하게 될 것이다. 판사도 양심껏 판결을 할 수 없게 될지 몰랐다. 대통령이 삼권을 쥐고 있는 유신정권이었다.

"아마도 사형을 당하겠지?"

검사는 속으로 몇 번을 중얼거렸다. 머릿속에는 불길한 예감이 똬리를 틀고 앉아 떠나질 않았다. 가슴 아픈 일이었다.

"검사이기 때문에 모질게 굴지만… 동정은 가는데…. 어쩔 수 없어!"

검사는 주변을 돌아보았다. 긴장되었다. 보이지 않은 무서운 시선이 도사리고 있었다. 중앙정보부의 귀들이 나팔 통처럼 크게 벌리고 듣고 있었다. 무섭고 잔인한 현실이었다.

"나도 생매장당할 수는 없지? 어떻게 검사가 되었는가? 잘못하다가 덤터기를 쓰게 되고…. 간첩을 도와준 역적으로 낙인이 찍히면…. 공범이 될 수도 있으니까…."

검사는 미친 사람처럼 속으로 중얼거렸다. 유신정권의 눈 밖에 나면 아무것도 할 수가 없었다. 옷 벗고 나가서도 변호사 하기 어렵게 된 세상이었다. 왕따를 당해 외톨박이가 되면 완전히 생매장되었다.

"연좌제도가 있어서 자식들까지 따돌림을 당하니까!"

검사는 자식 걱정까지 하고 있었다. 유신정권의 현실은 처참했다. 자인하고 무서웠다. 자손들의 앞날까지도 망칠 수 있기 때문이었다. 역적은 삼대를 멸한다는 왕권의 통치가 떠올랐다.

9

"나를 원망하지 마시오. 나도 살고 내 가족도 살아야 한답니다."

검사는 피의자가 불쌍하게 보였다. 아니 자신도 참으로 처량한 사람이었다.

"위대하신 대통령 각하는 군사쿠데타로 정권을 잡으면서 혁명공약으로 반공을 국시의 제일로 삼고 있어요. 그 덫에 걸려들었으니…."

검사는 동정의 시선으로 어루만졌다.

"반공으로 유신 독재의 장기집권을 꾀하고 있으니…."

검사는 피의자에게 속삭이듯이 마음속으로 중얼거렸다. 회전의자를 돌렸다. 시선을 창밖으로 보냈다.

"피의자의 서러운 눈물! 당신의 처지를 잘 알고 있어요."

검사의 사건기록을 여러 번 훑어보았다. 소설 같았다. 눈물이 나오려고 했다.

"불쌍하고 가련한 사람! 올가미에 제대로 걸려들었으니…."

검사는 생급스럽게 피의자가 불쌍해졌다. 자신도 모르게 마음속으로 살가운 인정을 베풀고 있었다. 내색은 할 수 없었다. 감추고 있는 속내가 덧드러나면 자신도 빨갱이가 되기 때문이었다. 김일성괴뢰도당의 앞잡이가 되어서는 안 되었다.

"유신정권의 시퍼런 칼날이 검사인 가슴도 찌르고 있으니…."

검사는 유신 독재인 현재의 정치상황을 직시했다.

"유신 독재헌법에서는 대통령에게 긴급조치란 무서운 권력이 주어져 있지."

검사는 유신 독재정권의 무서운 권력을 의식했다.

긴급조치란 국가의 안전보장과 공공의 안녕질서를 위해 국정 전반에 걸쳐 대통령이 취할 수 있는 강압적인 조치였다. 대통령은 국민의 자유를 탄압하고 있었다.

유신헌법은 한국적 민주주의 토착화를 위해 1972년 10월 27일 비상국무회의 의결로 공포되었다. 1972년 11월 21일 국민투표로 확정했다. 대통령은 군사쿠데타로 정권을 잡은 장군이었다. 유신을 하더니 삼권분립이 아니라 사법, 입법, 행정을 대통령이 거머쥐었다. 모든 것을 군대식을 밀고 나갔다.

"대통령은 통일주체국민회의에서 간접선거로 선출되지. 통일주체국민회의 의장은 대통령이고. 통일주체국민회의에서 국회의원 3분의 1을 선출하고!"

검사는 자신에게 속삭였다.

"국민의 자유나 서구식 민주는 한 갓 사치품에 불과하다고? 오직 유신 독재체제에 합당한 것은 한국적 민주주의 토착화뿐이지?"

검사는 한숨만 쉬어댔다.

"남과 북이 원수가 되어 대결하고 있는 특수상황에서 국가와 국민을 보호한다는 이유로…. 어쩔 수 없는 조치라고 하는데…? 유신 독재는 영구집권을 위한 제도가 분명한데…? 유신을 영구집권하기 위한 독재 정권이라고 하면 긴급조치로 처벌받지!"

검사는 대만의 총통제와 흡사하다는 생각을 지울 수가 없었다.

"그런데도 국민의 저항이 만만치 않아. 국민들은 자유당 이승만 독재 정권을 몰아냈던 경험이 있기에 조금도 굴하지 않고 저항하고 있지 않아. 유신정권 타도하자고 학생들과 재야단체들이 합심하여 투쟁하고 있으니…."

"한국적 민주주의 토착화인 유신 독재가 얼마나 버틸까? 독재정권에 저항하는 세력들을 북한의 괴뢰도당인 빨갱이 김일성이가 뒤에서 조정하고 있다며 덤터기를 씌우지만…. 거짓은 언젠가는 밝혀지기 마련!"

검사는 현 정치상황을 샅샅이 더듬어 꼼꼼히 따져보았다. 남과 북이 분단되어 서로를 적대하며 싸우고 있기 때문에 그것을 언턱거리로 유신체제가 간신히 유지되고 있었다.

10

검사는 한참 동안 창밖을 바라보며 무언가를 골똘히 생각했다. 의자를 돌려 피의자를 바라보았다.

"교장선생님!"

검사는 은사를 대하듯이 공손하게 불렀다.

윤 교장은 고개를 쳐들었다. 묶여 있는 손으로 볼에 맺혀있는 눈물방울을 닦았다. 부드러운 목소리가 아픈 가슴을 어루만져 주는 것 같았다. 큰 소리로 울고 싶었다.

"자식이니 신고할 수 없었다는 거죠?"

검사는 두남두어 말했다. 역지사지해보았다. 간첩에게 인정을 베풀어서는 안 된다는 것쯤은 잘 알고 있었다. 그래도 같은 인간이었다.

"자식 놈도 북에 아내와 자식을 두고 있는 가장이어서…."

윤 교장의 자신도 모르게 속내를 털어놓고 말았다.

"월북했던 아들이 찾아왔던 것은 틀림이 없는 사실이네요?"

검사는 피의자의 시선을 피했다. 대답을 들을 필요도 없었다. 자신이 스스로 말하도록 유도하고 있는 것뿐이었다.

윤 교장은 입술을 다시 다물었다. 부인할 수 없는 사실이었다.

"북에 있는 아들이 와서 무슨 말을 하던가요?"

검사는 간첩이란 말을 하지 않았다. 바로 이것이 중요한 근거였다.

윤 교장은 묵비권을 행사하듯이 침묵했다. 마른침만 삼켰다. 빠져나갈 수 없는 함정이었다.

"무슨 부탁을 했었을 텐데?"

검사의 음성은 따뜻했다. 봄날의 명주바람처럼 부드러워졌다.

"부탁한 것 없습니다."

윤 교장은 고개를 들었다. 애걸하고 있었다. 자신의 속내를 버선목처럼 뒤집어 보일 수 없어 답답했다.

"간첩으로 남파되어 집에 다녀간 것은 사실이군요?"

검사는 이 순간을 놓치지 않았다. 인정하라고 다그쳤다.

윤 교장은 대답을 못 하고 한숨을 몰아쉬었다. 더 이상 오리발을 낼 수가 없었다. 큰아들이 간첩으로 월남하여 집에 숨어 있다가 월북한 것은 부인할 수 없는 사실이기 때문이었다.

"남파되어 집에 다녀갔던 것은 사실이지 않아요?"

검사는 확실하게 해두고 싶었다.

"예."

윤 교장은 어쩔 수 없이 대답했다. 중앙정보부에서 말했기 때문이었다.

11

"무엇인가를 부탁했겠네?"

검사는 기회를 놓치지 않고 다시 다그쳤다.

"아무 말이 없었습니다."

"김일성의 지령을 받았잖아?"

검사는 피의자의 표정을 살폈다.

"김일성의 지령이라니요?"

윤 교장은 펄쩍 뛰었다.

"고정간첩으로서 해야 할 일?"

"간첩이 아니라니까요."

윤 교장은 고개를 저어댔다. 생각할수록 괴로웠다. 이것 때문에 고문을 수없이 당했었다. 무척이나 괴롭혔었다.

12

"큰아들이 집에서 며칠 동안 머물렀습니까?"

검사는 태연하게 웃었다. 중앙정보부에서 조사해놓은 조서를 대충 확인하고 있었다.

"이틀 정도 될 겁니다."

윤 교장은 중앙정보부에서 이미 진술을 했었다. 그러나 간첩의 누명만 벗고 싶었다. 그런데 더욱 두터운 간첩의 옷으로 입혀지고 있었다.

"이틀을 함께 지냈으면 설득하여 자수를 시켰어야지?"

검사는 회심의 미소를 지었다.

"자수하여 함께 살자고 애걸했습니다."

윤 교장은 중앙정보부에서 하라고 시키는 대로 앵무새처럼 반복했다.

"부모 말을 듣지 않으면 먹살을 잡고 경찰서로 끌고 갔어야지?"

검사는 피의자를 흘겨보았다. 바로 이것이 고정간첩이라는 사실을 말해주고 있기 때문이었다.

"자식이라…."

윤 교장은 어눌하게 얼버무렸다.

"자수를 시켰으면 광명을 찾았을 텐데…? 애국도 하고. 간첩을 신고하여 상금도 받고?"

검사는 선생이 학생을 가르치듯이 또박또박 말했다. 그리고 벌떡 일어났다. 창가로 갔다. 창밖을 바라보며 담배를 피우기 시작했다.

13

윤 교장은 완전히 늪 속에 빠져 허우적거리고 있었다.

"애국 좋아하네! 그것은 유신정권에 대한 충성이 아닌가?"

윤 교장은 그 정도는 알고 있었다.

"신고하면 자식이 간첩이라 죽게 되는데? 말도 안 되는 소리."

윤 교장은 고개를 저어댔다.

"자식을 살리는 일은 아버지로서 당연히 해야 할 도리가 아닌가? 하찮은 짐승도 새끼를 보호하기 위해 자신의 몸을 아끼지 않는데? 법으로야 어찌 되었건 인간으로서 도리를 한 것은 부끄러운 일이 아니지?"

윤 교장은 고개를 저어댔다. 아버지로서 당연히 해야 할 일을 했을 뿐이었다.

"북으로 돌아간 아들은 손자들과 행복하게 살아가고 있겠지?"

윤 교장은 마음속으로 하나님께 빌고 있었다. 자식들과 오순도순 행복하게 살아주기만을 기원했다.

14

"국가의 통치권자가 행하는 정치와 간첩과의 관계란? 간첩은 위대하신 통치권자를 위한 충직한 개새끼인가? 아니면 국가를 위한 애국자인가?"

윤 교장은 아들과 자신이 간첩이 되어버린 사연을 낱낱이 따져보았다.

"내가 고정간첩이라고? 대한민국을 해롭게 하는 일이 무엇이었지? 현재 유신 독재는 국가를 위하여 무엇을 하고 있는가? 장기집권을 하겠다는 한국적 민주주의 토착화가 애국인가? 자신의 영달을 위하여 잔머리 굴리기를 한 얄팍한 사탕발림의 궤사가 아닌가?"

윤 교장은 교장이라는 직책 때문에 한국적 민주주의 토착화를 위해 충성을 다했다. 결코 유신 독재정권이 좋아서 한 것이 아니었다. 내가 살기 위해 이 한 몸 바쳤다. 무식하지만 그 정도는 알고 있었다.

"일본의 강점기가 끝나고 나니…. 함께 더불어 살던 동족이 외세에 의해 나눠지더니…. 통일이란 미명으로 전쟁까지 치르고…. 이제는 완전히 원수로 변해 역적이 되어서…. 애국이라는 평계로 독재정권을 유지하기 위하여 사용하는 들러리가 간첩이 아닌가? 나는 유신정권의 유지를 위해 이용당한 희생양?"

윤 교장은 자신을 처지를 되짚어 곰곰이 곱씹었다.

"아들놈 정섭이가 간첩이 되어 남파되었던 것도 살아남기 위해 어쩔 수 없이…."

윤 교장은 큰아들이 찾아왔다가 돌아간 이유도 따져보았다.

"세상에 하나밖에 없는 위대하신 영웅이신 통치자 각하께서는 남이 야 어찌 되었든 자신만 잘되면 된다는 못된 심보로 잔인하게 짓밟는 정치판!"

윤 교장은 분노를 곱씹었다.

"국민이 싫어하는 유신 독재정권은 자신들의 정권 유지를 위한 도구 로 삼겠다는 간첩 작전이 분명해. 나는 희생제물! 얄팍한 사탕발림의 꼼수에 넘어가는 국민? 아니, 국민은 절대 속지 않을 텐데?"

윤 교장은 정신병자처럼 씨우적거리며 화풀이를 해댔다.

15

"빼도 박도 못하는 고정간첩?"

윤 교장은 생각할수록 기가 막혔다.

"한국적 민주주의 토착화라는 현실이 그러니 유신정권 거머쥐고 있 는 독재자 외에는 그 어느 누구의 잘못이 아니겠지?"

윤 교장은 자신을 조사하는 검사의 심정도 헤아려보았다. 모두가 살 아남기 위해 몸부림치고 있을 뿐이었다.

"결코 하나님의 뜻은 아닐 텐데…?"

윤 교장은 숨이 막혔다. 예수님께 맡기고 싶었다.

"예수님은 '원수를 사랑하라. 겉옷을 달라고 하면 속옷까지 주라. 오 리를 가자고 하면 십 리까지 가줘라.'라고 했는데…? 반공을 제일로 삼 는 정치가 아니라 오직 사랑을 제일로 삼는 예수님의 자비!"

"죄 없이 십자가에 못 박히신 예수님의 고난은…?"

윤 교장은 예수님의 희생을 떠올렸다. 자신이 당하고 있는 고통을 언턱거리 하여 위로받고 싶었다.

"지금까지 살아오면서 내 뜻대로 되는 것이 하나도 없고…. 항상 삶의 괴로움이 등에 지워져 있으니…. 이 무거운 짐을 모두 하나님께서 맡아 주신다면…."

"하나님, 이 일을 어떻게 해야 합니까?"

윤 교장은 눈을 감았다. 절망의 수렁 속에 빠져 허우적거리고 있는 자신의 모습을 돌아보았다. 늘킴으로 흐느끼며 기도했다.

"인간은 참으로 어리석고 나약한 존재. 나나 대통령이나 검사나 추악하게 애바른 사악한 불쌍한 미물들!"

윤 교장은 창밖을 바라보았다. 파란 하늘에 시커먼 구름덩이가 햇빛을 가리고 있었다.

16

"모두 덧드러나 있으니 털어놓읍시다. 이야기하듯이."

검사는 담배를 재떨이에 짓이겨 끄고 나서 자리에 앉았다.

윤 교장은 고개를 숙이며 입술을 지그시 깨물었다.

"당신은 빠져나갈 수 없습니다. 아무리 발버둥 쳐봐도…."

검사는 인간적으로 동정했다. 피의자의 입장으로 돌아가 생각했다. 참으로 안 되었다. 집안이 쑥대밭으로 변해버렸을 것이다. 이것은 이념의 문제가 아니라 분단의 현실이었다. 이념은 덤으로 붙어 따라다니는 장식품이었다. 이 사연은 대한민국에서만 가능한 분단의 슬픈 사연이었다.

"빠져나갈 수 없다니요?"

윤 교장은 북에서 내려와 집을 다녀간 아들 정섭을 생각했다. 덤터기를 씌운다면 간첩인 자식을 신고하지 않은 죄밖에 없었다.

"현재의 정치적 상황이…."

검사는 유신정권에 대한 말을 하려다가 참았다. 잘못하면 어느 귀신이 잡아가게 될지 몰랐다. 뒤에서는 항상 감시하며 목덜미를 붙잡고 있었다.

"그래요. 나는 정치적 희생물? 그렇다고, 사형을 시키지는 않겠지? 그런데, 설마가 사람 잡는다고…?'

윤 교장은 마음속으로 외쳤다. 간첩으로 남파된 자식을 숨겨 주었다는 것이 죄라면 그 대가는 받아들이기로 마음먹었다. 그러나 간첩은 아니었다.

"선처받으려면 알아서 행동하시오."

검사는 피의자가 불쌍하게 보였다. 동정심이 발동했다. 그래서 충고하고 있었다. 어쩌면 사형을 당하게 될지 모른다는 예감을 지워버릴 수 없었다. 자신은 검사이기 때문에 사형을 구형할 수밖에 없었다. 재판도 대통령의 손 안 있었다. 이것이 유신정권이었다.

"유신 독재정권의 희생제물?"

윤 교장은 고개를 쳐들었다. 검사를 바라보았다.

"이미 다 정해져 있어요. 교장선생이면 그 정도는 알만 할 텐데…?"

검사는 충고했다. 분위기를 파악해서 현명하게 처신하라는 노골적인 암시였다.

17

"어떻게 해야 좋을까요?"

윤 교장은 검사가 동정하는 있다는 생각이 들었다. 도와줄지 모른다는 상상을 했다. 의지하고 싶다는 충동을 느꼈다. 지푸라기라도 잡고 싶은 심정이었다.

"6·25 때 공산당에 가입까지 하셨던데?"

검사는 대검으로 찌르듯이 말했다. 이것이 더 큰 죄였다.

윤 교장을 대거리하지 못했다. 부인할 수 없는 사실이었다.

"그리고, 큰아들이 공산당원으로서 월북했고… 간첩으로 남파 되어 집에 왔던 것도 사실이고…. 신고하지 않았고. 숨겨두었다가 북으로 돌려보내 주었으니…."

검사는 피의자를 물끄러미 바라보았다. 빠져나갈 수 없다는 사실을 낱낱이 열거했다.

윤 교장은 수긋이 듣고 있었다.

"그래도 간첩이 아니라는 겁니까? 인정하시고…. 잘못을 반성하며 뉘우치는 태도를 보여주는 것이…. 그리고 나서 기다려보는 것이…?"

검사는 또박또박 말했다. 교장선생님이라는 생각이 들어 진심으로 충고하고 있었다. 오리발을 내어보아야 이로울 것이 없기 때문이었다. 싹싹 빌면 사형만은 면하게 될지도 몰랐다.

"간첩질은 하지 않았는데…."

윤 교장은 울컥 치솟는 슬픔을 꿀꺽 삼켰다. 모두가 사실이었다. 그러나 간첩은 아니었다. 그래서 억울하고 분했다. 그렇다고 해서 바동거리며 발버둥 쳐보아도 아무런 소용이 없었다. 허우적거리면 더욱 깊은 수렁 속으로 빨려 들어갈 것은 불을 보듯 뻔했다.

"자식을 살리기 위해서…."

윤 교장은 인간으로서 어쩔 수 없는 선택이었다. 결코 잘못은 아니었다.

"이렇게 된 마당에 속 시원히 털어놓아 보시오. 들어나 보게?"

검사는 어떤 사연인지 사실대로 알아보고 싶었다.

"내가 왜 이렇게 되어버렸는지…?"

윤 교장은 목이 탔다. 입술을 빨았다.

건너편 전신주의 전깃줄에 비둘기 두 마리가 나란히 앉아서 창문으로 들여다보고 있었다.

4. 6·25전쟁

1

"무엇 때문에 전쟁을 해야 하는가? 전쟁은 어떤 전쟁이든 인간의 피를 빨아먹는 흡혈귀! 전쟁을 일으키는 못된 놈들은 미쳐서 발광하는 마귀들! 전쟁을 일으킨 지도자는 위대하신 영웅이 아니라 사악한 악마두목! 민족통일이란 미명 아래 전쟁을 일으키는 놈은 민족의 반역자이며 국민을 살해하는 국가의 역적! 전쟁으로 통일을 하려고 하는 짓거리는 동족을 살상하는 피비린내 나는 미친 굿판!"

윤 교장은 6·25전쟁을 회상하며 넋두리를 해댔다. 전쟁을 일으키는 지도자는 막돼먹은 망나니가 미쳐서 발광하는 짓거리가 분명했다. 전쟁은 평화롭게 살아가는 전 국민의 삶을 순식간에 송두리째 빼앗아 가버렸다. 전쟁이 일어나면 국민은 죽음의 공포 속에 빠져 불안에 떨었다. 총을 가진 자들은 마구잡이로 사상했다. 오직 자신만 살아남으면 되었다. 그래서 수단과 방법을 가리지 않았다. 다른 사람은 보이지 않았다. 형제, 친구, 이웃사촌도 소용없었다. 아무도 믿을 수가 없는 치열한 생존의 경쟁이었다. 시간과 장소가 잘못되면 좌익이나 우익으로 몰려 죽임을 당했다. 인민군들은 혁명이라는 명분으로 반역자로 취급했다. 군인이나 경찰은 공산당을 돕는 역적이라고 해서 사살했다. 전쟁

통에 죽임을 당하는 피해자들은 힘없는 서민들이 거의 전부였다. 그들은 이념이 무엇인지도 몰랐다. 아무것도 모르는 무식한 사람들이었다. 그저 살려고 몸부림치는 불쌍한 서민들이었다.

평화는 곧 행복이었다. 전쟁은 처참한 불행이었다. 사랑은 평화의 근본이었다. 사랑이 없는 평화는 존재하지 않았다.

2

한반도는 세계이차대전의 종식과 함께 처참한 일제 강점기도 끝났다.

한반도는 곧바로 외세에 의해 신탁통치라는 명분으로 땅덩이가 남과 북으로 나뉘었다. 자본주의와 공산주의라는 사치스러운 이념으로 덧발라졌다. 이쪽저쪽에 빌붙어서 출세하려는 사람들에 의해 더욱 아름답고 곱게 치장되었다. 궤사를 부리는 달콤한 사탕발림이 골을 더욱 깊게 만들었다. 그래서 분단의 장벽은 더욱 튼튼하게 굳어져 철벽이 되어버렸다.

갈라진 한반도에는 남북통일이라는 명분으로 동족을 살해하는 알 수 없는 전쟁이 터졌다. 평화로웠던 마을은 살기로 가득했다. 살가운 정으로 하나가 되어 더불어 살아가던 동네사람들도 순식간에 적으로 변해버렸다. 누가 이웃사촌인지 적인지 알 수 없었다. 서로를 의심했다. 수단과 방법을 가리지 않고 자기만은 살아남아야 했다. 조금이라도 수상쩍으면 원수처럼 보였다. 그렇지 않아도 이념이라는 문제로 시끄러웠던 세상이었다. 인민군이 내려오니 더욱 살벌해졌다. 서로가 반역하는 역적이라는 이유로 살상의 만행이 자행되었다. 남을 해코지해서라도 자기만 살아남아야 했다. 그래서 국민들은 죽음 앞에서 살아남으려고 발버둥 치며 안간힘을 써댔다. 밤이면 더욱 무서웠다. 죽지 않기 위해 피난살이 하며 몸을 숨기기도 했다.

3

윤선준은 전남 장흥군 부산면 양촌마을에서 태어났다. 그곳에서 자라고 살았었다. 정든 고향이었다.

양촌마을 뒤쪽에는 빈재가 있었다. 재 밑의 뒷동산이 있는 양지바른 마을이었다. 그래서 양지편이라고 부르기도 했다.

빈재 너머에는 유치면이었다. 그곳은 빨치산의 본거지였다.

6·25전쟁이 터지자 인민군들은 빈재를 넘어 들이닥쳤다. 그후 빨치산들은 빈재를 자주 넘나들었다. 그들은 양촌마을을 자기 집 안방처럼 드나들었다. 식량과 돼지나 소를 무작정 빼앗아 갔다.

윤선준의 아버지는 일제 강점기 때부터 지주였다. 가멸은 집안이기에 재산이 많았다. 부자여서 공산주의자들의 표적이 되었다.

윤선준은 6·25전쟁 당시 부산초등학교에서 교감으로 재직 중이었다. 인민군이 밀고 내려오자 공산당의 당원들은 너름새 좋게 기세를 부리며 설쳐댔다.

윤선준은 재산이 많기에 공산당의 당원들이 벼르고 있었다. 붙잡히면 인민재판을 하려고 혈안이 되어 있었다. 언제 어떻게 총살당하게 될지 몰랐다. 바람 앞의 촛불이었다.

윤선준은 죽지 않으려고 집 뒤란 대밭에 파 놓은 땅굴 속에서 숨어 지내야만 되었다. 그 구덩이는 일제 강점기 때에 파놓은 대피소였다.

4

윤선준은 오늘도 집 뒤란 대밭의 음침한 땅굴 속에서 잔뜩 웅크리고 있었다. 머리카락이 보이지 않도록 꼭꼭 숨었다.

"전쟁통에 죽는 것은 억울한 개죽음이지?"

윤선준은 죽음의 공포 속에 휩싸여 두려움에 떨고 있었다. 자신의 앞날을 그려보았다. 저승사자가 따라다니고 있었다. 죽음이 달려들며 잔인하게 괴롭혀댔다. 땅굴이 무덤처럼 느껴졌다. 죽는 것은 순간이었다. 누구에게, 언제, 어떻게, 당하게 될지 몰랐다. 무슨 일이 있어도 살아남아야 했다. 생존해야 부귀영화도 존재했다.

"돈의 힘도 평화로울 때에 제 가치를 발휘하게 되는구나. 전쟁이 터지니 많았던 재산이 독약으로 변해서 목숨을 빼앗으려고 하니…."

"모든 인간은 누구나 풍요를 누리며 행복하게 살고 싶어 하는데…. 내 꼬락서니가…?"

선준은 자신의 처지가 참으로 딱하고 불쌍했다. 지주로서 호화롭게 살았던 지난날이 그리워졌다. 가슴이 터질 것처럼 답답했다. 죽음이 바로 앞에서 장맞이 하듯이 기다리고 있는 것 같았다. 불안, 초조, 공포, 두려움에 떨고 있었다.

"하나님 저는 어떻게 해야 합니까?"

선준은 다급했다. 자신도 모르게 마음속으로 외쳤다. 교회에 나가본 적도 없는데 하나님을 찾고 있었다. 전쟁 중이기에 많은 사람이 살상당하는 것을 두 눈으로 똑똑히 보았다.

"내가 하나님을 찾다니?"

선준은 자신이 외치는 소리를 알아들었다. 깜짝 놀랐다. 인간은 참으로 나약한 존재였다. 위험에 빠지니 도움을 받기 위해 자신도 모르게 기도를 하고 있었다.

"살고 싶으니…."

선준은 자신을 들여다보았다. 참으로 애바른 감발저뀌였다. 재물이 많아 강한 체하며 당당하게 살아왔었다. 가난한 사람을 없이 여기고 짓밟았다. 내가 잘사는 것은 남의 도움이 있었기 때문이라는 것을 깡그리 무시해버렸다. 그러나 재물도 죽음 앞에서는 허섭스레기였다. 인간은 아주 나약한 미생물임에 틀림이 없었다.

5

휘영청 달 밝은 가을밤이었다. 밤공기가 유난히도 차가웠다. 죽음의 공포는 뜬것의 옷자락이 감싸고 있는 것처럼 눈앞에서 아른거리며 괴롭혔다. 저승사자가 옆에 앉아서 지켜보고 있었다. 죽지 않겠다고 몸부림치니 더욱 무서웠다. 두려움 때문에 숨 쉬는 것도 힘들었다.

귀뚜라미들은 깊어 가는 가을 잔치를 하듯이 대밭 여기저기서 바이올린을 열심히 뜯어댔다. 아니 장송곡을 연주하듯이 서럽게 흐느끼며 눈물을 흩뿌렸다. 댓잎 사이로 달빛이 들어와 내려앉았다. 바람이 지나가면서 잠자는 대를 흔들어 깨웠다. 반짝거리는 별들은 흔들거리는 대의 사이로 들여다보고 있었다.

"개죽음을 당하지는 않겠지?"

선준은 잠시 땅굴에서 나왔다. 대를 붙잡고 서 있었다. 희망의 별들을 찾아보았다. 희끄무레한 달빛 사이로 별들이 보였다.

"실탄은 순식간에 날아와…. 죽고 사는 것은…?"

선준은 자신의 죽음을 상상했다. 한숨을 몰아쉬었다. 눈물이 나왔다.

바람이 불었다. 대들이 흔들리며 몸부림쳤다. 멧비둘기는 바람소리에 놀라는지 푸드득거리며 날아갔다.

"새도 생명의 위험을 느껴서 살려고 도망치는 거겠지?"

선준은 자신의 처지를 생각하며 멧비둘기를 동정했다. 놀라 한밤중에 달콤한 잠에서 깨어났을 것이다. 편안한 둥지를 버리고 떠나는 새가 안타까웠다.

"낙엽이 우수수 떨어지는 깊어 가는 가을밤."

선준은 바람에 떨어지는 낙엽 소리를 듣고 있었다. 낙엽이 자신의 목숨처럼 느껴졌다. 그래서 더욱 서러워했다. 살아보겠다고 몸부림치고 있는 자신이 참으로 가여웠다.

"전쟁 중에 죽는 것은 개죽음!"

선준은 깊은 들숨을 쉬면서 살아있는 자신을 돌아보았다.

6

"이 전쟁은 하루빨리 끝나야 하는데…. 길면 길수록 피해는 눈덩이처럼 불어나고…?"

"김일성괴뢰도당의 패배로 메지어 버리면 더욱 좋고?"

선준은 자신에게 유익한 대로 두남두어 생각했다. 꼭 그렇게 되어야 했다. 공산당은 지구상에서 사라져야 했다. 전쟁에 승리하게 되면 큰일이었다. 소유하고 있는 많은 재산을 모두 빼앗겨야만 하기 때문이었다. 그리고 인민재판을 받아야 했다. 그렇게 되면 살아남을 수 없다는 것은 불을 보듯 뻔했다.

"그렇다고 인민군이 패배하게 되면…? 내 자식 놈은 어떻게 될 것인가?"

선준은 아들을 걱정했다. 아들은 공산당에 가입하여 빨치산으로 활동하고 있기 때문이었다. 좌익인 자식 놈은 우익에게 붙잡혀 죽게 되기 때문이었다.

"이러지도 저러지도 못한 가련한 신세."

선준은 세상을 한탄하며 원망했다. 이렇게 저렇게 되어도 마음이 편할 것 같지 않았다.

"애비와 자식이 함께 살아갈 수 있는 방법은 없을까?"

선준은 골똘히 생각했다. 자식과 함께 살아가야 했다. 그것이 하늘의 뜻일 것 같았다.

"앞으로 우리 집안은 어떻게 될까?"

선준은 몇 번을 곱씹어 생각했다. 해답을 찾을 수가 없었다.

"그래, 바로 그거야. 전쟁을 멈추고 대화를 해서 좌익과 우익이 화해하고 상대방을 존중하며 동족으로서 서로 도와주며 사랑하게 된다면…?"

선준은 한참 동안 생각하더니 빙긋이 웃었다. 다른 방법이 없었다. 무척 어려운 일이겠지만 대화로 풀어야 했다.

"상대방을 저주한 것이 아니라, 미움을 버리고, 상대방을 존중하며 대화를 하게 되다면…. 역지사지하여 화해하여 용서하며 품어주고 사랑하게 되면…. 평화는 저절로 찾아올 것 같은데…? 그래, 평화만이 살길인데…?"

선준은 평화를 곱씹어댔다. 서로 사랑하면서 살아가는 평화로운 세상을 그려보았다.

"지금은 전쟁 중이야. 누가 보면…."

선준은 슬그머니 안전한 땅굴 속으로 기어들어갔다. 실탄이 날아와 가슴에 박힐 것만 같았다.

7

귀뚜라미들은 한밤중인데도 자냥스럽게 떠들어댔다. 무슨 사연이 그리도 많은지 잠들 줄 모르고 우짖어댔다.

"귀뚜라미들까지도 내 속을 찢어발기는구나!"

선준은 땅굴 속에 웅크리고 앉아서 귀를 막았다. 듣지 않으려고 하니 더욱 시끄러웠다.

"전쟁이란 흡혈귀가 부귀영화를 모두 빼앗아 가버리고…. 가족이 행복하게 살던 평화도 한순간에 시샘하듯이 가져가 버렸으니…. 아내는 친정으로 피난 갔으니 잘 지내겠지?"

선준은 끊임없이 밀려드는 죽음의 공포를 붙들고 몸부림쳐댔다.

"자본의 힘도 전쟁 앞에서는 무용지물이야. 오히려 독이 되어 목숨을 빼앗으려고 하지 않는가? 부의 가치도 사회가 평화로울 때 발휘되고!"

선준은 미친 사람처럼 중얼거렸다. 전쟁을 원망하며 신세를 한탄했다.

"평화로운 희망의 나라는 언제쯤 찾아오려나?"

선준은 환하게 밝은 세상을 그려보았다. 전쟁을 끝내고 서로를 보듬어주고 사랑하는 아름다운 미래를 꿈꾸고 있었다.

8

인기척이 들려왔다. 대밭으로 들어서는 발소리였다. 마른 댓잎을 밟는 바스락거리는 소리가 가까워졌다. 멧비둘기가 놀라 날아갔다.

"나를 잡으려고 오는 공산당원들? 붙잡히면…. 이제 꼼짝없이 죽었구나!"

선준은 깜짝 놀라 귀를 기울였다. 몸을 바르르 떨었다. 온몸에 차가운 전율이 퍼져나갔다. 땅굴의 깊숙한 곳으로 들어갔다. 귀는 대밭에서 들려오는 사람의 발소를 따라갔다. 대나무 사이로 달그림자가 아른거렸다.

"붙잡혀서는 안 되는데?"

선준은 망설였다. 도망가기에는 너무 늦은 것 같았다.

"아들이 공산당원이니까?"

선준은 믿는 구석을 찾아보았다. 아들이 떠올랐다. 위안이 되었다.

"그래, 그러면 그렇지. 자식 놈이 분명하네!"

선준은 가까워지는 인기척이 귀에 익숙했다. 코에서는 이미 자식의 체취를 맡고 있었다. 안도의 한숨을 쉬며 가슴을 쓸어내렸다.

9

"아버지는 무사하겠지?"

윤정섭은 대밭으로 들어서며 멈추어 섰다. 두리번거리며 주변을 살폈다.

"보는 사람은 없겠지?"

정섭은 뒤를 돌아보며 다시 살폈다. 어느 누구도 보아서는 안 되었다.

"부자지간에도 믿을 수 없는 잔인한 전쟁!"

정섭은 자신의 속내 들여다보았다. 부모와 아들의 관계이지만 자식인 자신의 마음이 언제 어떻게 변하게 될지 몰랐다.

"아버지."

정섭은 땅굴 속으로 들어가며 불렀다. 음성은 목구멍으로 기어들어갔다. 가끔 한밤중에 찾아와 안부를 살폈다.

"정섭이냐?"

"예!"

정섭은 다시 뒤를 돌아보았다. 누군가가 뒤에서 따라오고 있는 것만 같았다.

"기다리고 있었다. 어서 와라."

선준은 세상이 어떻게 돌아가는지 알고 싶었다.

"아버지 큰일 났습니다."

정섭은 마른침을 삼켰다.

"큰일이 나다니?"

선준은 피가 말랐다.

"당원들이 아버지를 벼르고 있으니…."

정섭은 아버지를 죽임 당하게 보고만 있을 수가 없었다. 죽이도록 만들어서도 안 되었다. 어떻게 해서든 살려내야 했다.

"지주의 아들인 부잣집이라고?"

선준은 몸을 바르르 떨었다. 재산을 몰수하려고 인민재판을 열어 살해하기 때문이었다.

10

"위원장이 나더러 아버지를 잡아 와 인민재판에 넘기라고…. 혁명의 지도자 동지가 뭐 하고 있느냐고 하며…. 아버지라고 해서 봐주려고 하느냐고…."

정섭은 위원장에게 들었던 말을 생급스럽게 꺼내었다. 아버지에게 해서는 안 되는 말이었기에 참고 있었는지도 몰랐다. 그런데 오늘은 질책을 받았다. 그래서 찾아왔다.

"내가 무슨 잘못을 했다고?"

선준은 귀살쩍어 얼버무렸다.

"민족의 반역자인 친일파의 지주 집안이라고 해서….."

"그래, 네 할아버지는 지주였지. 너는 할아버지의 손자가 아니냐? 그리고 애비의 자식이고….."

"그래서 나도 어쩔 수 없어서…. 어떻게 해서든 집안을 살려야 하겠기에…. 어쩌면 그래서 공산당 당원이 된 것 아니겠습니까?"

정섭은 자신을 돌아보았다. 이렇게 되고 보니 공산당에 가입하기를 참으로 잘했는지 몰랐다. 이런 때가 올 것이라는 사실을 예측했었던 것 같기도 했다.

11

"그래서, 네 애비를 어떻게 할 작정이냐?"

선준은 강팔지게 따졌다. 자신의 목숨을 자식에게 맡길 수밖에 없었다. 인민재판을 하게 되면 죽게 된다는 사실은 불을 보듯 뻔했다. 실오라기 같은 한 가닥의 희망이 자식에게 있었다.

"내가 사정은 해놓았습니다."

정섭은 수렁에 빠져있는 아버지를 어떻게 해서든 구해야 했다. 자식이 아버지가 살해당하도록 보고만 있을 수는 없었다.

"내 목숨은 네 놈에게 달려있으니 잘해보아라."

선준은 자식에게 목숨을 구걸하고 있었다. 참으로 초라하고 참담한 심정이었다.

"군당위원장이 나더러 아버지를 찾아 데려오라고 하니…?"

"그래서, 나를 잡아갈 거냐?"

선준은 자식을 믿을 수밖에 없었다.

"자식이 아버지를…, 그럴 수는 없지요."

정섭은 고개를 저어댔다. 참으로 기가 막힐 일이었다.

"네가 알아서 해라. 죽이든 살리든!"

선준은 한숨을 몰아쉬었다.

"아버지가 어디로 도망갔는지 알 수 없다고 거짓말해 놓았습니다."

정섭은 늘킴으로 서러워했다. 아버지를 죽일 수는 없는 노릇이었다.
죽게 해서도 안 되었다. 어떤 상황에서든 살려내야 했다.

12

"네 애비가 전쟁의 희생물이 되어서는 안 되지."

선준은 억울한 죽임을 당하고 싶지는 않았다.

"군당위원장 말씀이…"

정섭은 머뭇거렸다. 아버지의 의중을 알 수 없기 때문이었다.

"뭐라고 하시던?"

선준은 귀가 솔깃해졌다.

"아버지를 살리려거든 공산당에 가입시켜서…"

"나더러 공산주의자가 되라고?"

"당의 혁명 사업에 참여하여 적극적으로 협조하면…"

"나를 잡아 처벌하려는 것이 아니고?"

선준은 의심을 버리지 못했다.

"혁명의 들무새가 되면 위원장께서 책임지겠다고 하셨습니다."

"믿을 수 있을까?"

"아버지께서는 교육자이시기에 당에서도 필요한 것 같기도 합니다."

"내가 필요하다고?"

선준은 자신에게 묻고 있었다. 살려만 준다면 무슨 짓인들 못하겠는가? 살아남기 위해서는 수단과 방법을 가리지 않을 것이다.

"인민재판을 받지 않으려면 다른 방법이 없습니다."

"내가 살 수만 있다면…."

선준은 군침을 삼켰다. 죽기는 싫었다. 살려만 준다면 무슨 짓인들 못하겠는가. 남을 해코지해서라도 자신의 생명을 부지해야 했다. 그것이 전쟁이었다.

"확실한 것은 위원장님과 상의해서…."

정섭은 아버지를 살리기 위해서 돌다리도 두들기고 있었다. 위원장의 속내를 정확하게 알아내야 했다. 함부로 맡길 수 없었다.

"네 애비 목숨은 네 손에 달려있다."

선준은 다른 방법이 떠오르지 않았다. 만약에 인민군이 승리하여 공산주의 나라가 된다면 따를 수밖에 다른 도리가 없었다. 살아남으려면 울며 겨자 먹기였다.

"할 수 있는 한 최선을 다해 봐야지요."

정섭은 어눌하게 말했다. 자신할 수 없었다.

"하늘이 돕겠지?"

선준은 죽음을 생각하며 흐느꼈다. 목이 바삭바삭 타들어갔다.

"목숨은 건지겠지요."

정섭의 머릿속은 귀살쩍었다. 어지러워 정신이 사나웠다. 미칠 것만 같았다.

13

아버지와 아들은 상대방을 바라보며 침묵했다. 죽음을 생각하며 서로를 걱정했다.

"아버지가 자식에게 목숨을 구걸하고 있지 않는가? 아들은 아버지를 죽여야 할 형편이고?"

정섭은 속으로 중얼거리며 소리 없이 흐느꼈다. 이 현실이 가슴을 아프게 만들었다.

"이 일을 어찌할 것인가? 어떻게 해서든 아버지를 살려내야 하는데…"

정섭은 화가 치밀었다. 아버지와 아들 사이에 절대로 생겨서는 안 될 일이 벌어지고 있었다. 자식이 아버지를 죽일 수는 없었다. 죽임을 당하도록 방관해서도 안 되었다.

14

"내가 어째서 공산당에 가입했는지 아십니까?"

정섭은 생뚱맞게 따지고 있었다. 생급스럽게 지난날의 일들이 떠올랐다. 눈물이 울컥 치솟았다. 아버지를 공산당에 가입시키려고 하니 괜히 화가 치밀었다.

"무엇 때문이냐?"

선준은 살뚱스럽게 대거리했다.

"아버지를 살리기 위해서였을까요?"

"전쟁이 일어날 줄 알았다는 거냐?"

"아니죠."

정섭은 고개를 저어댔다.

"그럼?"

"사실은 할아버지와 아버지가 지주였고 친일을 하였기에…."

"그래서 공산주의자가 되었다는 거냐?"

선준은 한숨을 몰아쉬었다.

"꼭 그렇다고는 할 수 없지만…."

15

아버지와 아들은 입술을 다물었다. 두 사람 사이에는 잠시 침묵이 끼어들었다.

"지주인 할아버지께서는 많은 재산을 지키려고 친일을 했고, 남 못할 모진 짓을 하긴 하였지…."

선준은 어눌하게 얼버무렸다. 부인할 수가 없었다.

"지주가 되어 일본의 앞잡이 노릇 하면서 무슨 짓을 했는지 알고 계시지요? 소작 농사를 지으며 근근이 살아가는 가난한 동포들에게 잔인하게 굴었던 죄의 대가를 치르고 있는지도 몰라요?"

정섭은 굴침스럽게 따지고 들었다. 눈앞에는 소작을 짓기 위하여 가난한 동네사람들이 찾아와 애원하며 구걸하던 모습이 아른거렸다. 배메기농사를 지어보려고 굴욕적으로 아첨했었다. 전답이 자기 소유라고 하여 소작인들을 조롱하며 가지고 놀았다. 끼니를 거르는 이웃들은 고지자리품이라도 팔아서 식량을 구하려고 했다. 단칼에 무 자르듯이 외면하였다. 소작료를 받는 뭇가름도 잔인할 정도로 철저하게 빼앗았다. 반타작 이상을 가져왔다. 소작인들은 살려고 목숨을 애걸했다. 굶주린 비렁뱅이들이나 양아치들에게도 밥 한 덩이 주지 않았다. 냉정하게 쫓아냈었다. 돌아보니 매정스럽고 야박하고 잔인하고 사악한 행위였다. 그런 못된 짓거리가 정당한 일인 것처럼 당연하게 여겼다.

"그렇다고 죄지은 것은 아니다."

선준은 자신의 잘못을 인식하면서도 시인하기는 싫었다.

"죄가 아니라고요?"

"우리 가족이 대대로 가멸음을 누리고 떵떵거리며 남부럽게 잘살아 보자는 것이지…."

선준은 어눌하게 말했다. 인제 와서 뒤돌아보니 자신의 욕심을 채우기 위해 조금은 잔인하게 굴었는지 몰랐다.

"많은 농토의 농사를 누가 지어주었는데요?"

정섭은 동네사람들을 떠올렸다. 그들의 집안은 가난했다. 굶는 것을 밥 먹듯이 했다. 소작논을 지은 농사로 소작료와 공출로 모두 빼앗기고 나면 먹을거리가 없었다. 언젠가는 너나들이하며 무람없이 지내는 친구의 아버지가 집을 찾아왔다. 식량을 빌려달라고 구걸했었다. 할아버지와 아버지가 살천스럽게 쫓아내는 것을 보았다. 며칠 후 그 친구는 굶어 죽었다. 그 후 마을사람들은 우리 집과는 완전히 등을 돌렸다. 함께 살아가는 이웃사촌이 아니었다. 적을 대하듯이 외면했다. 그것이 마땅찮았다.

그래서 모두가 함께 잘살게 해준다는 공산당에 가입했는지도 몰랐다. 혁명이라는 미명 아래 사람을 죽이기 위해서는 결코 아니었다.

"나는 남 못 할 짓거리를 한 적이 없다."

선준은 고개를 저어댔다.

"우리가 지주로서 잘사는 것은 누구의 도움 때문이었습니까? 소작 농사를 지은 소작인들 때문이 아닙니까? 소작인이 아니면 많은 농토의 농사를 지을 수 없지 않아요? 분명한 사실은 소작인들의 도움을 받고 살았다는 것입니다."

정섭은 친구의 주검이 떠올라 흥분하였다. 연설을 하듯이 항의하고 있었다.

"더불어 살아가야 할 살가운 이웃들입니다."

정섭은 한숨을 쉬며 메지었다. 아버지의 가슴에 비수를 꽂아댔다. 자신이 공산당에 가입했던 이유를 설명하려다 보니 어쩔 수 없었다.

선준은 듣고만 있었다. 입술을 지그시 깨물었다. 고자품으로 식량을 달라고 애걸하던 사람들이 생각났다. 소작논을 벌어보겠다고 바리바리 싸 들고 찾아왔던 동네사람들의 모습도 떠올랐다. 짓고 있는 소작논을 빼앗기지 않으려고 명절이면 씨암탉이나 소고기, 돼지고기, 비단 같은 뇌물을 가져오기도 했었다. 조금이라도 거슬리면 가차 없이 잘라버렸다. 모질고 잔인하게 외면했다. 닭 쫓듯 쫓아버리기도 하였다. 어떤 사람은 문전박대 했다.

"사람에게는 남보다 더 잘살아 보겠다는 욕심이 있어서…."

선준은 인간의 소유욕에 언턱거리하며 얼버무렸다.

"고지농사라도 얻어서 고지자리품의 삯으로 끼니라도 때워보려고 했던 이웃들에게 냉정하고 모질게 박대했던 일들이 생각나지 않습니까? 고자품으로 먹을거리를 달라고 애걸하던 불쌍한 이웃들을…."

정섭은 눈물을 닦았다.

고지농사란 논 한 마지기에 값을 정하여 모내기부터 김매기까지 일을 해주기로 하고 미리 받아쓰는 삯을 말했다. 고지농사를 고지자리농사라고 하기도 했다. 그 품은 고지자리품, 자리품, 고자품이라고 불렀다. 그 삯은 거의 모두 식량으로 가져갔다.

선준은 할 말을 잃었다. 지금에 와서 생각하니 잘못이 많았다. 봄이면 보릿고개를 넘으려고 자리품으로 식량을 달라고 사정하던 동네사람들이 많았었다. 칼로 무를 자르듯이 잔인하게 거절했었다. 옆집 사정은 안중에도 없었다. 자기 소유의 농토가 조금이라도 있으면 어떻게 해서든 빼앗아버리려고 했다. 수단과 방법을 가리지 않고 굴복을 시켜야 직성이 풀렸다. 나는 잘 되어야 하고 남이 잘 되는 것은 꼴도 보기 싫었다. 인간은 선한 척하면서도 참으로 애바르고 비정하고 잔인한 동물이었다.

16

"한 집에서 함께 살았던 머슴들에게는 어떻게 대했습니까?"

정섭은 들끓은 속이 풀리지 않았다. 다시 화풀이를 계속했다.

"피붙이도 아닌 남인데 그 가난한 사람들이 그렇게 중요하냐?"

선준은 자식에게 꾸지람을 듣고 있는 것 같아 편치만은 않았다.

"물론이죠. 힘없고, 못났고, 가난한 다른 사람들도 더불어 살아가야 할 소중한 이웃이기 때문입니다. 타인이 없으면 나도 존재할 수 없어요. 그래서 인간은 사회적 동물이라고 하지 않습니까? 경쟁의 대상이기도 하지만…."

정섭은 당당하게 말했다.

"저놈의 자식이…. 모든 인간에게는 끝없는 욕심이 있다는 것 명심해라. 공산주의자들도 같은 사람들이야. 그놈들이라고 해서 별다를 것 같으냐. 어쩌면 더할지도 모르지."

선준은 참고 있노라니 귀에 거슬렸다. 불쾌하여 폭발했다.

"맞는 말씀입니다. 지주나, 소작인이나, 주인이나, 머슴이나, 못난 놈이나, 잘난 놈이나, 거지나, 모든 인간에게는 잘살고 싶은 욕심이 있습니다. 우리가 지주로서 잘사는 것은 소작인들의 희생이 있기 때문입니다. 나는 모두가 함께 잘살았으면 좋겠다는 그 욕심 때문에 공산당혁명에 뛰어들 수밖에 없었습니다. 그렇다고 잘사는 사람을 해코지해서 빼앗겠다는 생각은 추호도 없습니다. 열심히 살려고 하지 않고 나태하여 게으름을 부리며 편안하게 살아보겠다는 궤사꾼도 많기 때문입니다."

정섭은 댓바람에 받았다.

"어쨌든, 네가 공산당 당원이 된 것은 우리 집안을 살리려고…?"

선준은 자식과 다투고 싶지 않았다. 현실을 자신에게 유리한 쪽으로 이끌어가야 했다. 인간은 이렇게 든 저렇게 든 시대에 따라 적응하며 살아가는 것 같았다.

"어떻게 되었던 아버지나 나나 우리 가족들은 항상 조심해야 합니다. 우리는 한 식구이니까!"

정섭은 자리에서 벌떡 일어났다. 머물러 있을 수가 없었다. 땅굴에서 나갔다.

"든손에 일을 끝내라. 주저하지 말고. 집안에 좋은 것을 찾아 있는 대로 모두 위원장에게 가져다드리고…. 주어서 싫다는 사람 없다. 돈으로 목숨도 사는 거야! 이놈의 전쟁이…. 내가 무얼 잘못했다고…."

선준은 땅굴에서 빠져나가는 아들의 뒤통수에 대고 못을 박듯이 말했다. 눈물방울은 볼을 타고 흘러내렸다.

귀뚜라미의 울음소리는 더욱 소란스럽게 귀속으로 파고들며 괴롭혔다.

17

윤선준은 며칠 후 공산당 당원이 되었다. 죽음을 면하기 위해서는 다른 방법이 없었다. 살아있어야 미래가 있었다. 전쟁이 끝나면 또 다른 세상이 전개될 것이기 때문이었다. 그때의 일은 그때 가서 해결하면 되었다.

5. 휴전과 집안의 경사

1

동네에는 이상한 소문이 돌기 시작했다. 유엔군이 인천에 상륙하였다는 것이었다. 서울도 수복했다고 했다. 하루 앞을 가늠하기 어려웠다. 정말로 알 수 없는 판국이었다. 어수선해진 세상만큼 인심도 갈수록 흉흉해졌다.

마을에서는 하룻밤 새에 몇 사람이 붙잡혀 뒷산 골짜기에서 총살당했다. 지난밤에는 누군가가 와서 몇몇 집에 불을 질렀다. 용두마을에서는 부잣집 머슴들이 주인 가족을 뒷산으로 끌고 가 살해했다고 했다.

전쟁 중에는 부자로 잘살았던 지난날이 독약이 되었다. 재물의 힘도 평화로울 때 그 가치를 발휘한 것 같았다.

동네사람들은 언제 어떻게 당하게 될지 알 수가 없었다. 모두가 죽지 않으려고 몸부림쳤다. 죽음의 잔인한 공포에 시달렸다. 총부리 앞에서 자닝스럽게 짓밟히며 불안에 떨고 있었다.

1952년 4월 초순의 어느 봄날이었다. 그날은 장흥읍내에서 장흥장이 서는 날이었다.

선준은 집에만 있는 것이 답답하였다. 세상이 어떻게 돌아가는지 알수가 없었다. 장꾼들이라도 바라보며 구경하고 싶어졌다. 마을을 나섰다.

"전쟁 중이니 항상 몸조심은 해야 해!"

선준은 읍내를 향해 걸어가면서 두리번거렸다. 공산당에 가입하여 어렵게 생명을 부지했으나 두렵기는 마찬가지였다. 그래서 걷는 발걸음이 한없이 무거웠다.

"유엔군이 인천에 상륙하여 서울을 탈환했다는 소문이 들리는데…? 그렇게 되면….."

선준의 머릿속은 실타래가 뒤엉키어 있는 것처럼 귀살쩍었다. 다시 세상이 바뀌게 된다고 하니 참으로 난감했다.

"좌익이 패배하고 우익이 득세하게 되면…. 세상이 어떻게 돌아가는지 확실하게 알아야 하는데…."

윤선준은 종잡을 수가 없었다. 수단과 방법을 가릴 처지가 아니었다. 어떻게 해서든 자신의 살길을 찾아야 했다. 언행 하나하나에 목숨이 달려있었다. 행동거지를 조심하고 신중하게 결정해야 했다.

"인민군이 북쪽으로 도망친다고 하는데…"

선준은 눈앞이 캄캄했다. 소문이 사실이라면 또 다른 불안 속에서 고통스럽게 살아가야 했다. 한 치 앞이 보이지 않았다. 참으로 기가 막힌 현실이었다.

3

"공산주의자 김일성괴뢰도당이 패배하게 되면? 내가 공산당에 가입한 사실은 큰아들만 알고 있으니…."

선준은 동교통다리를 건너며 중얼거렸다. 칠거리의 구석에 서서 머뭇거렸다. 제암산과 사자산를 바라보았다. 시선을 억불산으로 보냈다. 며느리바위가 껑충 솟아 있었다.

"이놈의 세상이 정신없이 돌아가고 있으니…. 그렇다고 죽기야 하겠어. 나만은 잘될 거야."

선준은 장터로 들어가며 자신을 위로했다.

장날인데 장터서리는 한산하다 못해 썰렁했다. 장사꾼과 장꾼들은 가뭄에 씨앗이 나듯 듬성듬성 보였다. 한낮인데도 파장이 되어가는 해질 무렵 같았다.

"세상이 어수선한 전쟁 중이라 장이 제대로 설 리가 없겠지…."

선준은 장터로 들어갔다. 어물전, 잡화전, 유기전, 옹기전, 드팀전(포목전) 등을 둘러보았다. 싸전과 시게전은 텅 비어 한산했다. 바로 그 옆에 있는 곡식을 마질을 하는 마전도 후미진 도린곁처럼 호젓했다.

"장흥장의 쇠전은 항상 크게 서는데…?"

선준은 쇠전머리로 향했다. 소의 울음소리가 들리지 않았다.

누군가가 징, 꽹과리, 북, 장구를 쳐대며 농악놀이를 하고 있었다. 전쟁과는 상관이 없다는 듯이 태평하게 즐겼다. 공포 속에서도 여유를 누리는 사람도 있었다. 여유가 넉넉한 참으로 한가하고 평화로운 사람들이었다.

"사람이 죽어가는 살벌한 전쟁 중에 무슨 농악이야!"

선준은 괜히 심술이 났다. 답답한 가슴을 마구 두들겨대고 있는 것 같았다.

"그래, 죽은 사람은 저승에 갔어도 살아 있는 사람은 이승에서 신명 나게 즐기며 살아가야 하니까? 아니, 어쩌면 전쟁의 불안과 공포를 떨쳐내려고…?"

선준은 걸으며 생각을 바꾸었다. 막걸리 한잔 걸치고 농악을 하는 사람들을 두남두어 역지사지해보았다.

"혹시 낯이 익은 사람은 없을까?"

선준은 쇠전머리에 들어서며 두리번거렸다. 누군가가 숨어서 지켜보고 있는 것 같았다.

4

"교감선생님!"

명 선생은 쇠전에서 나왔다. 윤선준이 서성거리고 있는 것을 보았다. 반가웠다. 큰 소리로 불렀다.

"명 선생!"

선준은 깜짝 놀랐다. 장승처럼 서버렸다. 고개를 돌렸다. 같은 학교에서 근무했었던 적이 있는 선생님이었다.

"장날이라 장에 오셨군요?"

명 선생은 다가가며 인사했다.

"겸사겸사해서 나와 봤는데…."

선준은 허물없이 지냈던 사람을 만났다. 괜히 서러워졌다. 눈물이 목구멍을 막았다.

"잘 되어가고 있는 것 같습니다."

명 선생은 주변을 살피며 속삭이듯이 말했다.

"뭐가요?"

선준은 명 선생을 뚫어지게 바라보았다. 무슨 말을 하고 있는지 짐작이 되었다.

"유엔군이 인천상륙작전에 성공하여 서울에 입성했고, 이제는 인민군을 압록강까지 밀어붙이고 있답니다. 그런데 중공군이 합세하여 밀고 내려온다는 소문도 있고…? 이놈의 시국을 알 수가 없으니…."

명 선생은 당당하게 말을 꺼냈었다. 표정을 살피더니 얼버무리며 메지었다. 좌익으로 돌아선 선생들이 많기 때문이었다. 살아남기 위해서 어쩔 수 없이 공산당 당원이 되기도 하지만 신념을 가지고 적극적으로 혁명에 앞장서는 선생도 있었다.

"잘 되어가네요. 인민군들을 몰아내고 북진통일을 이루어야 하는데…?"

선준은 만수받이하며 맞장구를 쳤다. 소문이 사실이라는 걸 다시 확인했다. 세상이 뒤바뀌고 있다는 사실을 실감했다. 두려웠다. 앞으로 살아갈 미래의 숙제가 태산처럼 쌓여 앞을 가로막았다.

"교감선생님, 어디 가서 막걸리나 한잔할까요?"

명 선생은 윤선준의 소맷자락을 잡고 끌어당겼다.

"그럽시다."

선준은 마지못해 따라갔다.

"내가 공산당에 가입하다니…. 괜한 짓을 했구나. 이 일을 어쩌지?"

선준은 속으로 중얼거렸다. 오금이 저렸다. 정신을 바짝 차려야 했다. 입조심 해야 살아남을 수 있었다. 참으로 무서운 세상이었다.

"죽어서는 안 되는데…. 무슨 일이 있어도 살아남아야 해. 호랑이가 열두 번 물어가도 정신만 차리면…."

선준은 눈앞이 캄캄했다. 언제 왔는지 저승사자가 찾아와 옆에서 지켜보고 있었다.

5

전쟁 중에도 세월은 흘러가고 있었다. 차가운 겨울이 지나가고 봄소식을 싣고 오는 명주바람이 불어왔다. 철쭉꽃이 피었다. 살기 좋은 계절이 되었다.

전쟁 중의 밤은 흡혈귀들이 활동하는 무서운 시간이었다. 어젯밤에는 남산 밑 외딴집에서 불이 났다. 누군가가 고의적으로 불을 질렀다고 했다. 며칠 전 밤에도 옆집에 사는 가족이 누군가에 의해 붙잡혀갔다. 빈재 너머에서 총살당했다고 했다. 빨치산이 입산하면서 경찰의 가족을 몰살시켰다는 소문도 돌았다.

"오늘 밤도 무사히…?"

선준은 해가 지고 땅거미가 짙어지자 두려움에 떨고 있었다. 밤이면 밤마다 죽음의 공포가 뜬것의 치맛자락처럼 덮었다. 잠 못 이루는 밤이었다. 고주박잠이나 노루잠으로 지새웠다.

오늘도 무서운 밤이 이슥하게 깊어졌다.

선준은 몸을 웅크리며 시간이 지나쳐가는 소리를 듣고 있었다.

"정섭이란 놈은 여러 날 빗감을 하지 않으니…. 무슨 일이 생겼을까?"

선준은 누워 있다가 벌떡 일어났다. 큰아들을 보았던 것이 달포도 넘은 것 같았다. 죽었는지 살았는지 걱정이 되었다.

"인민군이 밀려서 압록강까지 쫓겨 갔다고 하니…. 중공군이 밀고 내려온다고? 공칙스럽게 되어…. 혹시라도…."

선준은 자식의 죽음이 떠올랐다. 불길한 예감이 들었다. 귀는 대문 밖으로 나갔다. 자식의 발소리를 기다렸다.

"나는 공산당 당원인데…. 내 꼴이…? 왜 이렇게 되어버렸지? 살려고 하는 죄밖에…. 죽어버리면 모두가 헛것이 되니…."

선준은 자신을 돌아보았다. 우익과 좌익을 모두 경계해야 했다. 불안해서 도저히 잠을 이룰 수 없었다. 이제는 이쪽도 저쪽도 아닌 완전한 외톨이가 되었다.

"나는 어떻게 될 것인가?"

선준은 자신의 앞날을 상상해보았다. 먹구름이 드리워져 있었다. 어느 저승사자가 찾아와서 잡아가게 될지 몰랐다.

"우리 집안은 어떻게 될까?"

"우리나라가 무엇 때문에 남과 북으로 갈라져서…?"

"우익이고 좌익이고 출세하여 위대한 영웅이 되신 훌륭한 민족의 지도자각하님들께서는 모두가 자기 자신만이 애국자라고 하시니…. 누가 역적이고 누가 애국자인가? 어쩌면 둘 다…."

선준은 넋을 잃었다. 멍하니 앉아서 넋두리를 해댔다. 서러워 눈물이 났다.

"아내는 자반뒤집기를 하더니 겨우 잠들었고…."

선준은 옆에서 자는 아내를 살펴보았다. 조금 전까지 몸을 뒤척이더니 깊은 잠에 빠졌다. 갑자기 코를 골았다. 여러 날 밤을 새워서 그런지 꿀잠을 자는 것 같았다.

6

수탉의 홰치는 소리가 멀리서 아스라하게 들려오고 있었다.

"아버지!"

정섭은 토방에 서서 작은 목소리로 불렀다.

"정섭이냐."

선준은 애타게 기다리고 있는 목소리를 들었다. 깜짝 놀랐다. 벌떡 일어났다. 문을 박차고 밖으로 나갔다.

"인민군의 전세가 불리해져서⋯. 저는 유치를 거쳐 지리산으로 가게 될 것 같습니다."

정섭은 머뭇거릴 수가 없었다. 쫓기고 있는 몸이 되었다.

"방에 들어오지 않고? 지금 당장?"

선준은 이미 알아차리고 있었다.

"지정거리고 있을 여유가 없습니다."

"이 일을 어쩌면 좋으냐?"

"아버지야 별일이 있겠습니까. 남아서 집을 지켜야⋯."

정섭은 토방에 서서 뒤를 돌아보았다. 경찰이 뒤를 따라오고 있는 것 같았다.

"내가 집안을 지키라고?"

선준은 공산당 당원이었다.

"잠시 물러났지만⋯. 인민군은 무슨 일이 있어도 다시 밀고 내려옵니다. 인민을 해방시키려고!"

정섭은 힘주어 말했다.

"다시 내려온다고?"

선준의 마음은 복잡해졌다.

"그렇게 아시고⋯. 저는 갑니다."

정섭은 돌아섰다.

"간다고?"

선준은 자식을 붙잡지 못했다. 지정거리고 있게 놔두어서도 안 되었다.

"빨리 빈재를 넘어 유치로 가야 하니⋯."

경섭은 머뭇거리며 돌아보았다.

"네 어미는 조금 전에 잠이 들어서⋯. 보고 가야지?"

선준은 모처럼 잠이 든 아내를 깨울 수가 없었다.

"주무시는데⋯. 그럴 시간이 없습니다."

정섭은 토방을 내려섰다. 두리번거리며 집 안을 살펴보았다. 다시 돌아오게 될지 기약할 수가 없었다.

"어디로 간다고?"

아내가 듣고 벌떡 일어나 툇마루로 나갔다.

"물러났던 인민군이 다시 밀고 내려오니⋯. 며칠 있다가 돌아오게 될 겁니다."

정섭은 태연한 체했다. 뒤란의 대밭을 향해 걸어가면서 다시 돌아보았다. 어둠 사이로 보이는 어머니의 모습을 더듬으며 찾았다. 눈에서는 눈물방울이 주르르 흘러내렸다.

"빌어먹을 놈의 세상. 이놈의 전쟁이⋯."

선준은 마당으로 내려갔다. 대밭으로 들어가는 아들의 모습을 지켜보았다.

"혁명이 무엇이기에⋯? 통일혁명!"

정섭은 대밭으로 들어갔다. 어느새 울타리를 넘었다. 뒷동산 자락을 휘돌았다. 빈재를 향해 달렸다. 훈련하는 사병처럼 뛰었다.

"내 새끼는 어떻게 되는 거요?"

어머니는 마당에 털썩 주저앉았다. 땅을 치며 하염없이 흐느꼈다.

"난들 알겠소."

선준은 서러움을 삼켰다. 지긋지긋하고 몸서리치는 전쟁이었다. 무엇 때문에 남과 북으로 갈리어서⋯. 기득권을 잡겠다고⋯. 전쟁이란 힘겨루기를 하면서⋯. 서로가 못 잡아먹어서 안달이 났는지⋯.

"이념이 무엇이기에? 전쟁하여 얻을 수 있는 것이 무엇이라고? 국민을 죽이는 피비린내가 그리도 좋은가? 입은 두었다가 어디에다 쓰려고⋯. 마주 앉아 화해하면 안 되는 건가?"

선준은 바지랑대처럼 서서 하늘을 쳐다보았다. 한 민족이 좌익, 우익하며 철천지원수가 되어버렸다. 상대방이 역적이라고 하면서 앙갚음하겠다고 미쳐 발광하고 있었다. 완전히 이성을 잃어버렸다. 힘으로 짓밟아서 같은 패거리들만 기득권을 잡아 잘살아 보겠다는 어처구니없는 전쟁을 하고 있음에 틀림이 없었다.

뒷동산의 멧부리 위에서는 별똥별이 떨어지고 있었다. 뒤를 이어 또 흩뿌려졌다. 하늘에서도 전쟁을 하고 있는지 총을 쏘아대는 실탄처럼 흩어졌다.

8

1953년 7월 27일, 휴전협정이 조인되었다. 국민을 죽이는 전쟁을 잠시 멈추고 휴식을 취하자는 합의였다. 언제든지 동족을 살상하는 피비린내를 다시 뿌려대겠다는 음모가 숨어 있었다.

전쟁은 수많은 사람을 살해하고 일시 중단되었다. 한반도는 핏빛으로 얼룩이 져버렸다. 전쟁으로 얻어지는 것은 아무것도 없었다. 국민을 죽이고 괴롭히는 피해만 남겼을 뿐이었다. 남북은 3·8선 부근에서 예전처럼 그대로 휴전을 갈라놓았다. 싸움으로 적대감은 골은 더욱 깊게 파였다. 동족이 완전히 둘로 나뉘어졌다. 서로가 역적이 되어 원수로 변했다. 이념의 장벽은 철근콘크리트의 담장처럼 단단하게 굳어졌다. 이제는 두터워져 허물어질 곳이 전혀 보이지 않았다. 전쟁의 책임을 서로에게 떠넘겼다. 서로가 상대방을 저주하며 미워했다. 총질만 하지 않을 뿐 싸움은 여전히 계속되고 있었다.

　남과 북의 정치꾼들은 상대방을 사악한 괴뢰도당들이라 주장하며 역적으로 몰았다. 6·25전쟁을 정치적으로 이용하여 독재의 장기집권을 유지하는 도구로 삼았다. 평화는 먼 나라에 있는 꿈같은 환상이었다. 평화통일은 말로만 외치는 화려한 사치품에 지나지 않았다. 위대한 영웅이신 민족의 지도자님들은 사탕발림으로 국민을 우롱하고 있었다. 통일은 정략적으로 이용되는 허수아비 같은 허섭스레기였다. 정권을 잡으려는 꼭두각시로 사용했다.

9

　윤선준은 전처럼 초등학교로 돌아갔다. 교감으로 학생들을 가르쳤다. 공산당에 가입했던 사실을 덧들어나지 않도록 철저하게 감추었다. 아무도 알아차리지 못하도록 깊고 깊은 곳에 갈무리해버렸다. 그리고 정부의 시책에는 철두철미하게 앞장섰다. 충성에 충성을 다했다.

　윤선준은 휴전이 된 그 이듬해에 교장으로 승진했다. 불혹을 갓 넘긴 나이었다.

　초등학교장들은 전쟁 중에 여기저기서 여러 명 살해되었다. 교장자리가 여러 학교에서 비게 되었다. 그래서 행운을 잡았다. 윗사람에게 처세를 똑 부러지게 잘했기에 가능한 일이었다.

10

　윤선준은 교장이 되자 곧바로 고향인 부산초등학교로 돌아왔다.

윤 교장은 교장으로서 정부의 시책에 앞장섰다. 애국자가 되어 국가에 충성을 다했다. 아니 정권의 눈 밖에 나지 않도록 철두철미하게 행동했다.

그래서 항상 매주 월요일에는 학생들을 운동장에 집합시켰다. 조회를 했다. 단상에 올라갔다. 교장으로서 전교생들 앞에서 열변을 토했다. 역적 김일성괴뢰도당을 지구상에서 몰아내야 한다고 외쳤다. 공산당은 인류의 적이라며 반공교육에 열을 올리며 정성을 다했다.

윤선준은 오늘도 학생들 앞 단상에 올라섰다.

"학생 여러분. 우리 학생들은 모두가 애국자입니다. 북한공산괴뢰도당 놈들은 여우 같은 빨갱이들입니다. 김일성괴뢰도당들은 남침야욕을 버리지 못하고 호시탐탐 침략을 노리고 있습니다. 간첩을 침투시켜 나라를 혼란스럽게 만들고 있어요. 국민을 분열시켜 남침할 기회를 엿보고 있습니다. 낯을 모른 이상한 사람이 마을에 나타나면 다시 보고, 수상하면 신고합시다. 아침에 산에서 내려오거나 한밤중에 라디오를 듣고 있는 사람이 있으면 꼭 지서나 경찰서에 알려야 합니다. 우리 학교 선생님에게 말해도 됩니다. 조금이라도 의심스러운 행동을 하면 용감하게 신고하여 포상을 받읍시다. 혹시 친인척 중에 간첩이 있으면 자수시켜 광명을 찾도록 도와줍시다. 우리 주변에 빨갱이가 기생하지 못하도록 철저하게 색출해내야 합니다."

윤 교장은 미친 듯이 열변을 토했다.

"간첩 잡아 애국하고, 신고하여 포상금 받자!"

윤 교장은 두 주먹을 불끈 쥐며 소리쳤다. 숨을 몰아쉬며 단상에서 내려갔다. 열변을 토해서 흥분되었다. 얼굴이 홍당무처럼 붉어졌다.

"나는 빨갱이가 아니냐. 자본주의를 신봉하는 지주지. 살기 위해 어쩔 수 없이 공산당 당원이 되었을 뿐이고!"

윤 교장은 마음속으로 자신에게 외쳐댔다. 공산당에 가입했었던 사실 때문에 양심의 가책을 받고 있었다.

"정섭이는 살아 있겠지?"

윤선준의 눈앞에는 큰아들의 모습이 아른거렸다. 정신이 어지러웠다. 다리가 후들거렸다. 넘어지려고 하였다. 몸을 간신히 추슬렀다.

11

윤선준은 교장으로서 학교의 생활에 만족하고 있었다. 지난날들의 궤적은 시나브로 지워지며 잊혀졌다. 그러나 마음 한구석에는 여전히 똬리를 틀고 앉아서 괴롭혀댔다.

그저 그렇게 또 몇 해가 흘렀다.

학교 앞 부산들녘에는 보리가 파랗게 자라고 있었다. 햇빛을 받아 함치르르했다. 들바람은 부드러운 명지바람이었다. 학교 앞 살피꽃밭에는 개나리꽃이 활짝 피었다. 운동장 가의 벚꽃도 뒤질세라 만발했다. 수라봉의 산등성에는 두견화가 환하게 웃고 있었다. 부드러운 봄바람은 꽃향기를 싣고 와 흩뿌리며 봄 잔치를 했다. 모두가 봄나들이를 나와 아름다운 자태를 자랑했다.

"정섭이란 놈은 어디서 무엇하고 있을까?"

윤 교장은 가슴 속 깊은 곳에 갈무리해 놓은 큰아들을 덧들어내었다.

"어젯밤에는 꿈속에서 아들놈을 보았었는데."

윤 교장은 하늘을 쳐다보았다. 억불산 멧부리 위의 쪽빛 하늘에는 흰 구름이 두둥실 떠가고 있었다.

"죽지는 않았겠지? 어디선가 행복하게 살고 있을 거야."

윤 교장은 큰아들의 죽음을 인정하기 싫었다. 절대로 전쟁의 희생물이 되어서도 안 되었다. 전쟁 때에 죽는 것은 가치 없는 개죽음이었다.

"참 좋은 봄날이다."

윤 교장은 질펀하게 펼쳐져 있는 부산들녘을 바라보았다. 텅 빈 휑뎅그렁한 공간에는 흐벅진 봄볕이 가득 담겨있었다. 아지랑이도 덩달아 너울너울 춤을 추었다. 한 논배미에 자운영꽃이 흐드러지게 피어 수를 놓았다. 제암산은 바싹 다가와 성큼 서 있었다.

"정섭이가 보고 싶구나!"

윤 교장의 눈앞에는 큰아들 모습이 아지랑이처럼 아른거렸다.

쪽빛 하늘에는 하얀 뭉게구름이 두둥실 떠가고 있었다.

12

교무실에서 장 선생이 급히 뛰어나왔다.

"교장선생님, 교장선생님."

장 선생은 다가가며 불렀다.

"장 선생, 무슨 일이요?"

윤 교장은 고개를 돌렸다.

"집에서 연락이 왔는데…."

장 선생은 급해서 얼른 말하지 못했다.

"집사람이 애를 낳았다고 하던가요?"

윤 교장은 만삭이 된 아내의 모습을 떠올렸다. 큰아들을 낳은 후 소식이 없었는데 지난해에 임신했었다. 집에서 전해오는 급한 소식이라면 다른 일은 없을 것 같았다.

"예, 공주님을 낳았답니다."

"딸이라고요."

윤 교장은 시무룩해졌다. 큰아들의 모습을 떠올리며 어눌하게 말했다. 늦둥이이니 은근히 사내애를 기대하고 있었다.

"예쁘게 생겼답니다."

장 선생은 교장의 표정을 살피며 위로했다.

"알겠습니다."

윤 교장은 무거운 발걸음을 옮겼다.

"집에 가보셔야지요?"

장 선생은 교장의 눈치를 살폈다. 언짢아하는 표정이 눈에 거슬렸다. 아내는 산고 끝에 애를 낳았지 않은가?

"다음에 아들을 낳으면 되겠지?"

윤 교장은 체념했다.

윤 교장은 다른 날보다 일찍 퇴근했다.

13

윤 교장은 그 이듬해에 또 아들을 보았다. 연년생의 남매였다. 생각지도 않은 늦둥이의 자식 복이었다. 자식들 기르는 재미로 살았다. 전쟁에 대한 상처는 시나브로 아물어갔다. 어린 자식들의 재롱을 보며 삶을 즐겼다. 행복한 나날들이었다. 자식들이 건강하게 자라주니 더 바랄 것이 없었다.

6. 돌아온 큰아들

1

정권은 쫓겨나고, 바뀌고, 쿠데타를 일으키고, 바뀌고, 바뀌면서 유신시대가 되었다. 민주주의가 혼란스럽다는 핑계로 장기집권을 위한 독재정치를 하고 있었다.

"대한민국에서는 김일성괴뢰도당 때문에 서구식의 민주주의는 사치품이라고 했지? 우리의 몸에 맞는 한국적 민주주의 토착화라는 명분으로 장기집권을 계속하기 위하여 독재를 하고 있는 유신시대!"

윤 교장은 신작로를 걸어가면서 유신 독재정권을 곱씹어보았다. 유신정권은 국민의 자유를 제한했다, 입법, 사법, 행정 삼권을 모두 대통령이 거머쥐고 있었다. 대한민국식의 민주주의인 유신정권은 장기집권을 위한 독재정치 하고 있었다. 그래서 사회가 시끄러웠다. 정권은 잔인하고 살벌하고 무서웠다.

"국민을 무자비하게 짓밟고 긴급조치!"

윤 교장은 군홧발로 짓밟는 무서운 공포정치를 곱씹으며 음미했다. 대통령의 말 한마디가 헌법 위에 군림하는 법이었다. 이상한 괴물 같은 법은 국민의 눈과 귀와 입술을 틀어막았다. 유신을 비방하면 쥐도 새도 모르게 잡아갔다. 날아다니는 새도 떨어뜨린다는 중앙정보부로 끌려갔다. 무자비하게 고문당했다. 몽둥이질에 전기고문도 아끼지 않았다.

"국민을 닦달하는 포악한 강압정치!"

윤 교장은 날마다 내려오는 상부의 지시사항이 담긴 문서를 생각했다. 국민은 약자가 되어 유신의 독재자에게 자닝스러운 짓밟히고 있었다. 보아도 안 본 체, 알아도 모른 체, 들어도 안들은 체, 몰라도 모른 체하며 살아야 했다. 알려고 해서도 안 되었다. 순한 양처럼 순종하는 굴종을 강요했다. 유신을 비방하거나 불평하면 쥐도 새도 모르게 잡아갔다.

"주권은 국민에게 있고 모든 권력은 국민으로 나온다."

윤 교장은 헌법 조항을 잘근잘근 짓씹으며 빙긋이 웃었다. 그러나 헌법은 허섭스레기에 불과했다. 대한민국은 민주공화국이 아니었다. 왕권과 같은 영구집권을 하기 위해 독재국가로 변해버렸다.

"역적 김일성공산괴뢰도당이 당장 밀고 내려온다고 하니…?"

윤 교장은 달이 떠오르는 동산을 바라보며 한숨을 쉬었다.

"전쟁의 공포로 유신 독재를 정당화시키려고…? 뻔뻔스럽게 궤사를 부리는 꼬락서니를 보면…?"

윤 교장은 세상의 돌아가는 분위를 나름대로 분석하며 정리해보았다.

"유신정부를 비방하면 역적인 빨갱이 간첩이라고 하니…?"

윤 교장은 마을 앞 동구 밖에서 장승처럼 서 있었다. 뒷동산을 바라보았다.

"전쟁처럼 살벌한 세상인데…?"

윤 교장은 불안에 떨고 있었다. 언제 어떻게 될지 몰랐다. 국민은 공포, 불안, 초조 속에서 자닝스럽게 짓밟혔다. 숨도 제대로 쉬지 못했다. 두려움 속에서 살아가고 있었다.

"그렇지만 대한민국 국민들은 결코 호락호락하지 않거든!"

윤 교장은 고개를 살래살래 저었다. 국민은 자유당독재정권을 몰아내는 저력을 가지고 있었다. 지금은 눈에 보이지 않게 저항하며 투쟁하는 중이었다.

2

"퇴근해서 집에 와 봐야!"

윤 교장은 대문을 들어서며 투덜거렸다. 평상시는 밥을 손수 지어서 먹었다. 하지만 가끔 학교 근처에 있는 식당에서 식사를 해결하기도 했다. 오늘 저녁밥은 식당에서 소고기 반찬으로 맛있게 먹었다. 반주로 술까지 면 잔 걸쳐 거나하게 취했다. 기분이 좋았다.

"반겨줄 아내와 자식들도 없고…. 홀아비 신세가 되었으니…."

윤 교장은 마당 가운데에 바지랑대처럼 서서 집터서리를 둘러보았다.

"아내는 자식들과 서울에서 살고 있으니…."

윤 교장은 아내와 자식 남매를 서울로 보냈다. 자식들의 교육과 장래를 위해서 서울에 집 한 채를 마련하였다. 서울사람을 만들기 위해서였다. 전라도 사람은 위대하신 정치꾼들에게 지역적인 차별을 받고 있었다. 출세하는 데어 걸림돌이 되었다. 아내는 서울 집에서 자식들의 뒷바라지를 하며 함께 살고 있었다. 자신도 정년이 얼마 남지 않았다. 정년 퇴임을 하고 나면 서울생활을 할 요량이었다.

"외손자는 건강하게 잘 자라겠지? 보고 싶구나!"

윤 교장은 재롱을 부리는 귀염둥이 손자를 생각했다. 딸은 대학을 졸업하자마자 결혼을 하였다. 같은 대학교의 동창생이었다. 사위는 행정고시에 합격하여 고위직 공무원이 되었다.

"막내아들은 대학교에 잘 다니고 있을 것이고…."

윤 교장은 유난히도 귀여운 막내아들이 보고 싶었다. 유독 사랑하는 자식이기에 꼭 출세를 시켜야 했다. 좋은 대학에 보내려고 제수를 몇 차례 시켰다. 조금은 늦은 나이에 대학을 다니고 있었다.

3

"어젯밤 꿈속에서 장손 정섭이가 피 묻은 옷을 입고 대문을 들어서던데…."

윤 교장은 방으로 들어가지 않고 마당에서 서성거렸다. 큰아들을 생각했다. 지금도 애타게 기다리고 있는지 몰랐다. 아버지를 부르며 대문을 들어오고 있는 것만 같았다.

"건강한 몸으로 돌아오겠지. 가족이 있는 고향을 찾아서…."

윤 교장은 절대로 포기할 수가 없었다. 하늘을 쳐다보며 마음속으로 기원했다.

"추석이 가까워지니…. 달이 차면 한가위인데…. 이번 명정에는 찾아오려나?"

윤 교장은 동산 위로 떠올라 머뭇거리고 있는 달을 쳐다보았다. 아들의 얼굴이 담겨져 있었다.

"가을의 밤바람이 취기를 말끔히 씻어주네!"

윤 교장은 모주가 되어 흐릿했던 정신을 가다듬었다. 시원한 가을의 밤바람이었다. 온몸을 씻어주듯이 휘감고 지나갔다. 엊그제만 해도 후덥지근한 더위가 살갗에 붙어 귀찮게 자드락거렸다. 며칠 새에 개운해졌다. 깨끗하게 빨아놓은 모시적삼을 입은 것 같았다.

"어찌 됐든 자식 놈 정섭이가 애비를 살렸는데…."

윤 교장은 한가위가 가까워져서 그런지 오늘따라 유난히도 보고 싶었다.

"공산당 당원이니 살기 위해 북으로 넘어갔을지도 모르지? 나이로

치면 가정을 꾸리고 자식들과 행복하게 살고 있어야 하는데….”

윤 교장은 북두칠성을 찾아서 바라보며 소원을 빌고 있었다.

“지난밤 꿈이 참으로 이상하단 말이야?”

윤 교장은 툇마루로 올라서며 고개를 갸웃거렸다. 뒤를 돌아보았다.
희끄무레한 달빛이 마당에 내려와 이불처럼 덮고 있었다. 대밭에서는
귀뚜라미들이 서럽게 울고 있었다.

4

“이제는 정년도 가까워지고….”

윤 교장은 방에 홀로 앉아있었다. 나이가 든 자신을 돌아보았다. 처
지가 처량하고 불쌍했다.

“또 한잔 할까?”

윤 교장은 청승맞게 앉아있는 자신을 달래고 싶었다. 밤이 깊어가도
록 혼자서 소주를 홀짝홀짝 마셨다.

“마누라까지 없으니….”

윤 교장은 밤이 이슥해지자 이부자리를 폈다. 반듯이 누웠다. 술에
취하니 마누라가 생각났다. 몸을 뒤척이며 잠을 청했다. 눈이 감기며
잠이 들려고 하였다.

5

뒤란 대밭 언턱에서 무거운 돌이 떨어지는 것 같은 소리가 들렸다.

“무슨 소리지?”

윤 교장은 감긴 눈을 떴다.

"짐승! 아니 도둑놈?"

윤 교장은 온몸이 오싹해졌다. 일어나 앉았다.

"아버지, 어머님!"

누군가가 뒤란에서 작은 목소리로 불렀다. 몹시 떨고 있었다.

"정섭이냐?"

윤 교장은 큰아들의 목소리를 알아들었다.

"예, 저 왔어요."

정섭은 무서워 두리번거렸다.

"빨리 들어오지 않고 무엇 하나?"

윤 교장은 뒤란으로 통하는 뒷방 문을 열어주었다.

정섭은 신발을 신은 채 뛰어 들어갔다.

"지난밤 꿈속에서 보이더니…. 살아있었구나."

윤 교장은 반가웠다. 눈물바람부터 했다.

정섭은 바싹 긴장했다. 입술이 열리지 않았다. 아버지를 보니 마음이 놓였다.

"살아있어 다행이다."

윤 교장은 눈물을 훔쳤다. 성냥갑을 찾았다. 등잔에 불을 붙였다. 큰아들이 분명했다. 희나리처럼 뼈만 앙상하게 남은 초췌한 모습이 영락없는 송장이었다. 북한에서 간첩으로 내려왔을지 모른다는 의심이 머릿속에서 똬리를 틀고 들어앉았다.

6

"어머니는?"

정섭은 방 안을 두리번거렸다. 며칠째 굶었는지 몰랐다. 배가 무척 고팠다. 어머니가 지어준 밥이 생각났다.

"네 어미는 애들 뒷바라지를 하려고 서울에서 살고 있다."

윤 교장은 바싹 마른 장작처럼 뼈만 앙상한 자식의 모습을 찬찬히 훑어보았다.

"동생들이 있어요?"

정섭은 깜짝 놀랐다.

"휴전이 된 후 연년생으로 남매를 보았다."

"그랬어요."

정섭은 반가웠다. 동생들이 보고 싶어졌다.

"네 어미가 고생 많이 했지."

윤 교장은 목이 메었다. 무슨 말을 하여야 하는데 음성이 목구멍으로 기어들어갔다.

7

"배가 고파서…."

정섭은 어머니가 만들어준 감칠맛 나는 맛깔스러운 먹을거리를 상상했다. 구수한 밥 냄새를 맡으며 군침을 삼켰다. 허기진 배를 움켜쥐었다. 며칠을 굶었는지 몰랐다.

"알았다. 식은 밥이 있을 것이다. 내가 가져오마."

윤 교장은 벌떡 일어났다. 아침에 손수 밥을 지어 먹고 출근했었다. 혼자서 살기에 밥 짓는 것도 난든집이었다. 먹고 남은 밥을 바구니에 담아 놓았었다. 그 식은 밥이 생각났다. 부엌으로 나갔다. 어둠 속에서 더듬거렸다. 밥과 김치를 대충 챙겼다. 밥상을 들고 방으로 들어갔다.

자식 앞에 놓았다.

"며칠을 굶었는지 모릅니다."

정섭은 수저를 들자마자 밥을 입에 퍼 넣기 시작했다. 마파람에 게 눈 감추듯 게걸스럽게 먹어댔다. 한 그릇을 뚝딱 비웠다.

"더 있으면…."

정섭은 빈 그릇을 들고 아버지에게 보였다.

"알았다."

윤 교장은 물끄러미 바라보고 있었다. 벌떡 일어나 부엌으로 나갔다. 밥 바구니를 들고 왔다. 아들 옆에 놓았다.

정섭은 남은 밥을 모두 그릇에 담았다. 맛나게 먹었다.

8

"어디서 무엇 하다가 이제야 집을 찾아왔느냐?"

윤 교장은 조심스럽게 말을 꺼냈다. 헤어질 때의 모습이 떠올랐다.

정섭은 불안해서 대답을 하지 못했다. 밖에서 누군가가 엿듣고 있는 것 같아 무서웠다.

"살고 있는 곳이 어디냐?"

윤 교장은 불안해하는 아들의 행동을 유심히 살펴보았다. 듣지 않아도 알 것 같았다.

정섭의 귀는 여전히 마당으로 나가 있었다. 아버지의 말은 들리지 않았다.

"왜 대답을 못하는 거냐?"

윤 교장은 아들을 다그쳤다. 틀림없이 간첩이었다.

정섭은 아버지의 말을 귀 너머 들었다.

"너 혹시…?"

윤 교장은 넘겨짚었다.

집 뒤란 대밭에서는 귀뚜라미들이 구슬프게 울어대고 있었다.

9

아버지와 아들 사이에 긴장감이 끼어들었다. 입술을 굳게 다물고 있었다. 눈치를 살폈다.

정섭은 불안했다. 아버지에게 말해야 하는데 쥐가 듣고 있을 것만 같았다. 망설여졌다.

"집 안에는 아무도 없지요?"

정섭은 마른침을 삼키며 입을 열었다.

"당연하지."

"혹시, 우리 집에 찾아올 사람은?"

"이 밤중에 누가 오겠니?"

윤 교장은 두려워 불안에 떨고 있는 자식이 측은하게 보였다.

"다행이네."

정섭은 안심되었다. 아랫목 구석으로 갔다. 떨고 있는 가슴을 진정시켰다. 눈을 지그시 감았다.

10

"아버지, 불부터 끕시다."

정섭은 두려움 속에서 벗어날 수가 없었다.

"그러자. 밤이 깊었으니. 잠을 자야 하고…."

윤 교장은 입으로 불어 등잔불을 껐다. 방 안은 어두워졌다. 시커먼 어둠이 방 안의 휑뎅그렁한 공간에 가득 담겼다.

"나는 북조선에서 내려왔습니다."

정섭의 입술이 바르르 떨었다.

"뭐라고?"

윤 교장은 깜짝 놀랐다. 이미 느낌으로 알아차렸지만 듣고 나니 소름이 끼쳤다. 쇠메로 뒤통수를 맞은 것처럼 정신이 몽롱해졌다.

"간첩으로 내려왔습니다."

정섭의 목소리는 더욱 작아졌다.

"간첩?"

윤 교장은 혀가 굳어졌다. 말을 할 수 없었다.

"그래요. 간첩입니다."

"북에서 살았구나?"

"죽지 않고 살아남으려고 북으로 올라갔습니다."

정섭은 주저하지 않았다.

윤 교장은 입을 열지 못했다. 넋이 나간 사람처럼 멍하니 앉아있었다.

"살기 위해 하는 수 없이 간첩으로 내려왔습니다."

정섭은 자신이 왜 간첩이 되었는지 알 수 없었다.

"혁명과업 때문이 아니고?"

윤 교장은 고개를 갸웃거렸다.

"북에서 살아남기 위해서는 당의 지시를 따라야 하기 때문에…."

정섭은 숨기지 않았다. 감출 필요도 없었다.

"자수해라."

윤 교장은 주저하지 않았다. 자식의 가슴에 비수를 찌르고 있었다. 세상에 비밀이란 존재하지 않았다. 또 자신이 살기 위해서는 다른 방법이 없었다.

"절대로 안 됩니다."

정섭은 펄쩍 뛰었다.

"잡히면 너도 나도 죽는다."

"북에 있는 처자식은 어떻게 되겠습니까?"

"북에서 살림을 차렸구나?"

"북조선에서 결혼하여…."

"애들은 몇이나 두었느냐?"

윤 교장은 손자들을 생각했다.

"큰애가 다섯 살, 딸이 세 살입니다."

"그랬구나."

윤 교장은 입술을 빨았다. 눈을 지그시 감았다. 손자들을 생각해 보았다.

"자수한다고 하여 반드시 살 수 있다는 보장은 없지 않습니까?"

정섭은 북에 두고 온 식구들을 버릴 수가 없었다. 절대로 자수를 해서는 안 되었다.

"그건 그렇지."

윤 교장은 마른침을 삼켰다. 보이지 않은 남과 북의 전쟁을 이용하여, 간신히 유지하고 있는 살벌한 유신정권의 체제를 생각했다. 역적인 김일성괴뢰도당의 간첩이기 때문에 살려준다는 보장은 없었다. 정치적으로 이용당할 것은 불을 보듯이 뻔했다. 그러고 나서는 어떻게 될지 장담을 할 수가 없었다.

"이틀만 숨어 있다가 북으로 가버리면 됩니다."

정섭은 아버지를 설득했다.

"이틀이라고 했냐?"

윤 교장은 이틀이라는 말에 귀가 솔깃해졌다. 이틀 정도면 괜찮을 것 같았다. 아무도 모르게 가버리면 그것으로 끝날 것 같았다. 큰아들이 전쟁 통에 죽지 않고 목숨을 건져 북에서 가정을 꾸리며 살고 있다는 사실을 알게 된 것만으로도 다행이었다. 그래서 더욱 자수를 하라고 강요하기도 어렵게 되어버렸다.

"그렇습니다."

"이틀이라…. 북에 네 가족이 있으니…."

윤 교장은 북에 있는 며느리와 손자를 생각했다. 붙잡을 수 없었다.

13

"아버지가 6·25 때에 숨어 있던 대밭 안에 있는 땅굴은 그대로 있지요?"

정섭은 자신이 숨어 있을 곳을 이미 정해놓았었다.

"메워버리지 않았으니까."

윤 교장은 한숨을 몰아쉬었다. 자식을 숨겨놓을 곳은 거기밖에 없었다.

"내가 여기에 온 것은 아버지만 알아야 합니다."

정섭은 힘주어 말했다.

"알겠다. 당연히 그래야지."

"가족 누구에게도 말하면 안 됩니다."

"네 어미가 집에 없으니 천만다행이다. 네 어미에게도 말하지 않으마. 알아서 좋을 것도 없고. 반공으로 정권을 유지하는 참으로 무서운 세상인데…."

윤 교장은 현 유신정권이 그러했다. 생각만 해도 몸서리쳐졌다.

"나는 지금 대밭으로 가겠습니다."

정섭은 자리에서 일어났다.

"나는 학교에 출근해야 하니까 밖으로 나와서는 안 된다."

윤 교장은 자신의 살길을 먼저 생각했다. 동네사람들은 공산당 당원이었던 큰아들이 6·25 때 행방불명되었다는 것을 잘 알고 있었다.

"걱정 마십시오. 잡히면 내가 죽는데요."

정섭은 뒷문으로 나가려고 했다.

"담요라도 가지고 가야지. 여기 두툼한 솜옷도 입어라. 제법 쌀쌀한데…."

윤 교장은 농 속에서 담요와 솜을 넣어 만든 한복을 꺼내주었다.

"내가 왜 이렇게 되어버렸지?"

정섭은 받아들였다. 중얼거리며 방문을 나섰다. 눈앞이 캄캄했다.

14

"6·25전쟁 때에 아버지가 살려고 숨어 있던 곳."

정섭은 대밭의 땅굴 속으로 기어들어가며 중얼거렸다.

"내가 낳고 자란 고향집에 왔는데…."

정섭은 손전등의 불을 켜 굴 안을 살펴보았다. 땅굴의 깊숙한 곳에 자리 잡고 앉았다. 어린 시절을 생각났다. 동무들과 숨바꼭질할 때면 대밭에 숨어 있었다. 가을이면 감나무에서 홍시를 따먹었다. 뒷동산을 돌아다니며 뛰놀던 때가 그리워졌다. 눈물이 핑 돌았다.

"나는 간첩이다."

정섭은 쪼그리고 앉았다.

"나는 왜 간첩이 되었을까? 간첩을 자원했는가? 억지로 떠밀려서…. 국가에 충성하는 들무새가 되라고 하기에…. 가지 않으면 가족을 강제 노역장으로…."

정섭은 강제로 떠밀려서 어쩔 수 없이 울며 겨자 먹기로 간첩이 되었다.

"남녘은 내 가족이 살고 있는 우리나라가 아닌가? 적국은 아니데…?"

정섭은 언젠가 직위가 높은 당위원장이 공정한 분배를 하지 않고 착취하기에 불평을 했던 적이 있었다. 그 후 어느 당원이 남녘에서 월북한 부르주아라고 하면서 인민재판을 받아야 하겠다고 하는 협박을 들었던 적이 있었다. 그래서 찍혔던 것 같기도 했다.

"내가 살아서 북으로 돌아간다면 이중간첩이 되어 제거하지 않을까?"

정섭은 빼도 박도 할 수 없는 난감한 처지에 놓여있었다.

15

"왜 남과 북으로 나뉘어져 있을까? 이념 때문인가? 이념은 무엇인가? 혁명이 무엇이고 누굴 위한 혁명인가? 누구 때문에 평화통일이 되지 않는가? 국가에 충성하기 위한 간첩인가? 애국이 무엇인가?"

정섭은 땅굴 속에 앉아서 넋두리를 해댔다. 생각할수록 분노가 치솟왔다.

"국민을 모두가 평등하게 해준다는 공산주의? 북조선은 국민 모두가 평등하게 잘살아가는 나라인가? 어림 반 푼어치 없는 뻘소리. 독재자가 공산주의 영웅이라고? 국민을 허섭쓰레기처럼 짓밟으면서…. 장기집권으로 왕권을 누리는 사악한 마귀 같은 놈!"

정섭은 간첩이 되어 불안에 떨고 있는 자신을 생각하며 화풀이를 해댔다.

"감시받고 감시하고 서로가 의심하며 살아가는 공산국가! 그런 나라가 정말 살기 좋은 나라인가? 북한은 공산주의 국가가 아니라 김일성의 장기 집권을 위한 제왕적인 독재국가가 아닌가?"

"국민은 남녘이든 북녘이든 지도자라는 몇몇 사람들의 출세욕을 채워주기 위한 도구가 되어서는 안 되지. 그들의 전유물이 아니니까. 국가의 주인은 국민이다. 국민 없는 국가는 존재하지 않고!"

"한 동족끼리 이게 무슨 꼴인가? 김일성공산당은 나를 통일혁명의 전사라고 추켜세우면서 간첩으로 남파시켰지. 나는 살기 위해 어쩔 수 없이 울며 겨자 먹기로…."

정섭은 자신이 간첩으로 남파된 궤적을 더듬어 보았다. 죽지 않으려고 어쩔 수 없이 떠밀려 내려왔다. 결국 김일성에게 충성하는 춤을 추는 꼭두각시가 되어버렸다.

"전쟁은 애국이 아니라 반역죄인데? 이놈의 전쟁은 언제 끝나게 될까?"

정섭은 억울하고 분했다.

16

"도대체 공산주의나 자본주의는 무엇인가?"

정섭은 자신이 당하고 있는 고통을 생각했다.

"내가 내 집을 찾아왔는데 간첩이라니?"

정섭은 고개를 갸웃거렸다. 간첩이 되어 자신의 집으로 찾아온 것 아주 이상한 일이었다. 한 민족이 둘로 나뉘어 역적이 되어 치열하게 싸우고 있다는 그 사실 자체가 큰 잘못이었다. 그래서 더욱 분하고 억울했다. 해서는 안 되는 짓거리들을 하고 있음에 틀림이 없었다.

"평등하게 잘살게 해준다는 공산주의?"

정섭은 자신이 선택했던 공산주의를 되돌아보았다. 이제는 공산국가에서 살고 있기에 확실하게 알고 있었다. 공산당은 국민 모두가 골고루 잘살게 해준다고 했지만 사실은 그렇지 않았다. 기득권자들 외에는 모두가 괴롭힘을 당하고 처참하게 살아가고 있었다. 그 말은 궤사를 부리는 새빨간 거짓말이었다. 논, 밭, 산, 토지, 공장, 건물 같은 부동산은 모두 빼앗아 공유화시켜버렸다. 그러고 나서 식량이나 모든 생활필수품을 배급제로 나누어주었다. 그 자체가 크게 잘못되어 있었다.

"김일성은 배급제로 국민의 생명줄을 거머쥐고 좌지우지하며 독재를 거리낌 없이 하고 있으니…. 그것이 사악한 악마 같은 사기꾼!"

정섭은 자신이 당하고 있는 일들을 낱낱이 되새김하며 따져보았다. 국민들은 배급을 받지 못하면 죽기 때문에 꼼짝없이 당했다. 죽음이 무서워 종처럼 굽실거리며 숭배했다. 이것은 인격적인 모욕이었다.

"국민을 평등하게 잘살게 해준다는 공산주의도 별것이 아니었어. 서민들은 권력자의 정권유지에 사용되는 도구에 불과하고…!"

정섭은 고개를 저어댔다.

"국민의 모든 의식주를 지도자라고 하는 통치자 혼자서 거머쥐고 행사하면서…. 마치 자기 것으로 국민에게 자선을 베푸는 체하는 사악한 사기꾼! 국민을 농락하여 자신을 신처럼 받들고 숭배하게 만드는 사이비 교주!"

정섭은 독침 같은 말을 뱉어냈다.

"정치란 그런 것인가?"

정섭은 김일성의 서슬 퍼런 칼날이 무서웠다. 고분고분 따르지 않으면 가차 없이 처단했다. 힘없는 백성들은 살기 위해서 저항할 수가 없었다. 인민재판이라는 것도 김일성일당의 마음대로 진행되기 때문이었다.

"어쨌든 남녘에 왔으니 부모님과 함께 고향에서 행복하게 살고 싶은데…."

정섭은 땅굴 안을 살펴보았다. 더듬거려 담요를 폈다. 아버지가 준 명주베로 만든 한복을 입었다. 쪼그리고 앉았다. 남은 담요 자락으로 무릎을 덮었다. 눈물이 핑 돌았다.

"내가 왜 이렇게 되었나?"

정섭은 신세를 한탄했다. 집에 왔는데 따뜻한 방에서 편안하게 자지 못했다. 대밭의 땅굴 속에 숨어 있는 자신의 모습이 참으로 불쌍하고 한심스러웠다. 이제는 어릴 적에 즐겁게 뛰놀던 행복한 고향집이 아니었다.

"남녘에는 부모님과 동생들이 살고 있고, 북녘에는 처자식이 있으니…."

정섭은 북에 두고 온 가족을 생각하며 몸부림쳤다. 공산당 당원은 무신론자인데 자신도 모르게 신을 찾고 있었다.

"국민 모두를 똑같이 평등하게 잘살게 해준다는 공산주의도 별것이 아니야! 더불어 살아가는 것이 아니라 서로를 감시하게 하고, 통치권자는 국민을 굴종시켜 충성하게 만든 신 같은 존재이고? 저항하면 가차 없이 처단하는 공포정치! 참으로 잔인하고 무서운 정치꾼들!"

정섭은 제정신이 아니었다. 정신병자가 되어 넋두리를 해댔다. 수없이 곱씹어 음미했다. 간첩이 된 자신을 생각하며 화풀이했다.

공산주의도 모두가 기득권을 누리며 평등하게 잘사는 곳이 아니었다. 노예처럼 노동하며, 배급을 받아 가며 거지처럼 살아가고 있었다. 자유롭게 잘 사는 것이 아니라 감시하고 감시당하며 살아야 하는 살벌한 체제였다. 당의 혁명과업을 거절하거나 저항하거나 불평불만을 하면 쥐도 새도 모르게 잡아가버렸다. 잘살게 해준다는 것은 모두가 허무맹랑한 사탕발림의 거짓말이었다. 국민들은 굶주림에 시달려 겨우겨우 연명하며 살아가고 있었다. 가멸은 집을 찾아가서 장타령이나 품바타령 하며 구걸할 곳도 없었다. 비렁뱅이가 되어도 각설이타령을 하며 빌어먹기도 어려운 곳이었다.

"내가 덫에 걸려버렸다. 그들이 사탕발림하여 쳐 놓은 올가미에 걸려서…."

정섭은 서러워 흐느끼고 있었다.

대밭에 세찬 바람이 지나가고 있었다. 대나무들이 흔들리며 함성을 지르듯이 아우성을 쳤다. 잠자던 멧비둘기가 놀라서 날아갔다.

7. 자식을 보내면서

1

"오늘도 어제처럼 지루하고 무섭고 초조한 하루!"

정섭은 대밭의 땅굴에서 두더지처럼 기어 나오며 중얼거렸다. 굳어진 몸을 폈다. 주변을 살펴보았다.

"밤이 이슥해지면 고향집에서 떠나야 한다."

정섭은 하늘을 쳐다보았다. 흰 구름에는 분홍빛 저녁노을이 물들고 있었다.

"뒷동산에서 멧비둘기들은 보금자리를 찾아 대밭으로 날아드는데…."

정섭은 대밭에 서서 집터서리를 살펴보았다. 제암산의 멧부리 위로 달이 떠올랐다. 대나무들 사이로 희끄무레한 달빛이 드리워져 있었다. 참새들이 떼로 몰려와 대밭 구석에서 자냥스럽게 떠들고 있었다.

"한가위의 명절은 며칠 남지 않았는데…."

정섭은 추석을 생각했다. 눈앞서는 부모님과 함께 명절을 쇠던 일들이 아른거렸다.

"명절이면 객지에서 고향을 찾아오는데…."

정섭은 눈물을 흘렸다.

"추석이나 설 같은 명절이면 진솔옷을 입고 동네 고샅을 쏘다니며 자랑했었는데."

정섭은 어깨동무들의 모습을 낱낱이 떠올렸다.

"숨바꼭질, 제기차기, 자치기, 팽이치기, 눈싸움, 대보름에는 쥐불놀이, 연날리기…."

"봄이면 뒷동산에서 진달래를 꺾었고. 집 뒤란에서 순자와 소꿉장난하며 놀던 일은 머릿속에 똬리를 틀고 앉아 괴롭히고…."

정섭은 어릴 적에 친구들과 함께 재미있게 놀던 놀이를 떠올렸다.

"고향이 그리워 밤마다 고향 꿈을 꾸었는데…."

정섭은 어지러웠다. 몸이 샐그러지려고 하여 대나무를 붙잡았다.

2

"다시 고향에 돌아올 수 있을까? 통일이 되면? 통일은 될 수는 있는 건가? 평화통일이어야 하는데?"

정섭은 자신에게 물으며 고개를 갸웃거렸다.

"영웅이신 민족의 영도자라고 하시는 위대하신 각하님들의 하는 짓거리를 보면…? 이쪽이고 저쪽이고 자기들만 제왕처럼 누리려고 하니…. 어느 세월에…?"

정섭은 고개를 절레절레 저어댔다.

"다시는 오지 못할지라도 나는 가야 한다."

정섭은 한숨을 몰아쉬었다.

"아내와 자식들과 내가 살기 위해서는 어쩔 수 없이…."

정섭은 자신의 속내 들여다보았다.

"간첩의 혁명과업을 완수하고 북으로 가면 출세의 길이 열리는 건가?"

정섭은 출세하게 되어 풍요롭게 살아가는 삶을 그려보았다. 목숨이 걸려있는 충성이었다. 대가 없는 희생을 치르고 싶은 생각은 추호도 없었다.

"공칙스럽게 되어 이중간첩으로 몰리면?"

정섭은 수없이 떠오르는 불안을 떨쳐버리지 못했다. 누군가는 남파되었다가 이중간첩으로 몰려 처벌받았다는 사실을 소문으로 들어서 알고 있었다. 곰곰이 생각할수록 귀살쩍었다. 실타래가 엉킨 것처럼 어수선하여 정신이 사나웠다. 이 한 몸 다 바쳐 충성해도 믿을 수 없는 세상살이였다.

3

"애 엄마의 건강은? 방직공장에서 작업에 충실할까? 별일 없이 잘 있겠지? 간부들의 눈 밖에 나면 안 되는데…? 배급은 제때 제대로 나오는지…? 애들도 건강하게 잘 자라고 있을까?"

정섭은 북에 두고 온 가족들의 모습을 하나하나 떠올려보았다.

"자수하여 정든 고향에서 부모님과 함께 살 수 없어. 내 가족을 살려야 하기 때문에…. 자수한다고 해서 용서해 줄 것 같지도 않고. 간첩이니 정치적으로 이용해 먹고 나서는…?"

정섭은 자신의 처지를 몇 번이고 되새겼다.

"북으로 돌아가게 되면 이중간첩으로 몰리지는 않겠지?"

정섭의 불안은 꼬리에서 꼬리를 물고 이어졌다. 도저히 갈피를 잡을 수가 없었다.

"당 간부들이 말한 것처럼 간첩인 내가 정말로 통일을 위한 들무새가 될 수 있는 건가? 말도 안 된 소리. 이용해 먹고는…."

정섭의 입술에는 조소가 번져갔다.

"나와 내 가족이 살아야 하겠기에 어쩔 수 없이…."

정섭은 수없이 되새겨보았다. 그리고 입술을 깨물었다. 자의에 의해서 간첩이 된 것은 아니었다. 나 자신과 가족을 생각해서 억지로 떠밀려서 내려왔다. 당의 명령에 복종하지 않으면 가족 모두가 반동분자가 되었다. 언제 어떻게 당하게 될지 몰랐다.

"살아서 돌아가면 출세하게 되는 걸까? 이중간첩이라고 죽이지는 않겠지?"

정섭은 자신의 미래를 그려보았다. 그러나 어떻게 될지는 알 수가 없는 노릇이었다.

4

달빛이 드리워지는가 싶더니 밤은 이슥하게 깊어갔다.

"떠날 때가 되었다. 무사히 돌아가겠지?"

정섭은 등에 배낭을 졌다. 땅굴에서 나왔다. 대밭에서 조심스럽게 나갔다. 달을 쳐다보며 마음속으로 빌었다.

"고향집 대밭의 땅굴 속에 숨어서 간첩 생활을 하고 떠나는구나!"

정섭은 마른 댓잎 밟는 소리가 나지 않도록 조심조심 걸었다.

대나무 둥지에서 잠을 자던 새가 놀라 날아갔다.

5

"아버지."

정섭은 방으로 들어가지 않고 머뭇거렸다.

"방에도 들어오지 않고 가려고?"

윤 교장은 자지 않았다. 떠나는 큰아들을 생각하니 잘 수가 없었다. 캄캄한 방구석에 쪼그리고 앉아 자식의 앞날을 걱정했다. 무사히 가족 곁으로 돌아가기를 기원하고 있었다.

"지금 떠나야 합니다."

정섭은 이별의 서러움을 떠올랐다.

"정말로 가는구나?"

"제가 집에 있어 봐야 아버지에게도 좋을 것이 없습니다."

정섭은 울먹거렸다.

"북쪽에 네 가족이 있으니… 붙잡을 수도 없고…."

"아버지는 남녘에서, 아들은 북녘에서 각자의 삶을 살아가는 거죠."

"그럴 수밖에…."

윤 교장은 서러움을 꿀꺽 삼켰다.

"약속시간을 놓치면 안 되니까…."

정섭은 돌아섰다.

"다시 만날 수는 없겠지?"

윤 교장은 방에서 나갔다.

"통일이 되면…."

정섭은 조국통일을 생각했다.

"통일. 지금도 전쟁을 하고 있는데. 어느 세월에…."

윤 교장은 지금도 전쟁 중이라는 사실을 잘 알고 있었다. 총소리만 나지 않을 뿐 서로를 헐뜯으며 치열하게 싸우고 있었다. 자식이 간첩으로 내려온 것이 그 증거였다. 남한에서는 북한을 적으로 여기고 반공을 국시의 제일로 삼고 있었다. 북에서는 간첩을 보내며 호시탐탐 남침의 야욕을 버리지 못했다. 서로가 원수가 되어 상대방을 짓밟아야 했다.

6

"갑니다."

정섭은 아버지에게 마지막 인사를 했다.

"조금만 기다려라."

윤 교장은 돌아서서 방으로 들어갔다.

"이것을 가지고 가라."

윤 교장은 보자기에 싼 것을 가져 와 아들 앞에 내밀었다.

"무언데요?"

정섭은 사양하지 않고 받아 들었다.

"가면서 먹어야 할 비상식량이다."

"먹을거리?"

"굶어 죽으면 안 되지…."

"죽기야 하겠습니까?"

"공칙스럽게 되면…."

윤 교장은 축축하게 젖어 있는 누가를 닦았다.

"배낭에 담아야지!"

정섭은 보자기를 배낭에 담았다.

7

"시간에 늦으면 안 됩니다."

정섭은 서둘렀다. 머뭇거릴 수가 없었다. 약속시간을 지켜야 돌아갈
수 있었다.

"나도 함께 가자."

윤 교장은 따라나섰다. 자식을 홀로 보내는 것이 불안했다.

"함께 월북하게요?"

정섭은 깜짝 놀랐다.

"미쳤냐. 어떤 정신병자가 북한 공산독재국가로 월북한다니?"

"남한은 유신 독재국가 아닙니까?"

"쓸데없는 소리 하지 말고! 여기 있는 가족은 어떻게 하고…?"

"남녘이나 북녘이나 독재정권들이 공포정치를 하며 국민을 짓밟고 있으니…"

정섭은 하늘을 쳐다보았다. 달빛 속에서 별들이 반짝거리고 있었다.

"나는 자식 놈이 안전하게 배를 타게 되는 것을 보고 싶을 뿐이다."

"잘 되겠지요?"

"잘 못 되면 부자간이니 함께 죽어야지?"

윤 교장은 단호했다.

"아버지까지…, 이러시면 안 됩니다."

"어서 가자! 헛소리 하지 말고!"

윤 교장은 귀 너머 들었다. 발등걸이하였다.

8

"어서 와라. 늦지 않게."

윤 교장은 대밭으로 들어가며 서둘렀다. 누군가가 보고 있는 것 같아 불안했다.

"대밭으로 해서, 울타리를 넘어, 뒷동산 자락으로 해서 가는 거죠?"

정섭은 가야 할 길을 더듬어 찾아보았다.

"남의 눈에 띄지 않아야 하니까?"

윤 교장은 어느새 대밭으로 들어갔다. 울타리를 넘었다. 산자락을 따라 내려갔다.

"약속시간을 놓치면 안 됩니다."

정섭은 어느새 앞장서며 발걸음을 재우쳤다.

"어디서 만나기로 했느냐?"

"안양면 수문해수욕장이 있는 수문항이 있는 곳에서…."

"수문마을의 항구에서 만난다고?"

"바닷가의 둔덕 같은 작은 산속에 숨어 있으면 배가 오게 될 겁니다."

"사촌마을에 있는 바닷가의 산자락이냐?"

"하여튼 수문해수욕장이 있는 수문항 근처니까?"

정섭은 머릿속에 갈무리해 놓았던 약속을 덧들어내어 되새겼다.

"거기까지는 가는 길은 우리 동네 고샅처럼 훤하게 알고 있다. 선생님들과 수문해수욕장에 자주 다녀서 난든집이야."

윤 교장의 발걸음은 날아갔다.

"나도 몇 번 갔던 적이 있으니…."

"하여튼 나를 따라와라!"

"다행히 달 밝아서…. 밤길은 소삽하지 않겠습니다."

정섭은 머리 위에 떠 있는 달을 쳐다보았다. 마음속으로 무사하기를 빌었다.

"보끼미로 해서…, 토다리 근처까지 가서…, 탐진강의 방천길을 따라 턱골 마을 앞을 지나…. 부춘 동네로 들어가서…, 구름치재를 넘어…, 장흥읍 원도리를 거쳐서…, 신작로를 따라 안양면 수문해수욕장으로 가게 되면…."

윤 교장은 산자락의 벌 안에서 내려가며 중얼거렸다. 주막거리의 신작로를 건넜다. 보끼미 들녘의 논틀길로 들어섰다.

"아마 가장 가까운 지름길이 될 거다."

윤 교장은 다시 더듬거리며 가까운 길을 찾아보았다. 길라잡이가 되어, 가야 할 이정표를 대충 정리해보았다. 실수하지 않기 위해서 몇 번을 따져보고 있었다.

"지서를 피하려니…."

윤 교장은 마른침을 삼켰다. 신작로로 해서 면 소재지인 사거리를 거치게 되면 경찰이 있는 지서가 있었다. 경찰의 눈에 띄면 붙잡히게 될 것 같았다. 그래서 후미진 길을 택했다.

9

"데려갈 배는 분명히 오는 거겠지?"

윤 교장은 걱정이 되었다.

"물론이죠."

"그래서는 안 되겠지만…?"

윤 교장은 불안했다. 믿어지지 않았다.

"데리러 오지 않으면 자결해야지요."

정섭은 힘주어 말했다. 잘못되면 독침으로 자결하라는 명령을 받았다.

"자결?"

윤 교장은 깜짝 놀랐다.

"이럴 테면 그렇다는 것이지요."

정섭은 그렇게 죽을 수는 없었다. 죽어서도 안 되었다. 배는 반드시 와주어야 했다.

10

두 사람은 토다리 근처에서 하천 둑 위로 올라갔다. 탐진강가의 방천길을 따라갔다. 텃골 앞을 지나가고 있었다.

"괜히 저 때문에…."

정섭은 아버지 곁으로 갔다. 아버지와 아들은 다정하게 바투 하였다 탐진강가의 방천길을 걸었다.

"달이 밝고 강바람이 시원하여 소삽한 밤길이라도 걸을 만하다."

윤 교장은 여울에서 흐르는 물소리를 듣고 있었다. 달이 밝아 더듬거리지 않았다. 탐진강에서 불어오는 강바람이 시원했다. 발걸음도 가벼워졌다.

11

두 부자의 발길은 부린 살처럼 날아가고 있었다. 조금이라도 늦으면 안 되었다. 미리 가서 기다리고 있어야 했다.

"수문해수욕장까지 가려면 얼마나 걸릴까요?"

정섭의 마음은 벌써 수문항에 다다랐다.

"몇 시에 만나기로 했는데?"

"새벽 세 시 반쯤에…."

"넉넉잡아 세 시간이면…."

"열한 시에 출발했지요?"

"그래도 서둘러야지?"

윤 교장은 숨을 몰아쉬며 헐떡거렸다.

12

두 사람은 바삐 걷느라 침묵했다. 얼마나 걸었는지 몰랐다.

"도대체 간첩이 뭐라고 하던?"

윤 교장은 침묵이 싫었다. 더욱 불안해졌다.

"아버지는 무엇이라고 생각하십니까?"

정섭은 대답하지 못했다.

"글쎄다."

"적국의 정보를 탐지하는 사람이…?"

정섭은 말끝을 흐렸다.

"같은 동족인데 나뉘어져서 적국이 되었으니…?"

"휴전을 했으면서도 간첩을 보내며 끊임없이 전쟁을 하고 있지 않습니까?"

정섭은 한숨을 몰아쉬었다.

"아버지와 아들도 서로를 저주하는 역적이 되어버렸구나?"

윤 교장은 탐진강을 바라보았다.

"그러게요?"

정섭은 입술을 지그시 깨물었다.

13

"박정희는 김일성을 악마의 괴뢰도당이라고 몰아붙이며 타도하자고 있으니…"

윤 교장은 유신정권을 생각하며 몸서리쳤다.

"북쪽도 마찬가지예요. 박정희를 역적 미국의 앞잡이라고 하면서 괴멸시키려고 안달이 났으니…."

정섭은 발바치고 있었다는 듯이 맞받았다.

"정말로 기가 막히는 일이구나."

윤 교장은 한숨을 몰아쉬었다.

"서로가 못 잡아먹어서 발광을 하고 있으니…."

정섭은 사람을 죽이는 전쟁이 싫었다. 혁명은 살인하기 위한 것이 아니었다. 골고루, 차별 없이, 자유롭고 행복하게 잘 살아 보자는 것이었다.

"화해하고 동족으로서 도와주며 더불어 살아간다면 저절로 통일이 될 텐데…."

"무슨 일이 있어도 앞으로는 다시 전쟁을 해서는 안 되지요."

"문제는 출세하여 위대한 영웅이 되신 훌륭한 민족의 지도자 각하님들께서…."

"그분들은 알량하신 권력으로 자기들의 사욕을 챙기려고 국민을 장기집권의 도구로 사용하고 있으니…."

정섭은 한숨을 쉬었다.

"그러게 말이다."

"진정으로 국가와 국민을 생각한다면 절대로 전쟁을 해서는 안 되는데…?"

"이쪽이고 저쪽이고 말로는 다 그럴듯하게 사탕발림해대지만…. 속이 뻔히 들여다보니…."

"그래도 자기들만 잘났다고 하니…."

"그놈의 인간들의 욕심이 깨진 독에 물 붓기여서…."

"북한은 김일성이가 왕이에요. 교주도 되고!"

정섭은 김일성에게 비수 꽂았다.

"무슨 일이 있어도 다시는 전쟁을 해서는 안 되지. 안 되고말고!"

"상대방을 돕고 사랑하는 것이, 싸우면 미워하는 것보다 훨씬 좋은 일이 분명한데….”

“알면서도 적대시 하는 것을 보아라. 가관이다. 가관! 몰라서 그러겠니?”

윤 교장은 힘주어 말했다.

두 사람은 어느새 부춘마을 쪽으로 휘어들었다.

탐진강의 강물이 앞을 가로막았다. 징검다리가 보였다. 조심스럽게 다릿돌을 밟았다. 징검돌을 밟으며 힘껏 뛰었다. 물이 돌들의 사이를 빠져나가면서 꿈을 꾸는 것처럼 중얼거렸다. 강물을 건넜다.

구름치재의 된비알을 오르며 헐떡거렸다. 숨이 막혔다. 단숨에 넘었다. 장흥읍 원도리를 지나쳤다. 안양으로 가는 신작로로 들어섰다. 구름치재를 넘느라 지쳤는지 발걸음이 더디어졌다.

14

두 사람은 말없이 한참을 걸었다. 사자산의 산자락 밑을 휘감아 돌았다. 억불산의 며느리바위를 바라보았다. 달빛이 하얀 치마처럼 감싸고 있었다.

“무슨 임무를 맡고 남파되었느냐?”

윤 교장은 옆에서 걷고 있는 정섭을 바라보았다. 처음 만났을 때부터 궁금했었다. 알고 싶었으나 차마 물을 수가 없었다. 헤어지는 마당에 망설일 이유가 없었다.

“그냥이요. 무조건 내려가라고 하여서….”

정섭은 아버지를 포섭하려고 내려왔다는 말을 하지 못했다. 남이 부러워하는 교장선생이 되어 풍요롭게 잘 살고 있었다. 선생으로서 통일의 혁명과업에 참여해달라는 말을 할 수도 없었다. 어머니와 동생들이 행복하게 잘 살고 있다는 사실을 확인한 것만으로 충분했다.

"위험을 무릅쓰고 간첩으로 남파되었으니, 북녘으로 돌아가면 출세하여 높은 지위를 얻게 되겠네?"

윤 교장은 자식의 앞날을 상상해보았다. 어디에서든 남부럽지 않게 잘살아주기를 바라는 마음에서였다.

"출세요? 기득권요?"

정섭은 하늘을 쳐다보았다. 별들이 달빛을 뚫고 쏟아져 내려올 것만 같았다.

"위험한 간첩이 되어 혁명과업을 완수하고 돌아가는데?"

윤 교장은 자식이 안쓰러웠다.

"이중간첩으로 몰지나 않으면…."

정섭은 살아서 돌아가면 어떻게 될지 몰랐다. 이용당하고 있다는 사실을 알면서도 거절할 수가 없었다. 살아야 하기 때문이었다.

"이중간첩이라니?"

윤 교장은 깜짝 놀랐다.

"그런 게 있어요. 나는 처자식 때문에 어쩔 수 없이…. 나도 살아야 하겠고…."

정섭은 눈물이 핑 돌았다.

"애국, 혁명, 나, 처자식, 이중간첩?"

윤 교장은 달빛이 감싸고 있는 자식의 초췌한 모습을 찬찬히 살펴보았다. 정치는 모질고 잔인했다. 애국이라는 명분으로 힘없는 국민들을 자닝스럽게 짓밟고 있었다.

15

아버지와 아들은 토라진 사람처럼 침묵하며 걸었다. 입술을 다물고 무언가를 골똘히 생각하고 있었다.

"혁명도 인간이 살기 위해서 하는 것인데…?"

정섭은 혼잣말로 중얼거렸다.

"당연하지. 사람을 죽여서는 안 되지!"

윤 교장은 댓바람에 받았다.

"공산주의라고 해서 결코 좋은 것이 아니랍니다. 인간이 하는 정치라 그러는지…. 한번 거머쥔 정권을 놓지 않고…. 혼자서 천년만년 해 처먹겠다고…. 잔인하고 살벌한 독재정치를 하고 있으니…."

정섭은 김일성의 독재정권을 되새겨보았다.

"자본주의나 공산주의나…. 모두가 사람이 살아가려고 하는 일인데…. 뭐가 크게 다르겠니? 어쩌면 사람들의 재능에 따라 그 능력대로 차등이 생겨야…. 그게 더 자연스럽고 평등한 것인지도 모르는데…. 인간은 혼자서는 살 수 없으니…, 모둠살이를 하면서…. 서로를 돕고 사랑하고 존중하고 나누면서…. 더불어 살아가는 것이 행복일 것 같은데…?"

윤 교장은 더듬거리듯이 말했다. 지금까지 살아오면서 생각해 왔던 이념에 대한 자신의 결론이었다.

"어쨌든 다시는 전쟁을 해서는 안 되는데…."

정섭은 어눌하게 얼버무렸다.

"그것을 말이라고 하느냐. 평화가 좋다는 걸 모르는 사람은 아무도 없지."

윤 교장은 힘주어 말했다. 또 한숨을 쉬었다.

"하루빨리 평화통일이 되어야 할 텐데…. 다시는 동족을 살해하는 전쟁을 해서는 절대로 안 됩니다."

정섭은 주먹을 불끈 쥐었다.

"6·25전쟁 때에 살아온 것을 생각하면…."

윤 교장은 몸을 바르르 떨었다.

"지금도 이렇게 서로 간첩을 보내며 전쟁을 하고 있지 않습니까?"

정섭은 왠지 서러웠다. 붙잡히면 죽게 된다는 생각이 들었다. 섬뜩했다.

"통일이 될 때까지는 상대방을 저주하고 미워하면서…. 정치적으로 이용하여…. 독재정권을 유지하기 위한 유익한 방법으로 전쟁의 긴장을 사용하겠다는 수작을 부리고 있으니…. 국민을 우롱하고 조롱하고 공갈에 협박까지 해가면서…."

윤 교장은 말끝마다 한숨을 몰아쉬었다.

"이념이란 캄캄한 어둠 속에 갇혀서…. 갈피를 못 잡고 있는 우리나라의 현실을 생각하면…."

"그 못된 놈의 이념을…. 정치적으로 이용하려고…. 출세하려고 하는 정치꾼들이 사기 치며 궤사를 부리는 꼬락서니를 보면…. 속이 뒤틀려서…?"

"가관이죠. 가관!"

"입은 두었다가 어디다 쓰려고…. 국민을 죽고 죽이는 전쟁을 못 해서 안달이 났으니…."

"그러게 말입니다."

"6·25라는 처절한 싸움질을 했으니 정신을 차릴 만도 하는데…."

"서로가 쌍방을 무자비하게 많은 국민을 살해했으니…. 양쪽 다 감정이 더욱 악화되어…."

"서로를 미워하는 앙금 때문에 저주하는 원수가 되어 복수하겠다고…? 통일이라는 미명 아래 서로를 못 잡아먹어서…."

"칼은 칼로 망하고 총은 총으로 망하는 법인데…. 힘없는 국민들만 참으로 불쌍하게 되어버렸으니…."

"국가의 주인은 국민인데…. 주객이 전도 되어…."

아버지와 아들은 만수받이하며 흐느꼈다. 자신들의 처지를 생각하니 더욱 서러워졌다. 하루하루 살아가는 것이 가시방석 위에 앉아있는 기분이었다.

16

"조금만 더 가면 수문해수욕장이 나온다."
윤 교장은 갯내를 맡았다.
"철썩 쏴―…."
파도 소리가 멀리서 달빛을 뚫고 들려왔다.
"거의 다 온 것 같은데요."
정섭은 직감으로 알아차렸다.
"어쩌든지 무사히 돌아가서 가족들과 함께 행복하게 살아야 한다."
윤 교장은 자식을 위해 마음속으로 수없이 기원했다. 며느리와 손자들도 보고 싶었다. 철조망이 가로막혀 있지 않으면 함께 가서 안아보고 싶었다.
"걱정하지 마세요."
정섭은 아버지를 안심시키고 싶었다.
"6·25를 거울삼아 다시는 전쟁을 해서는 안 될 텐데…."
윤 교장은 미친 사람처럼 넋두리를 해댔다. 전쟁을 생각하면 정신이 이상해졌다. 세상에서 가장 잔인하고 사악한 악마가 전쟁이었다. 상상만 해도 무서웠다. 몸서리가 쳐졌다.

17

"쏴아-철썩, 쏴-철썩….."

파도는 난바다에서 끊임없이 밀려왔다.

"여기가 수문해수욕장 가까이 있는 바닷가의 산자락이 맞지요?"

정섭은 불안해서 다시 확인하고 있었다.

"틀림이 없다! 수문항 근처에 있는 사촌마을의 산자락!"

윤 교장은 힘주어 말했다. 틀림이 없었다. 언젠가 여름 수문해수욕장
에 왔다가 이곳의 소나무 밑에서 술을 마셨던 적이 있었기 때문이었다.

"배가 올 시간이 된 것 같은데…? 몇 시나 되었을까요?"

정섭은 마른침을 삼켰다. 기다리고 있으니 애가 탔다.

"날이 곧 샐 것 같은데."

윤 교장도 덩달아 불안하고 초조했다. 어떻게 해야 할지 몰랐다. 다
리가 후들후들 떨렸다. 뒤에서 누군가가 달려들어 붙잡아 갈 것 같았
다. 시선은 달빛 사이를 뚫고 바다를 헤집고 다녔다.

멀리서 수탉의 홰치는 소리가 들려왔다.

"날짜가 어긋난 것은 아닌데….."

정섭은 고개를 갸웃거렸다. 어떻게 해야 좋을지 몰랐다.

"오늘이 분명하냐?"

"예."

"시간은?"

"지난 것 같은데….."

정섭은 바다를 응시했다. 어떻게 해야 좋을지 종잡을 수가 없었다.

"혹시 장소가?"

윤 교장은 불안했다.

"장소라니요?"

"작도 건너편에 있는 소등섬이 생각나서…?"

윤 교장은 무심코 소등섬을 상상했다.

"소등섬이라면 남포마을 앞에 떠 있는 작은 무인도?"

"그래, 난바다에 고기잡이 나간 남편이나 가족들을 위해 호롱불을 켜놓고 그 불빛을 보고 무사히 귀환하기를 빌었다고 하는 그 소등섬!"

"아내도 소등섬의 아낙네처럼 남편의 무사 귀환을 빌고 있겠지요?"

"우리도 평화통일을 위해 소등섬의 아낙네가 되어보자."

"빌고 빌면 꿈이 이루어질까요?"

"스스로 돕는 자를 하늘이 도와주니…."

"당연히 그래야지요. 모든 국민이 소등선의 아낙처럼 빌고 있을 겁니다."

정섭은 마음속으로 기도하고 있었다.

"어쩌면 소등섬의 불빛을 보고 찾아간 것이 아닐까 하는 생각이 들어서…?"

윤 교장은 한숨을 쉬어댔다.

"만나기로 한 장소는 소등섬이 아닙니다."

"내가 왜 그런 상상을 하고 있는지 모르겠다!"

윤 교장은 마음속으로 평화통일을 기원하고 있었다.

"오기로 한 장소는 이곳이 틀림없습니다. 수문항 근처!"

정섭은 단호했다. 분명히 지도를 펴 놓고 약속했기 때문이었다.

잠 못 이룬 갈매기 한 마리가 비다 위를 날아다니며 울고 있었다.

19

"이제 틀린 것 같다. 집으로 돌아가자."

윤 교장은 자식을 붙잡고 있었다.

"그건 안 됩니다."

정섭은 펄쩍 뛰었다.

"너를 데리러 오지 않는다면…?"

윤 교장은 속이 탔다. 그것도 자신에게는 결코 좋은 일이 아니었다. 그렇게 될까 불안해서 뱉어낸 하소연인지도 몰랐다.

"틀림없이 올 것입니다."

"혹시 무슨 일이 생겨 여건이 불리하게 된다면…?"

"그럴 리가 없습니다."

"만약에 공칙스럽게 되어…?"

윤 교장은 말을 하지 못하고 더듬거렸다. 말이 씨가 된다고 좋은 말만 해야 하는데 불길한 예감을 떨쳐버릴 수가 없었다.

"상상도 하기 싫어요. 내가 돌아가지 못하면 처자식은 어떻게 되겠습니까?"

정섭의 마음은 바싹바싹 타들어 갔다.

"김일성이가 이용해 먹고 헌신짝처럼…."

윤 교장은 자식에 대한 미련을 버리지 못했다. 아버지와 아들 모두가 위험에 처해 있기 때문에 더욱 가슴이 아렸다.

"나는 무슨 일이 있어도 살아서 돌아가야 합니다."

정섭은 처자식을 걱정했다. 자신의 앞날도 생각했다. 통일혁명사업의 큰 공으로 상이 주어질지도 몰랐다. 공산당 당원으로서 높은 지위를 차지하여 남부럽지 않게 살아갈 것은 불을 보듯이 뻔했다. 그런 보상 없이 목숨을 건 위험한 일에 뛰어들었겠는가?

"무사히 돌아가게 된다면 더 바랄 것이 없겠지?"

윤 교장은 시간이 갈수록 시름은 깊어졌다.

20

아버지와 아들은 바닷가 산자락의 다복솔 속에 숨어 바다를 응시하고 있었다.

"여기가 장흥군 안양면 수문해수욕장의 바로 옆에 있는 사촌마을의 바닷가 산자락이 맞는데…?"

정섭은 다시 곱씹으며 되짚어 보았다. 배가 나타나지 않으니 불안했다. 몇 번을 다시 살피고 있었다.

"그래, 바로 옆 논뙈기들이 있고."

"저기가 수문항구와 수문해수욕장이 있고!"

"앞에 보인 섬은 장재도가 틀림이 없는데."

"장재도 건너편 소등섬이 있다."

윤 교장은 소등섬을 상기시켰다. 촛불을 켜놓고 가족의 무사귀환을 비는 것처럼 평화통일을 기다리며 기도하고 있었다.

"저쪽 득량섬이 있고…."

"득량도 이쪽은 보성만 저쪽은 득량만!"

"소등섬이 아니라 수문항구 근처가 틀림이 없는데…."

아버지와 아들은 주변을 살피며 몇 번을 확인하고 있었다. 득량섬이 있는 득량만의 아래쪽 보성만의 바닷가가 수문해수욕장이 있는 수문항 근처가 틀림이 없었다.

21

"득량도 옆에서 불빛이 반짝거린다."

윤 교장은 바다의 한 곳을 응시했다.

"배가 수문해수욕장이 있는 곳으로 오고 있습니다."

정섭은 반가웠다. 배낭에서 손전등을 꺼내어 켰다. 불빛으로 신호를 보냈다.

"너를 데리러 온 것이 분명하냐?"

윤 교장은 마음이 놓이질 않았다.

"아버지, 저 갑니다."

정섭은 아버지의 말에 대답하지 않았다. 수문해수욕장이 있는 곳의 수문항을 향해 냅다 뛰었다. 빨리 가서 저 배를 타야 했다.

"몸조심해라."

윤 교장은 붙잡지 않았다. 다복솔 속에 숨어 물끄러미 바라보았다.

"통일이 되면 뵙게 되겠지요."

정섭은 발을 멈추고 뒤를 돌아보았다. 눈물이 핑 돌았다.

"동족을 살상하는 전쟁! 이놈의 전쟁이 하루빨리 끝나야 하는데."

윤 교장은 하늘을 쳐다보았다.

"동족을 살해하는 싸움질을 다시는 해서는 안 되죠."

"그것을 말이라고 하느냐. 입은 두었다 어디다 쓰려고."

"서로 헐뜯고 미워하고 저주하기에 바쁘니, 용서나 화해 같은 것은 엄두도 못 내고, 사랑과 평화도 모르는 사악한 사기꾼들이 정치를 하고 있으니…"

정섭은 말을 하고 나서 돌아섰다. 냅다 달렸다.

"소등섬의 아낙네가 촛불을 켜놓고 빌듯이 우리도 평화통일을 기원해보자!"

7. 자식을 보내면서 189

윤 교장은 멀어져가는 아들의 뒤통수를 향해 소리쳤다.

수평선 위에서 유성이 바다로 떨어지고 있었다.

22

"평화, 평화, 평화로다!"

윤 교장은 미친 듯이 흥얼거렸다. 제정신이 아니었다.

"자식 놈은 자진해서 간첩이 된 것은 아닐 것이고…. 힘없는 불쌍한 놈들만 당하고 있으니…."

윤 교장은 눈앞이 캄캄해졌다. 아무것도 보이지 않았다.

"먼동이 트고 있으니…. 곧 태양이 떠오르겠지?"

해돋이인 바다의 수평선에서는 희붐한 빛이 번져가고 있었다.

23

윤 교장은 다복솔 속에서 나왔다. 망부석처럼 서서 바다를 바라보았다. 자식이 타고 간 배는 가뭇없이 사라져 보이지 않았다. 머릿속에는 소등섬의 아낙네가 촛불을 켜고 기도하고 있었다.

"학교에 출근하려면…."

윤 교장은 정신을 가다듬었다. 서둘러 집으로 돌아가야 했다.

"오늘도 교장선생으로서 학생들에게 반공교육을 시켜야 하는데…. 의심나면 다시 보고 수상하면 신고하자. 빨갱이 김일성괴뢰도당을 몰아내고 멸공통일을 이룩하자!"

윤 교장은 살걸음을 걸으면서 조회시간에 학생들 앞에서 외쳐야 할 말들 중얼거려보았다.

"전쟁이 무엇인가? 왜 전쟁을 하는가? 무엇을 위한 전쟁인가? 누굴 위해 해야 하는 전쟁인가?"

"전쟁은 사악한 마귀, 잔인한 악마, 흡혈귀들이 발광하며 피를 빨아먹는 굿판!"

"평화, 평화, 평화만이 살길인데. 평화, 바로 그것이 행복인데!"

윤 교장은 되새기고 곱씹고 또 반복해서 씨우적거렸다. 눈물방울은 볼을 타고 주르르 흘러내렸다.

아침노을이 번져가는 흰 구름은 선짓덩이로 변해버렸다.

8. 교회

1

윤 교장은 큰아들이 간첩으로 집을 다녀간 뒤로는 제정신이 아니었다. 언제 어느 곳에서든 중앙정보부의 무섭고 날카로운 시선이 지켜보고 있는 것 같았다. 항상 불안하고 초조했다. 몸 둘 곳이 없었다. 누군가가 따라다니며 낚아채 갈 것만 같았다.

"학교가 무서운 정적으로 단단히 응고 되어있구나!"

윤 교장은 오늘도 일찍 출근했다. 집에 혼자 있으니 불안한 마음을 달랠 길이 없었다.

"세상의 모든 괴로운 무거운 짐을 혼자서 지고 있는 것 같구나!"

윤 교장은 학교를 한 바퀴 돌아보았다. 교무실을 들렀다.

"무서운 세상! 외톨박이가 되어서…."

윤 교장은 교장실로 들어갔다. 온몸이 오싹해졌다. 저승사자가 찾아와 기다리고 있는 것 같았다. 자신이 쌓아 놓은 높은 담에 갇혀 홀로 외롭게 살아가고 있었다. 처량하고 불쌍했다.

2

학교가 파했다.

윤 교장은 선생님들을 교무실에 집합시켰다.

"팔 월 십오 일 광복절기념식장에서 간첩이 영부인을 총살한 사실을 잊지 않고 있지요?"

윤 교장은 한숨을 몰아쉬었다.

"그리고 북한 김일성괴뢰도당이 공비들을 침투시켜 청와대를 습격하려 했던 사실도 잘 알고 계시죠?"

윤 교장은 마른침을 삼켰다.

"위대하신 영웅이시며…, 민족의 훌륭한 지도자이신…, 대통령 각하를 감히 살해하려 했던 사건이…, 바로 청와대를 습격하려 했던 사건입니다. 우리는 합심하여 악마 같은 김일성괴뢰도당의 침략 야욕 짓밟고 무찔러야 합니다. 한국적 민주주의 토착화로 북진통일을 완성하여 대한민국 만세를 부릅시다."

윤 교장은 선생들을 향해서 웅변하듯이 말했다. 유신 독재의 비위를 맞추려고 발림수작을 부리고 있었다. 흥분하여 울분을 터트리는 것처럼 행동했다. 마음 한구석에는 자신이 공산당 당원이라는 자책감이 자리 잡고 있었다. 큰자식이 간첩으로 집에 다녀갔다는 사실이 비수처럼 날아와 심장을 찔러댔다. 그 속내를 감추기 위해 더욱 열을 올렸다.

"혁명공약 제일호가 '반공을 국시의 제일로 삼는다.'라고 되어 있습니다. 북한김일성공산괴뢰도당 놈들은 새마을사업으로 국민을 잘살게 한 영웅이시고 훌륭한 민족의 영도자이신 대통령 각하를 살해하겠다고 특공대를 만들어 간첩으로 남파시켰던 것이 엊그제였습니다. 모두 사살되었지만 또 다른 침략전쟁을 획책하고 있습니다. 김일성괴뢰도당들은 끊임없이 간첩을 남파시켜 남한의 사회를 분열시키고 있습니다. 남한을 혼란스럽게 만들어 남침 하려는 기회를 호시탐탐 엿보고 있다는 사실을 잊어서는 안 됩니다. 역적모의를 도발하는 빨갱이들의 음모가 만천하에 드러났습니다. 투철한 애국정신으로 잔존해있는 공산당 놈들과 간첩들을 발본색원하여 이 땅에 발을 붙이지 못하도록 하여야 합니다."

윤 교장은 흥분했다. 숨을 몰아쉬었다. 머릿속은 복잡하게 뒤엉켜 어지러웠다. 무슨 말을 하고 있는지 알 수 없었다.

"선생님들께서는 한 사람도 빠짐없이 오늘 밤 각자의 담당 마을 반상회에 참석하셔서 주민들에게 간첩의 식별 방법과 신고요령을 철저하게 알려주십시오. 그리고 국민을 잘살게 하는 새마을정신교육도 시켜야 합니다. 위대하신 대통령 각하께서는 일제 강점기에 초등학교 교사를 하였기에 선생인 우리를 전적으로 믿고 있습니다. 그래서 우리교사들에게 국가의 중대한 새마을사업을 맡기셨다는 사실을 명심하십시오. 한국적 민주주의 토착화라는 유신은 역적 북한김일성괴뢰도당의 남침야욕을 막고, 국민을 하나로 똘똘 뭉쳐서, 부자로 잘살아보자는 새마을사업의 완결 조치라는 것도 잊지 마시오."

윤 교장은 선생님들을 둘러보았다. 얼굴이 화끈거렸다.

"공산당 빨갱이들이 발을 붙이지 못하도록 하여, 지구상에서 완전히 몰아내고, 하루빨리 북진통일을 이룩해야 하겠습니다. 교육자인 우리 선생님들이 솔선수범하여 앞장서서 모범의 행동으로 보여주어야 합니다. 바로 그것이 새마을정신의 가장 중요한 바탕입니다."

윤 교장은 이마에 흐르는 땀을 손수건으로 닦았다. 긴장, 불안, 초조가 함께 엄습하였다. 입술이 바르르 떨렸다.

"5·16혁명과, 유신정신인 한국적 민주주의 토착화와, 새마을사업의 완수는 정부시책의 가장 중요한 과업입니다. 대한민국에서 김일성공산괴뢰도당을 완전히 몰아내고 자유민주국가로 통일하는 것만이 평화롭게 잘 살 수 있는 지름길이 될 것입니다. 공문에 적힌 대로 주민들에게 철저히 주지시켜야 합니다."

윤 교장은 조회시간에 학생들 앞에서 연설하듯이 외쳤다.

"간첩 잡아 애국하고 신고하여 포상받자. 자수하여 광명 찾고 함께 사는 민주시민으로 만듭시다. 알았죠?"

윤 교장은 명령하듯이 지시했다. 군대식이었다. 장군이 대통령을 하기 때문에 모든 행정을 군대식으로 밀어붙였다. 안되면 되게 만들었다.

"예."

선생들은 어수룩하게 합창하듯이 대답했다.

3

"새마을정신 아시지요?"

윤 교장은 선생들을 둘러보았다.

선생들은 대답하지 않았다. 서로의 눈치를 살폈다.

"근면, 자조, 협동 하자는 정신도 몰라요?"

윤 교장이 학생들에게 가르치듯이 또박또박 말했다.

"김일성북한공산괴뢰도당을 지구상에서 몰아내고, 북진통일을 하기 위해서 유신을 할 수밖에 없었다는 사실도 잘 알려서, 모든 국민이 유신에 적극적으로 참여하도록 합시다. 일부 몰지각한 사람들이 세 번씩이나 대통령을 하는 것도 부족하여서⋯, 영구히 집권하여 대대로 해 처먹으려고 궤사를 부린다고 하는데⋯, 그런 놈들은 북한김일성괴뢰도당과 같은 불순분자입니다. 철저하게 찾아서 색출해내어 신고하시오."

윤 교장은 숨을 몰아쉬며 마무리하였다.

선생님들은 꼭두각시 인형처럼 앉아있었다.

"알았으면 어둡기 전에 서둘러 담당 마을로 가서서 주민들에게 교육시키시오."

윤 교장은 자리에서 떠났다.

선생들은 공문을 챙겨 들었다. 서둘러 교무실을 나섰다. 먹고 살기
위해서 어쩔 수 없었다. 유신정권의 눈 밖에 나는 행동은 죽음을 불렀
다. 중앙정보부의 보이지 않은 손이 뒤에서 지켜보고 있다가 잡아갈 것
만 같았다.

4

윤 교장은 정섭은 북으로 보내고 나서 한가위를 홀로 보냈다. 아내
에게 오지 못하도록 하였다. 자신도 정년을 맞이하게 되면 서울로 옮
길 생각이었다. 그 준비를 하고 있었다.

"유신으로 세상은 어수선하고…."

윤 교장은 오늘도 퇴근이 늦었다. 선생님들을 마을의 반상회에 보내
느라 잔소리를 했다.

"큰아들 정섭이란 놈은…."

윤 교장은 운동장에 솟대처럼 서 있었다. 제암산의 민둥한 산마루
바라보았다. 금방 떠오른 달이 얹혀있었다. 보름날이 지나서 약간 찌그
러진 달이었다. 그 속에 아들의 얼굴이 박혀 있었다.

"아비라는 자가, 북에 살고 있는 자식을 말살시켜야 한다고 설쳐대
고 있으니…?"

윤 교장은 자책하고 있었다. 보이지는 않지만 치열하게 전투를 하고
있었다.

"나도 공산당 당원이 되지 않았는가?"

윤 교장은 자신을 돌아보았다. 바로 이런 것들이 무거운 짐이 되어

짓누르고 있었다. 아니, 비수가 되어 심장을 찔러댔다.

"죽을 수가 없어서…. 살아남기 위해서 어쩔 수 없이…. 그것이 무슨 죄인가?"

윤 교장은 지난 궤적을 더듬으며 통탄했다.

5

"나는 교육자다."

윤 교장은 몸부림을 쳐댔다. 어떻게 해야 좋을지 몰랐다.

"홍익인간, 인성교육은 무엇인가? 약자를 도와주고 남을 사랑하고 더불어 살아야 한다는 교육이념은…?"

윤 교장은 무거운 발을 옮겼다. 교문을 나섰다.

"교육이란 지식을 가르치기 이전에 사람을 인간답게 만드는 것인데…."

윤 교장은 교육자로서 자책하고 있었다.

"큰아들은 빨갱이가 되어 북에서 살고 있다고…. 나는 살기 위해서 어쩔 수 없이 마음에도 없는 빨갱이가 되어버렸고…."

윤 교장은 소가 되새김질하듯이 몇 번을 곱씹어대며 음미했다. 자신을 합리화시키려고 변명하는 말이 아니었다.

"세상에 원칙이란 없는 법. 살아남기 위해 상황에 따라 좌익이 될 수 있고 우익이 될 수도 있는 것 아닌가? 정치적 상황 때문에 살아남기 위해 양다리 걸치겠다는 것이 나의 이념이라며…?"

윤 교장에게는 명줄이 가장 중요했다. 그래서 잘못이 아니었다.

"이념이란 인간이 어떻게 살아갈 것인가 하는 자신만 방법을 말하는 것뿐인데…."

윤 교장은 걷다가 발을 멈추었다. 갑자기 어두워져 앞이 보이지 않았다. 시커먼 구름이 달빛을 가리고 있었다.

6

윤 교장은 면 소재지인 사거리를 지났다. 반산의 비탈진 신작로를 터벅터벅 걸었다. 하늘을 가리고 있는 시커먼 먹구름은 걷히지 않았다. 신작로 가에 이상한 물체가 괴물처럼 버티고 서 있었다. 영락없이 인간의 형상을 한 뜬것 같았다.

"저 시커먼 것은? 나를 잡으려고 온 중앙정보부의 요원?"

윤 교장은 깜짝 놀랐다. 발을 멈추고 장승처럼 서 있었다. 오금이 저렸다. 발바닥이 땅에 붙어 떨어지지 않았다. 이마에 땀방울이 맺혔다.

"아니면 간첩?"

윤 교장은 무서웠다. 몇 발짝 뒷걸음으로 물러섰다. 몸이 굳어 움직여지지 않았다. 한참 동안 응시했다. 구름이 걷히었다. 달빛이 드리워졌다. 귀신같은 검은 물체가 모습을 드러냈다. 신작로의 길섶에 서 있는 미루나무였다.

"잎이 다 떨어져 버린 가로수구나."

윤 교장은 안도의 한숨을 몰아쉬었다. 무서워 발걸음을 재우쳤다.

"큰아들이 와서 숨어 기다리고 있는 줄 알았네?"

윤 교장은 간첩으로 다녀간 아들 정섭을 그려보았다. 항상 출퇴근하며 다니던 길인데 왠지 낯설고 무서웠다. 뒷동산에서 누군가가 지켜보고 있는 것 같았다. 산속에 숨어 있던 공비들이 떼거리로 내려올지도 몰랐다.

7

"6·25전쟁 중에 양촌마을은 동네북이었지? 밤에는 빨치산이 낮에는 경찰이 찾아와서…."

윤 교장은 6·25전쟁 중에 있었던 일들을 덧들어내어 되새김질했다. 많은 동네사람들이 이유도 없이 적으로 몰려 처참하게 살해되었다. 모두가 살아보겠다고 하는 죄밖에 없었다.

"사람이 사는 집에 불을 지르고…. 무슨 원수진 일을 했다고? 전쟁통이라 누구를 탓할 수는 없지만…. 이웃사촌들인데…?"

윤 교장은 갑자기 서러움이 복받쳤다. 눈에서 눈물이 주르르 흘러내렸다.

"남산에서는 경찰이, 뒷동산에서 인민군이, 상대방을 죽이겠다고 총질을 해댔었지?"

윤 교장은 뒷동산과 남산을 번갈아 가며 바라보았다.

"그래서 마을사람들의 희생도 많았고."

윤 교장은 마을로 들어섰다. 그때 일들을 되새기면 몸서리쳐졌다. 자신은 대밭 토굴 속에 숨어 있었다. 죽지 않아서 참으로 다행이었다.

8

벽시계가 둔탁한 소리를 내며 새벽 한 시를 알렸다.

"오늘 밤에도 잠자기는 틀렸어!"

윤 교장은 잠을 이루지 못하고 누워서 뒤척거렸다. 일제 강점기에 지주로 호의호식하던 때가 생각났다. 어느새 공비들이 찾아와 눈앞에 아른거리며 괴롭혔다. 다음에는 보이지 않는 손이었다.

"나는 공산당에 가입한 빨갱이야."

윤 교장은 6·25전쟁 때 대밭에 숨어서 가슴 조이던 지난날을 돌아보았다. 공산당 당원이라는 사실이 머릿속에 뙈리를 틀고 앉아 떠나지를 않았다. 겉으로는 태연한 체하지만 두려움에 떨고 있었다. 가슴 속에 가시처럼 박혀 쑤셔댔다.

"전쟁 통에 살아남기 위해서는 어쩔 수 없이…."

윤 교장은 살기 위해서는 좌, 우 어디든지 손잡을 수 있다는 것이 자신의 이념이었다. 목숨이 가장 중요하기 때문이었다. 내가 살아 있어야 모든 것이 존재했다.

"지금은 빨갱이가 아니라 교장선생이고!"

윤 교장은 반듯이 누워 천장을 바라보았다.

"큰아들놈이 간첩으로 내려와 집에 머물고 간 사실도 있는데…?"

윤 교장은 머릿속에는 궤적들이 자리 잡고 앉아 괴롭혀댔다.

"앞날은 어떻게 될까?"

윤 교장의 눈앞에는 저승사자가 아른거렸다. 잔인한 환상들이 꼬리를 물고 이어졌다.

"노루잠이라도 자 두어야…."

윤 교장은 벌떡 일어났다. 방 안에서 서성거렸다. 공포, 불안, 초조, 두려움이 찰싹 달라붙었다. 잠을 재우지 않겠다고 드세게 자드락거리며 괴롭혀댔다.

9

윤 교장은 새벽녘이 되어서 겨우겨우 잠들었다.

꿈을 꾸었다. 꿈속에서 큰아들을 만났다. 뒷동산에서 내려왔다.

"아버지."

정섭은 마당 가운데에 서서 아버지를 불렀다.

"정섭이 왔구나."

윤 교장은 방에서 뛰어나갔다.

"통일이 되어서 찾아왔습니다."

정섭은 마당에서 엎드려 큰절을 했다.

"통일이 되었다고?"

윤 교장은 반가워 눈물을 흘리고 있었다.

"평화적으로 통일이 된 것을 모르셨습니까?"

정섭은 활짝 핀 함박꽃처럼 웃고 있었다.

"평화통일이 되었다고?"

"예. 통일이 되면 찾아온다고 했지 않습니까."

"참으로 잘 되었다."

윤 교장은 큰아들의 손을 잡고 덩실덩실 춤추었다.

"잔치를 벌여야 하겠네."

아내가 언제 왔는지 옆에 서서 끼어들었다.

"황소라도 잡아야지요."

윤 교장은 하늘을 쳐다보며 소리쳤다.

"통일, 통일, 평화통일."

윤 교장은 잠꼬대를 하며 눈을 떴다. 온몸이 땀으로 흠뻑 젖어 있었다. 꿈이 영화의 한 장면처럼 선명하게 떠올랐다.

"혹시?"

윤 교장은 자리에서 벌떡 일어났다. 큰아들이 마당 가운데에 서 있을 것만 같았다. 마당으로 나갔다. 달은 기울어 수리봉의 멧부리 위에 얹혀있었다.

10

윤 교장은 오늘도 늦게 퇴근했다. 학교 근처에 있는 식당에서 저녁밥을 해결했다. 집에는 아내가 없었다. 서울에서 자식과 함께 살고 있기 때문이었다. 종종 식사 해결을 식당에서 하고 있었다. 반주로 술을 마셨다. 거나하게 취했다. 비틀거리며 신작로를 터벅터벅 걷고 있었다. 반산의 교회 앞에 다다를 무렵이었다.

"때앵- 땡-."

초가집의 교회에서 종소리가 울려 퍼졌다.

"교회의 종소리!"

윤 교장은 정신이 번쩍 들었다.

"오- 하나님!"

윤 교장은 자신도 모르게 발을 멈추었다. 신작로 옆에 교회가 보였다. 초가집 지붕 꼭대기에는 나무로 만든 십자가가 껑충 서 있었다.

"인간의 모든 죄를 혼자서 모두 안고 십자가에 매달렸다는 예수님의 사랑!"

윤 교장은 언젠가 목사님이 찾아와 했던 말이었다.

"나의 모든 죄도 예수님이 대신해서…?"

윤 교장의 몸은 말뚝처럼 굳어졌다. 눈을 감았다. 마음속으로 기도했다. 자신의 앞에는 콘크리트 같은 두꺼운 벽이 단단히 가로막고 있었다. 그런데 이상하게도 어둠이 걷히며 환하게 밝아지는 것 같았다.

11

"'무거운 짐을 진자는 모두 내게 오라. 내가 편안하게 쉬게 하리라'고 했지!"

윤 교장은 넋을 잃고 멍하니 서 있었다. 교회의 출입구 위에 걸어놓은 현수막의 글귀가 떠올랐다. 출퇴근하면서 보았기에 잊혀 지지 않았다. 처음에는 별로 관심이 없었다. 언제부터인지 모르지만 자신도 모르게 망부석처럼 서서 물끄러미 바라보았다.

"언젠가 목사님이 학교에 찾아왔었지? 그때 선물로 성경책을 주셔서 엉겁결에 받았었는데…."

윤 교장은 목사님이 성경책을 책상 위에 놓고 가기에 거절하지 못하고 받았었다. 괴로울 때면 성경을 뒤적거리며 시간을 보냈다.

"성경책에서도 무거운 짐 진 자를 편안하게 쉬도록 해준다고 했지?"

윤 교장은 성경책에서 보았던 구절을 되새겼다. 그 말이 좋아서 몇 번을 반복해서 곱씹었다.

"세상의 모든 고통의 무거운 짐을 내가 홀로 지고 있는데…. 그 짐이 무거워 비틀거리며 걷지 못하고 넘어지려고 하지 않는가? 인간의 모든 고통을 예수님께서 해결해주신다고?"

윤 교장은 넋두리를 하였다. 발걸음은 자신도 모르게 교회로 향하고 있었다. 비틀거리면서도 뚜벅뚜벅 걷고 있었다.

"공산당은 교인들을 사회주의의 적이라고 하여 샅샅이 찾아내어 총살시켰는데!"

윤 교장은 교회의 마당에 들어서 깜짝 놀랐다. 십자가처럼 서서 있었다. 신자들이 총살당하는 것을 직접 목격했었다. 자신의 가슴에도 실탄이 박히는 것만 같았다.

12

"교장선생님, 어서 오십시오."

목사는 기다리고 있었다는 듯이 예배당에서 뛰어나왔다. 반갑게 맞이하였다. 학교로 찾아갔던 적이 있었기에 낯이 익었다. 살갑게 대했다.

"저어-. 집에 가면서…. 종소리가 나기에…."

윤 교장은 얼버무렸다. 술에 취하여 혀가 구부러졌다. 무슨 말을 하려는데 말문이 막혀 나오지 않았다.

"잘 오셨습니다."

목사는 윤 교장의 손을 턱석 잡았다.

"평상시 기독교를 달갑게 여기지 않았는데…."

윤 교장은 몸을 가누지 못하고 비틀거렸다. 취중에 진담한다고 불쑥 뱉어냈다. 지금까지 살아오면서 예수님을 미워하며 냉정하게 대했었다. 유교를 미신으로 여기며 배척하기에 마땅치 않게 여겼다.

"괜찮습니다. 교회에 한 번 나와 보십시오."

목사는 술 냄새를 맡았다. 모주가 되어 술주정을 하고 있다는 생각이 들었다. '원수를 사랑하라'는 예수님의 말씀을 곱씹으며 내색을 하지 않았다.

13

"무거운 짐 진 자를 편안하게 쉬게 해준다고 해서…. 제가 죄의 짐을 많이 지고 있는 것 같아서…. 그 짐이 무거워서 일어설 수가 없으니…."

윤 교장은 몸을 비틀거리며 더듬거렸다. 취중에 진담을 하고 있었다. 눈가에 눈물이 핑 돌았다. 자신이 받고 있는 모든 고통을 교회에 버리고 싶었다.

"인간은 모두가 하나님 앞에서는 죄인이지요."

목사는 교장선생의 낯을 살펴보았다. 세상의 모든 괴로움을 혼자서 붙들어 안고 몸부림치고 있는 것 같았다. 아니 모든 인간은 죄 속에서 살아가고 있었다. 사람은 모두가 똑같은 하나님의 자녀였다. 예수님을 모욕하고 배척할지라도 그들을 사랑해야 했다.

"그럴까요?"

윤 교장은 소리 내어 울고 싶었다. 위안을 받아 마음이 편안해진 기분이 들었다.

"남을 괴롭힌다는 것을 알면서도… 나만 살아보겠다고… 욕심을 부려대니…. 죄를 지을 수밖에…."

윤 교장은 눈물을 훔쳤다. 지금까지 살아온 지난날의 걸어온 발자취에는 죄로 얼룩져 있었다. 살아남기 위해서는 어쩔 수 없이 행했던 일들이었다. 자신의 판단으로는 그것이 옳았다. 그런데 현재는 그 과거가 괴물로 변해 괴롭혀댔다. 인간의 삶이란 참으로 알 수 없었다.

"모든 죄의 무거운 짐을 예수님께 맡겨보십시오."

"예수님이 맡아 주시는 겁니까?"

"교회에 나오시면…."

목사는 여러 말을 하지 않았다. 술에 취해있는 것 같아 피했다. 교장선생님이라는 생각도 들었다. 억지로 강요한다고 해서 믿을 것 같지도 않았다.

14

"교회에 다니기만 하면 될까요?"

"하나님은 어느 누구를 가리지 않고 모두가 자녀이기 때문에…."

목사는 교장선생이 교회 안으로 들어왔다는 사실만으로도 반가웠다. 이것은 하나님이 택한 백성임에 틀림이 없었다.

"인간이 필요해서 하나님을 찾는 게 아닙니까?"

"어찌 되었건…."

목사는 따지지 않았다. 하나님께서 자신을 필요하게 만들 수도 있기 때문이었다.

"거나해서 화풀이하려고 교회에 들어왔는지도 모르데…? 편안하게 쉬게 해준다는 말이 조롱한 것 같기도 해서…?"

윤 교장은 멋쩍어 변명하듯이 말했다.

"교회에 들어온 것은 주거의 침입죄가 아닙니다. 예수님을 영접하려고 찾아온 것이 분명하기 때문입니다."

"학생들을 가르치는 교장인 제가 죄를 많이 지은 것은 부정할 수 없는 사실이어서…."

윤 교장은 돌아서며 어눌하게 중얼거렸다. 자꾸만 눈물이 나오려고 했다. 머뭇거리고 있을 수가 없었다.

"저도 죄인이랍니다. 예수님을 믿어보십시오."

"믿기만 하라고요? 그러면 다 해결됩니까?"

윤 교장은 자신의 모든 괴로움을 묻어버릴 장소를 찾고 있는지도 몰랐다. 한시라도 빨리 고통의 늪에서 벗어나고 싶었다. 하루를 살더라도 마음이 편안해야 했다.

"목사님이 무슨 죄를 지었다고?"

윤 교장은 고개를 숙였다.

"저도 분명히 죄인이랍니다. 목사를 하면서도 생각과 말과 행위로 죄를 많이 짓고 있습니다. 의인은 오직 하나님 한 사람뿐이니까요. 성부, 성자, 성령님을 생각하셔야 합니다."

목사는 알아듣건 말건 해야 할 말을 하고 있었다.

"다음에 들리겠습니다."

윤 교장은 결정을 할 수가 없었다. 목사가 죄인이라고 하니 무섭기도 하였다. 비틀거리며 걸었다.

"꼭 들여 주세요. 아니 다시 오시게 될 겁니다. 하나님께서 택하셨으니!"

목사는 다음에 오겠다는 말이 반가웠다. 교회의 문밖까지 배웅했다.

"예수님이 나의 모든 괴로움을 맡아 주신다면…."

윤 교장은 교회를 나섰다. 왠지 모르게 마음이 편안해진 것 같기도 했다.

15

햇볕이 따뜻한 깊어가는 가을의 오후였다. 담 밑 화단에는 국화꽃이 노랗게 피어있었다. 파란 하늘을 뚫고 내려온 힘찬 햇빛을 받아 함치르르 윤이 났다. 마당 구석에는 감나무가 서 있었다. 가지에 매달린 탐스러운 접시감은 화장한 새색시의 볼처럼 붉게 물들었다. 감잎은 자신의 생을 다했다는 듯이 병들어 추레하게 구드러졌다. 시원한 바람이 뒷동산의 산등성이를 타고 내려왔다. 도래솔 사이를 빠져나와 대나무를 흔들며 대밭을 지나갔다. 집 모퉁이에서 갑자기 돌개바람으로 변해 텃밭을 휘저었다. 양촌마을 맴돌더니 보끼미들녘으로 사라졌다.

윤 교장은 공휴일이어서 학교에 나가지 않았다. 집터서리의 청소를 하면서 마당에서 서성거렸다. 툇마루에 앉아서 가을의 계절을 음미하고 있었다.

"바람이 불 적마다 잎이 떨어지며 흩날리고…."

윤 교장은 뒷동산에서 날아와 마당에 내려앉는 낙엽을 바라보았다. 덧없는 세월이었다. 참으로 빠르게 지나가고 있었다.

16

집 안은 산사처럼 조용했다. 대밭에서 자냥스럽게 떠들어대던 새소리도 들리지 않았다. 집터서리가 적막으로 단단히 응고된 것 같았다.

"누군가가 나를 감시하고 있는지도 몰라?"

윤 교장은 한순간에 온몸이 오싹해졌다. 어디선가 중앙정보부 요원이 지켜보고 있는지도 모른다는 상상에 오금이 저렸다.

"막걸리 한잔 걸치고 기분 좋게 유신 독재정권을 비판하면 쥐도 새도 모르게 낚아채 가는 세상인데…."

윤 교장은 눈동자를 굴리며 두리번거렸다. 어느 누구도 믿을 수가 없었다. 세상은 날이 갈수록 서슬 퍼런 칼날처럼 싸늘했다. 그 속에서 마음조이며 위태롭게 살아가고 있었다.

"세상에 비밀이란 없는 법인데?"

윤 교장은 또 자신이 만들어놓은 늪 속에 빠져 허우적거려댔다. 불안, 공포, 초조, 두려움이 찰싹 달라붙어 자드락거리며 괴롭혀댔다. 미쳐버릴 것만 같았다.

17

그때였다. 닫혀 있던 대문이 열렸다. 누군가가 들어왔다.

"누굴까?"

윤 교장은 대문 열리는 소리에 깜짝 놀랐다. 시선을 날카롭게 세우며 응시했다. 경찰이나 중앙정보부의 요원일지도 모른다는 선입견 때문에 온몸이 오싹해졌다.

목사와 여신도 두 명이 마당으로 들어섰다.

"목사님이시네."

윤 교장은 벌떡 일어났다. 마당으로 내려가며 안도의 한숨을 쉬었다.

"찾아와야 한다면서 늦었습니다."

목사는 또박또박 말했다. 교장선생이 교회에 첫걸음을 했을 때부터 가정방문을 하려고 생각했었다. 몇 주가 지나서야 겨우 시간을 내어서 찾아왔다.

"어쨌든 잘 오셨습니다."

윤 교장은 이상하게 흥분이 되었다. 어찌할 바를 몰랐다.

대밭의 팽나무 가지에서 까치가 우짖어댔다.

18

목사는 일행과 함께 툇마루에 걸터앉았다.

목사 일행은 묻지도 않고 찬송가부터 불렀다. 그리고 목사는 기도를 하기 시작했다.

윤 교장은 옆에서 목사와 신자들의 의식을 지켜보았다. 그들과 함께 눈감았다. 기도를 했다. 무엇을 하는지 몰랐다. 어리둥절했다.

"인간은 참으로 연약한 존재여서…."

윤 교장은 속으로 중얼거리며 빙긋이 웃었다. 자신이 지고 있는 무거운 짐을 생각했다. 괴로움에서 벗어나고 싶었다. 평화를 찾아 행복해져야 했다.

"사랑과 자비로 가득하신 우리 주 예수그리스도 이름으로 기도드립니다."

모두가 기도를 마쳤다. 예배는 간단히 끝났다.

"교장선생님. 성경책을 읽고 계시죠?"

목사의 얼굴이 환하게 밝아졌다.

"몇 번 읽어보았는데…?"

윤 교장은 얼버무렸다.

"교장선생님께서는 저보다 더 잘 알고 계시겠지만…."

"알기는 무얼 압니까?"

윤 교장은 고개를 저어댔다.

"우리 인간은 모두가 죄를 지으며 살아가고 있다는 사실 말입니다?"

목사는 윤 교장을 바라보았다.

윤 교장은 대답을 하지 못했다.

"성경에 욕심이 죄를 낳고 그 죄가 쌓여 죽음에 이른다고 하지 않았습니까?"

"성경책에는 그렇게 적혀있더군요."

"예수님은 우리의 그 죄를 대신하여 십자가에 못 박히셨답니다."

"그런가요?"

윤 교장은 고개를 갸웃거렸다.

"예수님은 인간의 모든 죄를 대신 안고 십자가에 못 박히셨으니…. 그래서 우리는 예수님을 믿기만 하면 죄 사함을 받게 되어 있습니다. 그 자비로 우리가 죽게 되면 모두가 천국을 가게 된답니다."

"정말로 그럴까요?"

윤 교장은 믿어지지 않았다.

"예수님의 사랑을 믿고 실천하게 되면 평화로워져 평안을 얻을 수 있고…. 우리의 삶이 윤택해지고…. 그것을 체험하시려면 교회에 나오십시오. 사랑으로 가득한 예수님과 함께하는 삶, 바로 그것이 곧 평화입니다."

목사는 힘주어 말했다.

"평화와 평안?"

윤 교장은 군침을 삼켰다. 몇 번을 되새김질해 보았다.

"틀림없이…. 위로를 받게 됩니다."

목사는 예수님처럼 자신 있게 말했다.

윤 교장은 눈감았다. 귀담아들었다. 괴롭히는 모든 짐을 버리고 싶었다. 물에 빠져 허우적거리고 있으니 지푸라기라도 잡고 싶은 심정이었다.

"주일날 꼭 한번 나와 보십시오."

목사는 간절하게 권했다. 한 사람이라도 구원해야 한다는 책임감 때문만은 아니었다. 예수님의 사랑으로 누군가의 괴로움을 덜어준다는 사실이 가장 중요했다.

윤 교장은 눈을 떴다. 목사를 물끄러미 바라보았다.

20

"성경책은 처음부터 끝까지 기적이어서…. 뭐가 뭔지…. 전혀 이해가 되지 않아서…."

윤 교장은 성경을 읽으면서 느꼈던 감정을 거리낌 없이 묻고 있었다.

"성경책 전체가 예수님의 사랑을 말하고 있습니다."

목사는 예수님의 사랑으로 꽁꽁 얽어매었다.

"기적이 예수님의 사랑이라고…?"

윤 교장은 자신도 모르게 빙긋이 웃었다.

"당연히 그렇습니다. 믿어보십시오. 틀림없습니다."

"기적을 믿어요?"

윤 교장은 고개를 갸웃거리며 군침을 삼켰다. 기적이 소원을 이루어지게 한다면 무엇을 더 바라겠는가? 등에 지고 있는 무거운 짐을 버리고 가벼운 마음으로 살아가는 것이 소원이었다.

뒷동산의 도래솔 가지에서는 멧비둘기가 짝을 찾는지 구슬프게 울어대고 있었다.

21

일요일이 되었다. 주일날이었다.

교회의 종소리가 아스라하게 들려왔다.

윤 교장은 일요일 아침에 마당을 서성거리며 교회에서 들려오는 종소리를 듣고 있었다.

"내가 지고 있는 무거운 짐을 예수님께 맡기라고? 나의 등에 진 무거운 괴로움을 예수님이 받아주실까? 체험을 해보라고? 위로를 받게 될 거라고?"

윤 교장은 목사님에게 들었던 말을 덧들어내어 곱씹었다.

"한 번 나가보는 거야! 밑져 봐야 본전이니…."

윤 교장은 몸 단장을 하였다. 성경책을 손에 들었다.

22

"헛되고 헛되다. 헛되고 헛되니 세상만사 모든 것이 헛되도다. 사람이 하늘 아래에서 아무리 수고한들 무슨 보람이 있으리오."

윤 교장은 대문을 나서며 중얼거렸다. 어젯밤에 전도서를 읽었었다.

서두에 나오는 구절을 곱씹으며 음미했다. 지금까지 살아왔던 자신의 삶이 모두가 헛된 것 같았다. 오직 자신의 욕심만 채우려고 허영을 부렸었다. 그 고통 속에서 몸부림치며 허우적거리고 있는 것이 분명했다.

"예수님, 무거운 짐을 부려버리기 위해서 교회에 나가고 있습니다. 받아주시려는지요? 나의 괴로움을 예수님께서 맡아 주신다며…?"

윤 교장은 동네의 고샅을 빠져나갔다. 어린이처럼 기뻐했다. 가슴이 부풀어 올랐다. 교회로 가는 발걸음이 가벼웠다. 훨훨 날아가고 있는 것 같았다. 길섶의 살피꽃밭에는 코스모스가 활짝 피어있었다. 가을바람에 한들거리며 춤을 추었다.

23

윤 교장은 서슴없이 반산에 있는 초가의 교회로 들어갔다.

"교장선생님, 참으로 잘 오셨습니다."

목사는 문 앞에 서서 반갑게 맞아주었다.

"계속 다니게 될지는…."

윤 교장은 어눌하게 얼버무렸다.

"하나님이 택한 백성이기에 교회에 발걸음을 하셨습니다."

목사는 윤 교장의 손을 꼭 잡았다. 예배당 안으로 인도했다.

"죄를 많이 지은 사람인데…?"

윤 교장은 목사의 손에 이끌려 따라갔다.

"여기에 앉으시죠."

목사는 마루의 맨 앞쪽에 앉혔다.

"부끄러워서…."

윤 교장은 자리에 앉았다. 눈감고 두 손을 모아 기도했다. 자신도 모르게 눈물이 주르르 흘러내렸다. 머릿속에는 지난날의 일들이 영화의 화면처럼 생생하게 떠오르며 스쳐 지나갔다. 모두가 자신이 지었던 죄들이었다.

"제 탓입니다. 저의 탓입니다. 제가 잘못했습니다. 모두가 저의 죄입니다."

윤 교장은 입술이 놀려지는 대로 중얼거리고 있었다. 눈물이 주르르 흘렀다.

24

교회에 다니는 것이 처음에는 낯설고 서먹했다. 다닐수록 집의 안방처럼 포근하고 따뜻했다. 원수를 내 몸처럼 사랑하라는 예수님의 말씀은 위대했다. 자신을 죽이려는 자들에게 용서하면서 자비를 베풀어달라고 기도하는 것은 하나님의 아들이기에 가능했다.

오늘도 일요일이었다.

"내 삶의 전부를 예수님께 맡기는 건 아주 쉬운 일이니…."

윤 교장의 매주 일요일이면 빠지지 않고 교회에 나갔다. 항상 남들보다 일찍 나가 맨 앞자리에 앉았다. 사실 성경책은 이해가 되지 않았다. 그래도 자신의 모든 어려움을 하나님에게 맡기려고 기도했다.

"어서 가자. 예배시간에 늦지 않게. 죽으면 부활해서 천당에도 가야 하니…. 이승에서는 예수님 덕택에 죄인에서 해방되어 편안하게 살 수 있어서 좋고…. 저승에서는 천당에 가서 좋으니…. 나도 예수님처럼 남을 위해 사랑을 베풀며 실천하면서…."

윤 교장은 교회에 가면서 자신에게 중얼거렸다.

"아내와 자식들을 위해 기도하는 거야…."

윤 교장은 희망이 생겨 발걸음도 가벼웠다. 고샅을 나섰다. 바람이 세차게 불어왔다. 노란 은행잎이 우수수 떨어져 흩날렸다. 아름다운 자연의 모든 것이 하나님의 손길이었다.

"나 같은 죄인 살리신 주님 은혜 고마워…."

윤 교장은 동구 밖으로 나가며 찬송가를 부르고 있었다.

9. 간첩

1

윤 교장은 무거운 짐을 예수님에게 맡기며 위로를 받고 있었다. 그러나 마음 한구석에는 두려움이 도사리고 있어 편치 않았다. 가끔 배앓이를 하는 것처럼 괴로워했다. 오늘 밤에도 간첩으로 다녀간 큰아들이 찾아와 괴롭혔다. 환자처럼 뒤척거리다가 노루잠이 들었다.

꿈속에서 큰아들이 찾아왔다.

"아버지, 갑시다."

"어디로?"

"북으로."

"못 간다."

"가야만 합니다."

"절대로 안 간다."

"아버지도 공산당 당원이면서…."

"나는 교회에 다니는 기독교 신자가 되었다."

"예수님이 구해준다고 하던가요?"

"못 간다니까!"

"아버지!"

정섭은 뒤란 대밭으로 들어가며 뒤를 돌아보았다.

"정섭아!"

윤 교장은 벌떡 일어났다. 꿈이 영화의 화면을 보듯이 생생하게 전개
되었다.

"꿈속에서 아들이 찾아와…?"

윤 교장은 불길한 생각이 들어 잠을 이루지 못했다.

"꼬끼오- 꼬끼오-."

첫닭의 울음소리가 동네 여기저기에서 들려왔다.

2

그날 학교가 파하고 난 오후였다. 학생들이 없는 운동장은 허전했
다. 가을걷이가 끝난 질펀한 부산 들녘도 텅 비어있었다.

윤 교장은 교장실에서 창문을 열고 운동장을 바라보고 있었다.

"지난밤의 꿈자리가…?"

윤 교장은 꿈에 보았던 아들을 떠올렸다.

"빠앙-."

새까만 지프차가 교문을 들어오면서 앙칼지게 악을 써댔다.

"무슨 지프차가 학교로 들어오는 거지? 나를 잡으려고?"

윤 교장은 마른침을 삼켰다.

지프차는 교무실 앞 운동장에 멈추어 섰다. 건장한 두 사내가 내렸
다. 교무실로 향해 뛰어갔다.

"윤선준이가 누구지?"

한 사내가 교무실로 들어서며 두리번거렸다.

"교장선생님인데요."

한 선생이 놀란 토끼 눈을 하며 어눌하게 말했다.

"교장 놈 어디 있어?"

두 사내는 구두를 신은 채 교무실로 들어갔다.

"내가 윤선준입니다."

윤 교장은 교무실로 나갔다.

"새빨간 빨갱이가 교장 놈이야."

사내들은 굶주린 사자가 먹이를 사냥하듯이 덤벼들었다.

"왜 이러십니까?"

윤 교장은 뒤로 물러섰다.

"몰라서 물어?"

"김일성괴뢰도당의 하수인인 간첩 놈이 왜 이러십니까?"

두 사내는 양쪽에서 달려들어 팔을 잡아 비틀었다.

"간첩이라니요?"

윤 교장은 눈을 감고 몸을 맡겼다. 올 것이 왔다는 생각이 들었다.

"낯짝도 좋아."

한 사내가 수갑을 꺼냈다. 윤 교장의 손목에 채웠다.

"한 간첩 놈은 국모인 영부인을 살해하더니…."

"당신은 위대하신 민족의 지도자이신 대통령 각하를 죽이려고?"

두 사내는 어깃장을 놓으며 만수받이했다.

윤 교장의 몸은 사시나무처럼 떨고 있었다.

"정섭이가 또 간첩으로 남파되어 잡혔을까?"

윤 교장은 꿈을 다시 생각하며 중얼거렸다.

"빨갱이가 교육자라고. 학생들에게 공산주의 교육 잘 시켰겠네?"

"김일성괴뢰도당 하수인! 나라를 뒤엎으려고?"

사내들은 양쪽에서 팔을 잡고 끌어당겼다.

"무슨 말씀을 그렇게 하십니까?"

윤 교장은 어눌하게 대거리했다.

"내 말이 틀렸어?"

한 사내가 주먹으로 쥐어박았다.

"교육자로서 반공교육과 새마을교육을 철저하게 시켜 국가에 충성을 다했는데…"

윤 교장은 교무실 문을 나서며 뒤를 돌아보았다.

선생들이 말뚝처럼 서서 물끄러미 바라보았다. 모두가 날벼락을 맞은 사람처럼 넋을 잃었다.

어디서 날아왔는지 까마귀 떼가 부산들에 내려앉고 있었다.

3

"간첩 맞지?"

한 형사는 총알처럼 쏘아 붙었다.

"아닙니다."

윤 교장은 펄쩍 뛰었다.

"고정간첩이 아니라고? 빨갱이가 교장선생님?"

"학생들을 모두 공산주의자로 만들려고?"

다른 형사들이 합세하여 조롱했다.

"나는 공산주의자가 아니라니까요."

윤 교장은 억울했다.

"공자 앞에서 문자 쓰지 마. 누구 앞에서 오리발을 내려고?"

"교장이란 작자가 빨갱이니, 나라가 요 모양 요 꼴이지. 아무것도 모르는 것들이!"

"유신이 어쩌고저쩌고? 놀고 자빠졌어! 김일성괴뢰도당 앞잡이놈들!"

형사들은 만수받이하며 가래침을 뱉어댔다.

"반공을 국시의 제일로 삼았기에 반공교육을 철저하게 시켰는데…."

윤 교장은 억울하다는 듯 반항했다.

"뭐가 어쩌고 어쩐다고? 소가 웃겠다."

"나는 자유민주주의를 숭배하는 애국자입니다."

윤 교장은 미친 듯이 대거리했다.

"자유민주주의? 애국자 같은 소리 하고 자빠졌네."

"간첩이 학생들을 빨갱이로 만든 것 아니라고?"

"자수해서 광명을 찾았어야지?"

형사들은 겨끔내기로 조롱하며 비웃었다.

4

"간첩이 아닌데…. 억울합니다."

윤 교장은 잠시 침묵하다가 입을 열었다.

"가지고 놀아라. 뻔뻔스럽기는?"

"그만하고 우선 감방에 처넣어 놓아. 누구도 접근하지 말고. 불순분자를 가까이 해봐야 좋을 게 없어."

형사반장이 옆에 있는 형사들에게 지시했다.

"일어나."

형사는 바닥에 앉아있는 윤 교장의 팔을 잡아 일으켜 세웠다. 유치장으로 데려갔다.

"아무도 접촉하지 못하도록 해. 빨간 물 들면 안 되니까."

반장은 차꼬를 채우듯이 단단히 엮어 격리시켰다.

5

윤 교장은 쇠고랑을 차고 유치장의 비좁은 독방에 들어갔다. 감방 구석에 쪼그리고 앉았다.

"나는 교장으로서 반공교육을 철저하게 시켰는데…."

윤 교장은 지금까지 고민하며 괴로워했던 일이 현실로 나타났음을 깨달았다.

"정섭이가 간첩으로 내려와 다녀갔으니…. 6·25전쟁 중에 죽지 않으려고 공산당 당원이 되었고…. 그러나 간첩은 아니지! 아니고말고!"

윤 교장은 두 주먹을 불끈 쥐었다. 아무리 따져봐도 간첩으로 행동했던 적은 한 번도 없었다. 한국적 민주주의 토착화 실현에 몸 바쳐 충성했었다. 새마을사업에도 앞장섰다. 전쟁 중에 공산당 당원이 된 것은 살기 위한 어쩔 수 없는 임시방편이었다. 이것은 말도 안 되는 덤터기를 씌우고 있었다. 지금은 참회하며 뉘우쳐 반성하고 있었다. 교장선생으로서 국가와 유신정권의 충복을 다하고 있는 애국자였다.

"큰아들이 간첩으로 내려와 집에 다녀간 일 때문임에 틀림이 없어? 6·25 때 공산당에 가입했던 일을 중앙정보부에서 눈치챘을까?"

윤 교장은 고개를 갸웃거렸다.

"유신 독재정권이 나를 간첩으로 이용하려는 것은 아니겠지?"

윤 교장의 머릿속은 실타래가 헝클어진 것처럼 복잡해졌다. 이런저런 상상이 찾아와 흔들어대며 괴롭혔다.

"간첩행위를 했던 것은 전혀 없는데…."

윤 교장은 이리저리 따져보았다. 간첩은 아니었다. 괴뢰도당 김일성에게 지령을 받아 행동으로 옮긴 사실이 전혀 없었다.

"만약에 큰아들 정섭이가 또 간첩으로 남파되어 붙잡혔다면?"

윤 교장은 또 꿈이 떠올랐다. 머리끝이 섬뜩해졌다. 생각도 하기 싫은 상상이었다. 몸을 바르르 떨었다. 어느새 뜬것에게 시달리고 있는 미친 사람이 되어버렸다.

철창 너머에는 땅거미가 드리워지기 시작했다. 깜깜하게 어두워져 있었다. 유치장 안에도 시커먼 저승사자가 찾아와 똬리를 틀고 앉아있었다.

6

"저녁밥이요."

누군가가 통로에서 소리쳤다.

윤 교장은 아무런 소리도 들리지 않았다. 넋을 놓고 멍하니 앉아있었다.

"먹든지 말든지!"

보리밥 덩이가 담겨있는 식기를 감방 안에 넣어놓고 가버렸다.

"밥이 목구멍으로 넘어가게 생겼어?"

윤 교장은 밥그릇을 흘겨보았다. 먹고 싶은 생각이 없었다. 목구멍이 바싹바싹 타들어 갔다.

"이 일을 어쩔 것인가? 내가 간첩이라니?"

윤 교장은 미칠 것만 같았다.

7

밤은 시나브로 깊어갔다. 자정이 넘은 것 같았다. 첫닭의 울음소리가 멀리서 아스라하게 들려왔다.

"꿈속에서 정섭이가 북으로 가자고 하던데…?"

윤 교장의 귓속에서는 꿈속에서 들었던 아들의 말이 환청처럼 들려왔다.

"꿈이 현실로…?"

윤 교장의 눈에서는 눈물이 하염없이 흘러내리고 있었다.

8

통행금지 해제 사이렌이 울렸다. 교회의 종소리가 뒤를 이었다. 가까운 곳에서 들려왔다.

"예수님. 왜 내가 이렇게 되었습니까? 앞으로 어떻게 될까요?"

윤 교장은 무릎을 꿇고 앉았다. 눈을 감으며 두 손을 모았다. 소원을 말을 해야 하는데 떠오르지 않았다. 흐르는 눈물을 훔쳐냈다.

"내가 간첩이라고? 내 아들이 간첩이지. 나는 공산당에 가입한 일은 있어도 간첩은 아니야. 누군가가 덮어씌운 누명일까?"

윤 교장은 고개를 저어댔다.

"이 일을 어쩌면 좋습니까? 하나님, 예수님께 맡길게요."

"호랑이가 열 번을 물어가도 정신 줄만 놓지 않으면…."

윤 교장은 어지러웠다. 어떻게 해야 할지 종잡을 수가 없었다.

9

"철커덕."

철문의 자물쇠를 따는 소리는 유치장을 흔들어댔다. 꼭두새벽이라 더욱 시끄러웠다.

감방문이 열렸다.

"윤선준!"

사내의 둔탁한 음성이 뒤통수를 때렸다.

"저승사자가…?"

윤 교장은 꿇어앉아 기도하다가 눈을 떴다. 고개를 쳐들었다. 앞을 바라보았다.

"나와!"

사내는 올가미를 목에 걸고 낚아채듯이 소리쳤다.

윤 교장은 몸을 일으켜 세웠다. 다리가 결렸다. 비틀거리며 넘어지려고 했다.

"꾸물거리지 말고!"

사내는 채질을 하듯이 다그쳤다.

"나를 죽이려고…?"

윤 교장은 미친 듯이 중얼거렸다. 눈앞에는 6·25전쟁 중에 총살당한 모습이 아른거렸다. 밤에 붙잡아 가 도린 곁에서 사살하면 그만이었다.

"죽이지 않을 테니 빨리 나와!"

"안 나오면 끌어내!"

누군가가 뒤에서 소리쳤다.

"나갑니다."

윤 교장은 어지러워 손으로 벽을 붙잡고 서 있었다. 죽이지 않으면 고문을 당할 것만 같았다. 온몸이 땀으로 흥건히 젖어 들었다.

"시간 없어."

사내가 감방으로 들어가 끌어냈다.

윤 교장은 감방에서 끌려 나갔다. 손목에 수갑이 채워졌다. 가느다란 오랏줄이 몸을 얶었다.

10

"갑시다."

사내가 뒤에서 떠밀었다.

"어디로 갑니까?"

윤 교장은 뒤를 돌아보았다. 다리가 후들후들 떨렸다.

"간첩이 그건 알아서 무엇 하려고."

사내는 재갈을 물렸다.

'총살을 당하게 되면…?'

윤 교장은 죽음을 떨쳐버리지 못했다.

"하나님, 이 몸을 맡깁니다."

윤 교장은 기도하였다. 떨어지지 않는 발을 옮겼다. 사내가 끌고 가는 데로 수굿이 따라갔다. 반항할 수 없었다. 항변을 해도 소용이 없는 일이었다. 쥐도 새도 모르는 한밤중이었다.

10. 중앙정보부

1

조사실 안은 살벌했다. 성난 고함소리는 서슬 퍼런 검을 휘두르는 것 같았다. 며칠째 계속되는 고문이었다.

"간첩 맞지 않아?"

사내는 몽둥이로 빨래하듯이 두들겨 패고 나서 숨을 몰아쉬었다.

"나는 간첩이 아니라니까요."

윤 교장은 악발을 부리며 대거리했다. 며칠째 시달림을 당했는지 몰랐다. 잠도 자지 못했다.

"오리발을 내도 정도껏 해야지."

사내는 혀를 내둘렀다.

"간첩질했던 사실은 없습니다."

윤 교장은 여전히 부인했다.

"여기가 어딘 줄 알아? 빨갱이들을 잡아 족치는 중앙정보부라는 것 몰라?"

"장사 한두 번 해봤나? 초장부터 삐딱하니 나가네. 아직 마수걸이도 하지 않았는데…?"

사내들은 에둘러 서서 발로 툭툭 찼다. 윤 교장이 발버둥 치는 모습을 보며 조롱하였다. 좋은 구경거리가 생겼다는 듯이 즐기고 있었다.

2

"공산당에 가입한 빨갱이 맞지?"

한 사내는 바닥에 꿇어 앉아있는 윤 교장의 따귀를 갈겼다.

"그것은 내가 살려고 어쩔 수 없이…."

윤 교장은 피가 섞인 침을 뱉어댔다.

"빨갱이로서 간첩 노릇을 했잖아?"

사내는 발로 툭툭 찼다.

"간첩은 아닙니다."

윤 교장은 숙이고 있던 고개를 쳐들었다.

"뭐라고? 아직도 정신을 못 차렸네!"

사내는 들고 있던 몽둥이로 쿡쿡 찔러댔다.

"공산당 당원이라고 간첩입니까?"

윤 교장은 사내들을 노려보았다. 악이 받쳐 대거리를 해댔다.

"갈수록 태산이야?"

저쪽에서 누군가가 한숨을 몰아쉬었다.

3

"영웅이시며 위대하신 민족의 지도자, 훌륭한 대통령 각하님은 빨치
산이 아니었습니까?"

윤 교장은 어깃장을 놓으며 대통령을 물고 늘어졌다. 언턱거리 하여

자신의 정당함을 주장하고 싶었다. 언젠가 누구에게 이런 사실을 듣고 깜짝 놀랐었다. 자신만 공산당에 가입한 줄 알았는데 대통령도 빨치산이었다는 말을 듣나니 한시름 놓았다. 결코 자신의 판단이 잘못된 것이 아니었다. 살아남기 위해서는 어쩔 수 없는 불가피한 결정이었다. 그런데….

"지금 뭐라고 했어?"

"틀린 말을 했습니까?"

"이 자식 봐라. 교장선생이라고, 눈에 뵈는 게 없나? 영웅이신 대통령 각하님이 빨치산이라고?"

"아는 것이 너무 많아! 알아서는 안 될 것을 알고 있으면 곤란하지!"

"그렇다고 간첩이라는 작자가 위대하신 대한민국의 대통령 각하님을 물고 늘어져? 언턱거리 하면 용서해 줄 것 같아?"

"사실이 그렇다는 겁니다."

윤 교장은 소리치며 발악했다.

"간첩 놈이 악을 써. 동네방네 외쳐봐라. 누가 눈이나 깜빡할 것 같아? 역시 김일성괴뢰도당의 앞잡이라 다르네?"

사내는 다시 몽둥이 타작을 시작했다.

4

몽둥이찜질이 끝났다.

"바둥거리며 앙탈을 부려봐야 좋을 게 없어. 시키는 대로 고분고분 따르면 누이 좋고 매부 좋고? 중앙정보부가 어떤 곳인지 맛을 더 보여줄까?"

"매를 벌어서 맞고 싶어 안달이 난 모양인데…? 허튼수작 부리지 못하도록 닦달해야 하겠네!"

"나불거리지 못하도록 재갈을 물려놓아야 하지 않겠어?"

저쪽에서 듣고 있던 사내가 소리쳤다.

"아예 말을 못 하도록 혀를 잘라버릴까요?"

"재봉틀로 꿰매버리든지 알아서 해!"

"몽둥이찜질에 전기고문의 맛이 어떤지 알 때까지 보여주어야 하겠습니다."

사내들은 을러댔다.

윤 교장은 사내들에 의해 지하실로 끌려갔다.

5

"이것은 주둥아리를 잘 못 놀려 사서 맞는 매야!"

두 사내는 번갈아 가며 몽둥이로 개 잡듯이 두들겨 팼다.

윤 교장은 실신하여 넘어졌다.

한 사내는 물동이에 물을 가득 담아왔다. 쓰러져 있는 윤 교장의 온몸에 끼얹었다.

윤 교장은 물세례를 받고 정신을 차렸다.

윤 교장은 의자에 앉혀졌다. 사내들은 오랏줄로 윤 교장의 몸을 의자에 얽어 친친 감아 단단히 묶었다.

"위대하신 민족의 영도자, 대통령 각하께서 빨치산이었다고? 개수작 부리지 마!"

사내들은 전기고문을 시작했다.

6

며칠 후였다.

윤 교장의 고문당한 몸이 조금은 회복되었다.

윤 교장은 조사실로 끌려 나왔다. 몇 번째 반복되는 조사인지 알 수 없었다.

"공산당 당원인데 간첩은 아니라고? 우리는 간첩이라고 확신을 하는데?"

"간첩이 아니라는 말을 믿으라고? 간첩인지 아닌지는 두고 보면 곧 알게 될 거야."

사내들은 느긋하게 여유를 부리며 가지고 놀았다.

윤 교장은 꿇어앉아 고개를 숙이고 있었다.

7

"공산당 당원은 확실하지?"

사내는 발로 툭 찼다.

"부인하지 않겠습니다."

윤 교장은 고개를 들었다.

"진작 그렇게 나와야지."

다른 사내는 추임새를 메기었다.

"대한민국은 자유민주주의 국가가 아닙니까?"

윤 교장은 울분을 터뜨렸다.

"그래서? 잘했다고?"

"어느 당이든 당원으로 가입할 권리가…?"

윤 교장은 또 악이 복받쳤다. 독이 오르니 아무것도 보이지 않았다. 고문을 당하더라도 당당하게 맞서서 대거리하고 싶었다.

"뭐라고 중얼거리는 거야?"

"이 자식 돌아버렸네?"

"완전히 맛이 갔어!"

사내들은 돌아가며 한마디씩 하였다. 조롱하며 비웃었다.

"대통령 각하께서도 빨치산이었는데 왜 나만 가지고 이러는 거요?"

윤 교장은 또 악을 써댔다. 미쳐서 발광하고 있었다.

"또 대통령 각하님에게 언턱거리 하는 거야?"

"그러면 대통령 각하님께서 잘했다고 칭찬하며 용서해 줄 것 같아?"

사내들은 겨끔내기로 만수받이하며 즐겼다.

"대통령도 살려고 그랬듯이 나도 살려고 어쩔 수 없이…."

윤 교장은 어눌하게 얼버무렸다. 흥분을 가라앉혔다. 대통령을 물고 늘어져서는 안 된다는 것도 알고 있었다.

"그래서 정당하다는 거야?"

"너 같은 놈은 어느 귀신이 잡아갔는지 모르게 처치해버릴 수도 있어."

"교장선생께서 한국적 민주주의 토착화라는 유신체제라는 것도 모르시나 봐?"

"대통령 각하님을 물고 늘어지니 더 당하지?"

"지금 당장 생매장시키면 안 되겠지?"

"살려놓아야 이용 가치가 있어."

"이것은 위에서 내려온 지시야."

사내들은 낄낄거리며 즐겼다.

8

"생매장?"

윤 교장은 깜짝 놀라 마음속으로 외쳤다. 정신이 번쩍 들었다. 도갓집 강아지처럼 사내들의 눈치를 살폈다.

"간첩이 아니라고?"

"학생들을 빨갱이로 만들었잖아?"

사내들은 발로 툭툭 건드렸다.

"정말로 간첩은 아닙니다."

윤 교장은 숙이고 있던 고개를 쳐들었다. 마음속을 버선목처럼 뒤집어 보여주고 싶었다.

"고정간첩이 아니라고?"

"오리발을 내도 소용없어. 죄질만 나빠지지. 이미 당신의 뒷조사는 다 해놨어."

사내는 오랏줄로 묶듯이 단단히 얽어 조였다.

"무슨 일이 있어도 간첩은 아닙니다."

윤 교장은 억울하다는 듯이 고개를 저어댔다.

"빨갱이는 맞지 않아? 절로 터진 주둥아리도 말했으니…?"

윤 교장은 입술을 굳게 다물었다.

"왜 대답을 못해?

"또 한 번 대통령 각하님도 빨갱이라고 해보지 그래?"

"눈으로 보았어? 증거 있으면 말해봐?"

"대통령 각하가 빨치산이라 해도 너 같은 놈을 봐줄 것 같아? 잘못 짚어도 한참을 잘못 짚었지!"

여기저기서 조져댔다.

9

"이래도 자백을 안 할 거야?"

사내들은 또 몽둥이를 들고 설쳐댔다.

"어이쿠!"

윤 교장은 또 뒤로 벌렁 나자빠졌다.

"당신 같은 사람들은 총살감인데…."

"역적 김일성괴뢰도당의 앞잡이 새끼가!"

"정말로 법이 좋단 말이야. 쥐도 새도 모르게 처치해버려야 하는데…."

"말을 듣지 않으면 지하실로 끌고 가!"

한 사내가 조사실로 들어오며 소리쳤다.

윤 교장은 지하실로 끌려갔다. 두들겨 맞고 까무러쳤다. 물이 끼얹어 졌다. 전기고문을 시킬 차례였다. 벌써 세 번째 당하는 전기고문이었다.

10

"나는 간첩이 아닙니다!"

윤 교장은 전기고문을 당하며 소리쳤다.

"고정간첩으로서 임무가 뭐야?"

사내들은 전기고문을 멈추고 물었다.

윤 교장은 고개를 저어댔다.

"남파한 간첩을 숨겨 주는 임무를 맡았지?"

"아닙니다."

윤 교장은 억울했다. 발버둥 치고 있었다.

"이 사람, 정말로 안 되겠어."

다른 사내가 옆에서 지켜보다가 구둣발로 냅다 들이찼다.

11

"남파된 간첩이 당신 집을 찾아가려다가 붙잡혔는데도?"

사내들은 야금야금 조지며 가지고 놀았다.

"간첩이 저의 집을 찾아오려고 했다는 거요?"

윤 교장은 자신의 귀를 의심했다. 이제야 이해가 되었다. 큰아들이 간첩으로 내려온 것은 아니었다. 천만다행이었다.

"그래, 붙잡힌 간첩이 다 불었어."

"이래도 오리발을 낼 거야?"

"우리도 고문하기 싫어. 비명소리를 듣는 것을 좋아할 사람은 아무도 없지!"

"대한민국은 자유민주주의 국가라 묵비권을 행사할 자유가 있으니까 알아서 해!"

사내들은 노리개를 가지고 놀듯이 잔인하게 짓밟았다.

12

"고정간첩. 맞지?"

한 사내는 다시 물었다.

"아닙니다."

윤 교장은 고개를 저어댔다.

"지독한 간첩 놈! 오기만 남았네?"

"남파된 간첩을 숨겨 주는 임무를 맡은 고정간첩이면서?"

"아니라니까요."

윤 교장은 소리치며 대거리했다.

"그러면 왜 남파된 간첩이 당신의 주소를 알고 찾아가려고 했을까?"

"내가 그것을 어떻게 압니까?"

윤 교장은 사내들을 노려보았다.

"뻔뻔스럽긴."

사내는 윤 교장의 따귀를 갈겼다.

"간첩이 아닙니다!"

윤 교장은 악이 복받쳐 소리쳤다.

13

"학생들을 빨갱이로 만들라는 지령을 받았잖아? 학생들을 선동해서 나라를 전복시키라는 김일성의 준엄한 명령!"

"당신 같은 간첩들 때문에 한국적 민주주의 토착화라는 유신이 필요해."

사내들은 몽둥이질을 하지 않았다.

윤 교장은 입술을 깨물었다. 기가 막혔다. 말이 나오지 않았다.

"간첩 놈들이 국모를 살해하고. 대통령을 죽이려고 청와대를 습격하려다가 사살되었지?"

"간첩들이 벌리는 짓거리를 보면…."

"김일성은 침략의 야욕을 버리지 못하고…. 동족에게 총부리를 겨누며…."

사내들은 침을 뱉듯이 말했다.

14

"교장선생님께서 왜 이리도 물정을 모르는 거야? 그렇게 고문을 당하고도 깨닫지 못하겠어? 세 살 먹은 어린애도 아니고?"

"지금도 위대하신 대통령 각하님이 빨치산이야? 눈으로 보고 알았다고 할지라도 그렇지?"

"한국적 민주주의 토착화라는 유신시대야."

"궤란쩍게, 물고 늘어질 것을 가지고 물고 늘어져야지? 섶을 지고 불속으로 들어가고 있으니….".

"아직도 정신을 못 차렸어? 맞을 매를 벌고 자빠졌으니….".

사내들의 조롱과 비웃음은 꼬리를 물고 이어졌다.

"억울합니다."

윤 교장은 불쑥 뱉었다. 제정신이 아니었다.

"뭐가 억울해?"

"공산당에 가입했던 적은 있어도 고정간첩은 아니다 이거지?"

"교장으로서 책임과 의무를 다했다는 거지?"

"학생들에게 김일성사상을 교육시켰으면서…?"

사내들은 무당이 굿판을 벌여놓고 만수받이하면서 즐기듯이 가지고 놀았다.

15

"우리도 피곤하거든. 고문하는 것도 좋은 일이 아니고….".

"이제는 잘못을 뉘우치고 인정할 때도 되었는데? 고정간첩으로서 김일성에게 받은 지령과 공산당을 찬양했던 일들을 낱낱이 고해보라고?"

"선처를 받으려면 뉘우치고 자백을 해야지?"

사내들은 손찌검을 하지 않았다. 회유책을 쓰고 있는지도 몰랐다.

"공산당에 가입은 했어도 간첩은 아닙니다."

윤 교장은 간첩이 되고 싶지 않았다.

"교장선생님이⋯. 왜 이렇게 머리가 안 돌아가냐? 간첩이 아니라고?"

사내들의 표정이 순식간에 바뀌었다. 눈동자 속에는 살기가 돌았다. 손에 들고 있던 몽둥이가 거침없이 날아갔다.

"양심이라고는 털끝만큼도 없는 개자식! 이런 것들이 교육자라고!"

"자기 무덤 자기가 파고 자빠졌으니⋯."

"그렇게 말해주어도 말귀를 못 알아들어? 무식한 교장선생님아?"

"안 되겠어. 대질시켜."

한 사내는 저쪽에 앉아서 지켜보고 있다가 지시했다.

"알겠습니다."

사내는 몽둥이를 들고 설쳐 대려다가 멈추었다. 조사실에서 나갔다.

16

사내는 한 사람을 데리고 조사실로 들어왔다. 구석에 세워놓았다.

"이 사람 알아?"

사내는 남파된 간첩에게 물었다.

"모릅니다."

"정말로?"

다른 사내가 주먹으로 간첩의 가슴을 쥐어박았다.

"예."

"북에서 남파된 간첩 맞지?"

"그렇습니다."

"어디로 가다가 붙잡혔지?"

"장흥군 부산면 양촌마을로 가려다가…."

"누구 집?"

"윤선준이란 교장선생님의 집을 찾아가는 중에…."

간첩은 꿇어 앉아있는 윤 교장을 바라보았다.

"어디서 붙잡혔지?"

"서울역 앞에서…."

간첩은 고분고분 대답했다.

17

"윤선준이가 고정간첩이네? 맞지?"

사내는 다그쳤다.

간첩은 대답을 못 하고 망설였다.

"말해봐?"

다른 사내는 몽둥이로 간첩의 가슴을 쥐어박았다.

"찾아가면 숨겨 줄 것이라고 해서…."

간첩은 윤선준을 바라보았다.

"고정간첩 맞지 않아? 누가 윤선준을 찾아가라고 시켰지?"

"남파할 때 책임자 동지가."

"무슨 지령을 받고?"

"윤선준의 집에 숨어 있으면 라디오로 임무수행의 지령을 받게 될 것이라고."

"윤선준에게 하달 된 지령도 가지고 왔겠네?"

사내들은 윤 교장을 노려보며 빙긋이 웃었다.

"통일혁명과업에 적극 참여하라는 지령을….."

간첩은 눈을 지그시 감았다. 왜 자신이 간첩으로 남파되었는지를 돌아보았다. 통일혁명과업을 수행하기 위해서였다.

18

"억울합니다."

윤 교장은 듣고 있다가 버럭 소리쳤다.

"뭐가 억울해? 이렇게 증인이 있는데도….?"

사내는 꿇어앉아 있는 윤 교장을 발로 툭툭 찼다.

"어떻게 해서 윤선준의 주소를 정확하게 알고 있었지?"

사내는 간첩에게 다시 물었다.

"남파할 때 주소를 알려주었습니다."

간첩은 사실대로 털어놓았다.

"두 귀로 똑똑히 들었지?"

사내는 윤 교장을 노려보았다.

"고정간첩이니까 북한에서 당신의 주소를 알고 있었던 거 아니냐? 머저리 같은 교장선생님아!"

다른 사내는 선생처럼 설명했다.

"그래도 간첩은 아닙니다."

윤 교장은 빠져나갈 수 없다는 걸 알게 되었다.

"웃기고 자빠졌네. 애들만도 못한 교장선생님!"

사내는 달려들어 윤 교장의 따귀를 때렸다.

19

조사실 안이 잠시 침묵으로 가득했다. 아무도 입을 열지 않았다.

"윤선준."

사내는 무언가를 곰곰이 생각하더니 다정스럽게 불렀다.

윤 교장은 숙이고 있던 고개를 쳐들었다.

"궤사를 부리며 발림수작을 떨지 마. 당신의 뒷조사를 샅샅이 해놓았거든. 얼렁뚱땅 넘어가려고 하지 말라는 거야! 절대로 그렇게는 안 될 테니까."

"알아들었어? 죽기 싫으면 정신 똑바로 차려야 해."

두 사내는 발림을 하듯이 장단 맞추며 추임새까지 메기었다.

윤 교장은 묵묵히 듣고만 있었다. 이제는 받아들여야 할 것만 같았다. 완전하게 얽어져 있으니 빠져나갈 수 없게 되었다.

20

"당신 큰아들이 6·25 때 월북을 했다면서?"

사내는 당당하게 물었다. 이미 탐문수사로 뒷조사를 하여 놓았었다.

"윤정섭이 북으로 넘어간 것 맞지 않아?"

윤 교장은 입술을 굳게 다물었다.

"왜 말을 못 해? 간첩이 아니라고 했던 것처럼 오리발을 내지야?"

"묵비권을 행사하는 거야?"

"이래서 대한민국 법이 좋단 말이야."

"인민재판에 붙어 당장 총살을 시켜야 하는데…?"

사내들은 신명이 났다. 어깻바람을 내며 추궁했다.

21

사내들은 모두가 입을 닫고 있었다. 무언가를 골똘히 생각했다.

"큰아들이 간첩으로 남파되어 여러 차례 다녀갔다면서?"

책상 뒤 회전의자에 앉아 지시하는 사내가 입을 열었다. 넘겨짚고 있었다. 짜놓았던 각본대로 차근차근 짜 맞추어야 했다. 정말로 간첩으로 내려와 다녀갔을지도 몰랐다. 모든 가능성을 열어두고 조사해야 했다. 아니더라도 그렇게 꾸며 맞추어 놓으면 바로 그것이 진실이 되었다. 아무도 알 수 없기 때문이었다. 유신 독재정권에 유익하게 만들어야 했다. 그래야 자신의 출셋길도 트였다.

"아닙니다."

윤 교장은 올 것이 왔다는 생각이 들었다. 북에서 내려온 자식 때문에 간첩이 되었음에 틀림이 없었다.

"생급스럽냐? 아니긴 뭐가 아니야?"

사내는 몽둥이로 쿡쿡 찔렀다.

"동네사람이 보았다고 하던데?"

사내는 빙긋이 웃으며 영절스럽게 말했다. 사실이 아니더라도 거짓증인을 만들어놓으면 꼼짝할 수 없었다. 증거가 확실하니 인정하라는 협박이었다.

"동네사람 누가요?"

윤 교장은 마른침을 삼켰다.

"차차 알게 돼."

사내는 오금을 박았다. 그렇게 만들면 얼마든지 가능한 일이었다.

22

"큰아들이 간첩으로 내려와 집을 다녀간 것은 사실이지 않아?"

사내들은 그렇게 만들려고 추궁을 계속했다. 간첩이 윤선준의 집을 찾아가려고 했다는 사실이 그것을 입증하고 있었다.

윤 교장은 입술을 굳게 다물었다. 이제는 빼도 박도 못하게 생겨버렸다.

"몇 번 다녀갔어? 다섯 번이지?"

사내들은 덤터기를 씌웠다.

"증인이 있는데 묵비권을 행사하려고?"

사내들의 눈동자가 반짝반짝 빛났다. 사실이 아니면 거짓증인을 만들면 되었다. 머릿속에는 그럴듯한 밑그림이 그려져 있었다. 6·25 때에 월북한 아들이 있기 때문에 얼마든지 가능했다. 가족간첩단사건을 해결하면 애국하고 특진할 수 있을 것이다. 자신에게 돌아오는 이익이 많았다.

"몇 번이야? 세 번?"

"……."

"안 되겠어. 지하실로 데려가 입을 벌리게 만들어!"

회전의자에 앉아있는 사내가 지시했다.

"사실대로 안 불 거야?"

"월북한 당신 큰아들 정섭이가 간첩으로 왔다 간 건 사실이지 않아?"

"빨갱이들은 좋은 말로는 안 된다니까."

"독종은 독종이네."

"그렇게 당했으면…."

두 사내는 윤 교장을 끌고 지하실로 끌고 가며 을러댔다.

"기고 나는 놈도 우리 앞에서는 당할 수 없지."

"결국은 불게 되지 않아?"

"간첩으로 내려와 다녀갔다는 말을 하는 것이 그렇게 어렵냐?"

"웃는 낯으로 대할 때 자백했으면 얼굴 안 붉히고 서로가 좋았지."

"나 같으면 큰아들이 간첩으로 내려와 집에 숨어 있었다는 사실을 불지 않았을 텐데."

두 사내는 바닥에 쓰러져 있는 윤 교장을 내려다보며 놀려댔다.

"앞으로 얼굴 붉히지 맙시다."

두 사내는 담배를 피웠다. 숨 고르기를 했다.

24

"괴뢰도당 빨갱이 김일성이가 무슨 지령을 내렸지?"

"……."

"간첩으로 내려온 아들 정섭이가 김일성의 지령을 전달했을 것 아니야?"

"통일혁명을 위해 헌신하라는 지령 맞지?"

"그러니까, 대한민국의 정부를 뒤엎어 김일성괴뢰도당에게 바치겠다는 지령?"

"정섭이가 간첩으로 내려와 이틀을 집에 숨어 있었던 것은 사실이나 지령 같은 것은 없었습니다."

윤 교장은 흥분하여 신경질을 냈다. 악을 써댔다.

"이틀인지, 사흘인지, 몇 달인지 어떻게 알아?"

"이틀이 분명합니다."

윤 교장은 고문에 못 이기지 못했다. 묻는 대로 모두 시인할 수밖에 없었다.

"고정간첩으로서 다른 간첩이 찾아오면 숨겨 주라는 지령을 받았겠지?"

"아닙니다. 아무런 말 없이 돌아갔습니다."

"말도 안 된 소리! 타당성이 있게 말해야지."

사내들은 만세를 부르고 있었다.

윤 교장은 모든 것을 포기하고 말았다. 알아서 하라고 맡기었다.

25

"몇 명이나 숨겨 주었어?"

"큰아들이 집을 다녀가는 것밖에는 없습니다."

"두 번에 세 명이지?"

"……."

"또 지하실로 갈 거야?"

"사실대로 말했습니다."

윤 교장은 무서워 떨고 있었다.

26

"다른 고정간첩들을 알고 있지?"

사내는 다음으로 넘어갔다. 조직을 캐내어 뿌리를 뽑아버려야 했다.

"모릅니다."

"간첩들 조직이 있을 것 아니냐?"

"저는 아무것도 모릅니다."

윤 교장은 눈물을 흘렸다. 애걸하며 발버둥 쳤다.

"말 되네. 아무것도 모른다고?"

"지하실 그만 가자!"

사내들은 서로 눈짓을 했다.

"죽고 싶다고? 지금 죽어서는 안 되지! 앞으로 할 일이 창창한데…."

사내들은 구둣발로 툭툭 찼다.

"빨갱이들은 말로 해서는 안 들어? 또 지하실로 가자는 거야? 묵비권을 행사하면 어쩔 수 없지."

사내들은 윤 교장을 끌고 또 지하실로 데려갔다.

27

"이래도 오리발을 낼 거야?"

"우리는 당신 같은 간첩을 잡아먹는 호랑이야."

"여기서는 쥐도 새도 모르게 처치해버려."

"앞으로 한 번만 더 거짓말하면 각오해."

"여기서 죽으면 암매장해 버리거든."

"개죽음 당하지 말고."

"이래도 대통령 각하님이 빨치산이지?"

두 사내는 겨끔내기로 끊임없이 을러댔다.

28

"고정간첩의 임무는 남파된 간첩을 숨겨 주는 거지?"

"예."

윤 교장은 무서워서 시키는 대로 대답했다.

"그 지령은 큰아들 윤정섭이 간첩으로 남파되어 집에 왔을 때 받았지?"

"예."

"몇 명이나 다녀갔어?"

"큰아들 단 한 사람뿐입니다."

"고정간첩으로 임무수행하려다가 재수 없게 이번에 걸려들었구면?"

"예."

"다시 말하지만, 고정간첩 분명하지?"

"예."

윤 교장은 모든 것을 포기했다. 더 이상 버틸 수가 없었다. 아니라고
부인해도 소용이 없었다. 큰아들 정섭이 간첩으로 찾아와 집에서 숨어
있다가 돌아간 것은 사실이기 때문이었다.

29

"다른 가족은 모른다고?"

"예."

"당신 마누라는 알 것 아니야?"

"자식 교육 때문에 애들과 함께 서울에서 살고 있기 때문에…."

"거짓말하는 것 같은데…?"

"이것만은 사실입니다."

윤 교장은 흐느끼며 손이 발이 되도록 빌었다.

"어쨌든 알았어."

사내는 입술을 빨았다. 더 이상 확대시키는 것은 좋을 것 같지 않았다. 조사에 의하면 아내는 애들과 함께 서울에서 살고 있었기 때문이었다.

30

"오늘은 이 정도로 끝내지."

회전의자에 앉아있던 사내가 눈짓했다.

"그럴까요."

"자백했으니까 오늘 밤에는 잠을 재워."

"그렇게 하지요."

"앞으로 언제 어디서든 딴소리를 하면 잡아다 족쳐!"

"말을 못 하도록 저승으로 보내버려야지요."

"어이 교장 놈 똑똑히 들어. 앞으로 나발거리고 다니면 생매장시켜버릴 테니까. 알아서 기어!"

사내들은 윤 교장의 입을 단단히 틀어막았다. 재갈을 물리고 혀를 자르고 재봉틀로 꿰맸다.

"알아들었지?"

사내는 오금을 박았다.

"알겠습니다."

윤 교장은 울먹거렸다. 서러움이 복받쳤다. 중앙정보부에서 당했던 일들이 눈앞에서 아른거렸다. 며칠째 밤낮없이 고문을 당했다.

"모든 것은 당신이 자초한 일이야. 선선히 불고 협조하면 인격적으로 대해 주지."

"갑시다."

사내는 윤 교장의 팔을 잡고 일으켜 세웠다.

"이제는 영락없이 간첩이 되어버렸구나!"

윤 교장은 씨우적거리며 힘없이 일어났다. 머리가 핑 돌았다. 넘어지려고 하였다. 간신히 버티었다. 다리가 결렸다. 절뚝거리며 걸어갔다.

11. 대학생인 막내아들도 간첩

1

교도소에서도 계절은 소리 없이 바뀌고 있었다. 밤마다 괴롭히던 모기들은 무더위와 함께 가뭇없이 사라져버렸다. 밖에서 낙엽의 뒹구는 소리가 들리는가 싶더니 진눈깨비가 내렸다. 어느새 차가운 공기가 철문의 틈새로 파고들었다. 감방은 냉장고로 변해버렸다. 얼음 같은 차가움이 살갗을 에였다.

"면도날 같은 추이! 인간살이 참으로 알 수 없는 삶!"

윤 교장은 쪼그리고 앉아있다가 벌떡 일어났다. 독방에 갇혀있는 자신을 돌아보았다.

"하나님, 나의 미래는…?"

윤 교장은 얼음덩이처럼 굳어진 몸을 펴며 걷기를 시작했다.

2

"군불을 지펴놓은 따뜻한 아랫목에서…. 피붙이들이 그립구나."

윤 교장은 감방 안을 바장이다가 멈추어 섰다.

"아내와 딸과 막내아들 그리고 귀여운 손자는⋯?"

윤 교장은 가족의 얼굴을 낱낱이 떠올렸다.

"애비가 간첩이 되어버렸으니 자식들의 신세는⋯. 왕따를 당하며⋯?"

윤 교장은 처자식의 앞날이 걱정되었다. 아내나 자식들은 사회에서 따돌림을 당하며 살아갈 것은 불을 보듯이 뻔한 사실이었다.

"대학에 다니고 있는 막내아들의 출셋길도 막힐 것이고⋯? 막내 놈은 대학이나 제대로 다니고 있는지?"

윤 교장은 자신의 일보다는 가족들이 더 걱정되었다.

"하나님, 죄 없는 저의 처자식들을 부탁합니다."

윤 교장은 눈에 젖어 있는 서러움을 손등으로 쓱 닦아냈다.

"죄 많은 삶! 참으로 기구한 운명! 한없이 연약한 인생! 무거운 짐이 등에 지워져 있으니⋯."

윤 교장은 식구들을 생각하며 안타까워했다. 예수님에게 맡기고 맡겨도 가벼워지지 않았다. 더욱 무겁게 짓눌러댔다.

3

특사는 조용했다. 낮인데도 한밤중처럼 적막으로 단단히 굳어졌다.

"철커덕."

철문 여는 소리가 사동을 흔들어댔다. 유난히도 크게 들렸다. 발걸음 소리가 들려왔다. 조금씩 가까워졌다.

"운동 들어왔습니다."

청소부는 운동을 끝내고 들어온 재소자를 보고 담당실을 향해 소리쳤다.

"알았다."

본부담당은 담당실에서 일지에 무언가를 적고 있었다.

4

"사람 구경이나 하자!"

윤 교장은 인기척을 듣고 감시 통으로 사동의 통로를 내다보았다.

20방 재소자는 운동을 마치고 들어왔다. 감방문 앞에서 서성거리고 있었다.

"운동했습니까?"

윤 교장은 운동을 하고 들어오는 재소자가 부러웠다.

"예. 그런데 22방은 요사이 운동을 하지 않던데…?"

20방의 재소자는 고개를 돌렸다. 본부담당이 보이지 않았다. 통방을 시작했다.

"시켜주지 않으니…."

"무슨 일이 생긴 것 같은데…?"

"그러게요?"

"입소하여 면회했던 적이 한 번도 없지요?"

"가족이 보고 싶고…."

윤 교장은 눈물이 나와 얼른 훔쳤다.

"돼지처럼 감방에만 갇혀있으니 답답하시겠네?"

"말이라고 하십니까. 미치겠습니다."

윤 교장은 자신도 모르게 짜증을 냈다. 교도소에 처음 들어왔을 때는 운동을 나가지 않겠다고 했다. 버티고 바동거리니 강제로 끌어냈었다. 운동에 길을 들여 재미를 느낄 때쯤이었다. 갑자기 운동을 시켜주지 않았다. 감방문을 열려고도 하지 않았다. 검방을 할 때만 잠깐 꺼

내놓았다가 가두어버렸다. 검방은 감방검사를 말했다.

5

"본부담당에게 운동을 시켜달라고 조르세요."

"담당에게 말하라고요?"

"단식을 하든지?"

"단식이요?"

윤 교장은 깜짝 놀랐다. 투쟁을 하라는 말이었다.

"누가 밥을 떠 넣어줍니까? 교도소에서는 더욱이…"

"나도 운동을 나가고 싶습니다. 감방에 있으니 괴롭기도 하고…. 살아야 하니까!"

윤 교장은 태양, 파란 하늘, 흰 구름, 비둘기, 참새 등이 보고 싶었다.

"가만히 있으면 안 돼요."

20방은 선동했다.

"교도관이 무서워서…."

윤 교장은 아직도 두려움에서 벗어나질 못했다.

"교도소에서는 교도관과 대거리 하지 않으면 제 몫을 찾아 먹지 못합니다."

20방은 22방이 안타까웠다. 같은 재소자로서 처음 들어왔을 때부터 도와주려고 했다. 뺑끼통에서 통방하여 알려주고 싶었었다. 시간이 맞지 않았다. 남의 일에 나설 수도 없었다. 그래서 귀띔해주고 있었다.

"어떻게 하면…?"

윤 교장은 귀가 솔깃해졌다.

"운동이나 접견을 시켜달라고 하면서…, 보안과장이나 소장의 면담을 요구하세요."

20방은 요령을 일러주었다.

"보안과장이나 소장 면담?"

윤 교장은 군침을 삼켰다.

"용기를 내서 본부담당에게 말해 봐요."

20방은 눈짓을 했다. 얼른 자신의 방 앞으로 갔다.

본부담당이 다가오고 있었다.

6

"운동을 갔다 왔으면 방 앞에 서 있어야지. 누가 통방하라고 했어."

본부담당은 다가가며 악을 써댔다.

"통방 안 했습니다."

20방은 능청스럽게 오리발을 냈다.

"내 눈으로 보았는데 오리발이야."

본부담당은 열쇠로 감방문의 자물쇠를 땄다.

"사실입니다."

20방은 빙긋이 웃으며 대거리했다.

"사실 좋아하네!"

본부담당은 철문을 열며 인상을 긁어댔다.

"말 한마디도 안 했는데…."

20방은 힐끗 돌아보며 감방으로 얼른 들어갔다.

"빨갱이들이라 말이 많기는…."

본부담당은 문을 닫았다. 자물쇠를 잠갔다.

7

윤 교장은 감방에서 나가지 못한 지가 몇 개월이 된 것 같았다. 작은 감방에서 홀로 있으니 미칠 것만 같았다.

"도대체 무엇 때문에 운동을 내보내지 않을까?"

윤 교장은 홀로 앉아서 이런저런 상상을 해보았다.

그때 구둣발 소리가 들려왔다.

"담당이 순찰을 하나 보다."

윤 교장은 벌떡 일어났다. 감시통으로 통로를 살폈다. 본부담당이 다가오고 있었다.

"담당님."

윤 교장은 본부담당이 지나가려고 하자 붙잡았다. 20방에서 담당을 괴롭히라고 했던 말이 떠올랐다.

"몇 방?"

본부담당은 발을 멈추고 돌아보았다.

"22방입니다."

"뭔데?"

"면담 좀 합시다."

윤 교장의 목소리는 몹시 떨렸다.

"면담?"

본부담당은 22방으로 다가갔다. 입술에는 조소가 묻어있었다. 귀찮게 하기 때문이었다.

"이젠 징역장이가 다 되었네?"

담당은 비웃었다. 귀찮게 하겠다는 때문이었다.

"나는 무엇 때문에 운동을 시켜주지 않은 겁니까?"

"지금까지 그것도 몰랐어? 운동, 접견 금지야."

"언제 풀립니까?"

"내가 알겠어. 검사에게 물어봐."

담당은 퉁명스럽게 쏘아 붙였다. 보기가 싫다는 듯이 돌아섰다.

8

"소장이나 보안과장 면담시켜주시오."

윤 교장은 당차게 나섰다. 옆방 재소자가 말해주었기에 용기를 얻었다.

"소장 면담? 내가 보안과장에게 말해 볼 테니까 가만히 있어."

본부담당은 마지못해 대답했다. 재소자들이 말썽 피우기 시작하면 끈질기게 물고 늘어지며 괴롭했다. 면담을 시켜주면 모시고 있는 직속 상관들을 귀찮게 여겼다. 결국에는 자신이 해결하지 못한 무능력자가 되고 말았다.

"처음에는 운동 나가지 않는다고…. 억지로 끌어내더니…? 하루 이틀도 아니고…."

윤 교장은 투덜거렸다. 항의하고 나니 더욱 짜증났다. 이제는 교도소 생활에 많이 적응되어 있었다.

"간첩질을 하지 말지."

본부담당은 노려보았다. 간첩이라는 사실이 더욱 미웠다.

"간첩이 아닙니다."

윤 교장은 억울하였다. 서러움이 울컥 치밀어 올라왔다.

"교도소에 죄지었다고 하는 재소자는 한 명도 없어. 모두가 무죄고 억울하지."

본부담당은 관심이 없다는 듯이 총총 걸어갔다.

9

"운반!"

청소부는 사동의 출입구에 서서 밥이 왔다고 소리쳤다.

"벌써 저녁밥을 먹으라고?"

윤 교장은 돌아섰다. 식기 세 개를 챙겨 식구통 사이에 끼어 놓았다.

"밥 받으시오."

청소부는 언제 왔는지 구메밥을 식기에 담아 식구통으로 밀어 넣었다.

윤 교장은 기다리고 있었다는 듯이 얼른 받아 놓았다.

"윤선준 씨요?"

청소부는 밥을 넣어주고 나서 허리를 펴며 머뭇거렸다.

"예."

윤 교장은 식구통으로 내다보았다.

"당신의 아들이 윤경섭이요?"

청소부는 시찰구로 감방을 들여다보았다.

"그런데요."

윤 교장은 깜짝 놀랐다. 청소부가 작은아들의 이름을 알고 있다는 것이 이상했다. 한편으로는 반갑기도 했다.

"당신 아들 경섭이가 3사하 독방에 있답니다. 아들이 전해달라고 해서…."

청소부는 알려주고 얼른 옆방으로 옮겨갔다.

"뭐라고요? 내 아들 경섭이가 교도소에 갇혀있어요?"

윤 교장은 자신의 귀를 의심했다.

"알고나 있으시오. 내가 전해주었다는 말은 누구에게도 하지 말고."

청소부는 힐끗 돌아보며 당부했다.

본부담당은 저만치 떨어져서 배식하는 걸 지켜보고 있었다.

10

"대학에 다니고 있는데…. 무슨 일로?"

윤 교장은 벌떡 일어났다. 시찰구로 통로를 내다보았다. 무엇 때문인지 알고 싶었다.

청소부는 태연하게 밥판을 밀고 가버렸다.

"국과 찬을 받으시오."

다른 청소부가 따라왔다. 국과 반찬이 든 식기를 식구통으로 밀어 넣었다.

"작은아들이 징역살이를 한다고?"

윤 교장은 국그릇과 반찬이 든 식기를 받아놓았다. 본부담당이 따라오는 것을 보고 얼른 자리에 앉았다.

"경섭이가 무슨 죄를 지었을까?"

윤 교장은 수저를 들었다. 손이 바르르 떨렸다.

"혹시 애비 때문에…?"

윤 교장은 숟가락을 놓았다. 밥을 먹으려고 하니 서러움이 복받쳤다. 눈물이 주르르 흘러내렸다.

"막내아들 경섭이도 간첩?"

윤 교장의 머릿속에는 불길한 예감이 찾아들어 귀살쩍었다.

"내 자식 막내아들 놈은 대학에 다니고 있는 죄밖에 없는데…? 대학생들이 김일성의 사주를 받아 유신 독재정권을 무너뜨리려고 한다고 하지 않던가?"

"그렇다면 큰아들 정섭이와 애비인 나와 막내아들인 경섭이를 엮어서…. 모두 간첩?"

"아버지와 두 아들이 간첩인 한 가족의 간첩단 사건?"

윤 교장은 숨을 쉴 수가 없었다. 가슴이 터질 것만 같았다.

"이 일을 어쩔거나! 집안이 쑥대밭 되어버렸네."

윤 교장은 하염없이 흘러내리는 눈물을 훔치고 있었다.

11

윤 교장은 단식을 하고 있는 재소자처럼 식음을 전폐했다. 잠 못 이루는 나날이 지속되었다. 밤마다 노루잠을 잤다. 낮에는 꾸벅꾸벅 졸며 고주박잠으로 부족한 잠을 때웠다. 가끔은 꿇어앉아 하나님을 찾으며 기도했다.

"예수님, 저의 무거운 짐을 맡기겠습니다. 애비 때문에 자식까지 징역 살이하게 되었으니…."

윤 교장은 하염없이 흘러내리는 눈물을 주체하지 못했다.

"아내와 딸년은 괜찮겠지요?"

윤 교장은 가족 걱정의 수렁 속에 빠져들었다. 치솟는 서러움을 반추했다. 소맷자락으로 눈물을 닦았다. 곰곰이 곱씹어 생각할수록 기가 막혔다.

"애비가 간첩이라는 것 때문에 가족이…."

윤 교장은 입술을 깨물었다. 억울했다. 다른 가족에게는 죄가 없었다. 자신 외에 처자식은 아무것도 몰랐다. 큰아들 정섭이가 다녀갔다는 사실을 누구에게도 말하지 않았다. 그런데, 작은아들 경섭이가 교도소에 구속되어 있다는 것이었다. 아버지의 죄로 자식까지 고통을 받아서는 안 되었다. 연좌제는 폐지되어야 했다.

"예수님, 이 일을 어떻게 해야 합니까?"

윤 교장은 기도만 하고 있었다. 한참을 서럽게 흐느꼈다. 울분이 조금은 가라앉은 것 같았다.

12

"2103번 윤선준. 출정!"

본부담당이 열쇠를 감방문의 자물쇠 구멍에 넣고 돌려 땄다. 힘껏 잡아당기며 감방문을 열었다.

"오후에도 출정을 나갑니까?"

윤 교장은 뺑끼통에 놓아둔 고무신을 가져왔다. 통로에 던져놓으며 투덜거렸다. 3사 독방에 수감 되어 있다는 작은아들을 생각하고 있었다. 신경질이 났다.

"높은 양반님의 마음대로야."

본부담당은 문을 닫아 자물쇠를 잠갔다.

"빨리 나와."

출정담당이 사동 출입구에서서 재우쳤다.

"뭐가 급해서…. 세월이 좀먹나?"

윤 교장은 재소자들에게 들었던 말을 곱씹었다. 사형장에 끌려가는 사람처럼 천천히 걸어갔다. 도깨비에게 홀려서 넋을 빼앗긴 것 같았다.

"한국적 민주주의 토착화를 위하여 정치적으로 이용당하는 희생의 제물…?"

윤 교장은 지난밤에도 자신의 궤적을 돌아보며 서러워했었다. 간첩이란 죄로 덤터기를 씌우고 있음에 틀림이 없었다.

검사실은 긴장감으로 단단히 굳어있었다. 분위기가 한겨울에 삭풍이 부는 것처럼 싸늘했다. 검사의 날카로운 시선이 무서웠다. 굶주린 사자가 먹이에게 달려들 것 같은 기세였다.

"대학에 다닌 막내아들도 간첩이었네?"

검사는 윤 교장이 들어오자 장맞이하고 있었다는 듯이 버럭 소리를 질렀다.

윤 교장은 몽둥이로 뒤통수를 맞은 멍하니 서 있었다.

"역적 괴뢰도당 김일성이가 당신의 아들 윤경섭에게 내린 지령이 무엇이지?"

검사는 대검으로 심장을 찌르듯이 말했다.

"무슨 말씀입니까?"

"자다가 봉창 뚫는 소리 하지 말고…."

검사는 독침 같은 시선으로 노려보았다.

"내 아들 경섭이가 간첩이란 말입니까?"

윤 교장은 기가 막혀 할 말을 잃었다. 상상이 현실로 나타났다.

"대학교에서 불순한 동아리를 만들어 유신정권을 타도하려는 음모를 꾸몄어!"

검사는 시퍼런 칼을 휘젓듯이 소리쳤다.

윤 교장은 3사 독방에 수감 되어 있다는 작은아들을 생각했다. 좋은 대학에 가겠다고 하여 재수를 시켰다. 어렵게 들어간 대학이었다.

14

"큰아들 정섭이가 간첩으로 남파해서 집에 왔을 때 동생에게 무슨 말을 했을 것 아니야?"

"경섭은 형 정섭이가 집에 왔었다는 사실 자체를 모릅니다."

"그렇다면, 당신에게 김일성의 지령을 말해주었을 텐데…?"

"무슨 지령입니까?"

윤 교장은 대거리했다. 이제는 정섭이게 덤터기를 씌우고 있었다.

"학생들을 선동해서 유신체제 전복을 시키라는 지령! 그리고, 당신이 큰아들 정섭이가 준 활동자금 오백만 원을 받아두었다가 작은아들 경섭에게 줬잖아?"

"무슨 말씀을 하고 계십니까? 무슨 지령이며 활동 자금 오백만 원이라니요?"

윤 교장은 펄쩍펄쩍 뛰었다.

"정말 이렇게 나올 거야?"

윤 교장은 기가 막혀 할 말을 잃었다. 아닌 밤중에 홍두깨였다. 맑은 날 벼락을 맞았다.

"당신이 간첩으로 내려온 큰아들에게 지령과 활동자금을 받은 것은 사실인데 작은아들에게 전해주지 않았다는 거지?"

검사는 어떻게 해서든지 공범으로 엮어야 했다. 경섭은 학생으로서 유신정권을 반대하는 단체의 회장이기 때문이었다. 동아리의 회장을 간첩으로 만들어놓아야 유신체제의 정당성이 입증되었다. 모든 운동권의 단체들을 빨갱이의 집단으로 몰아 탄압할 수 있기 때문이었다. 유신정권을 반대하는 모든 단체는 김일성의 사주를 받아 국가를 전복시키려는 불순세력으로 만들어야 했다.

"그런 일은 자체가 없습니다."

윤 교장은 애가 탔다. 자신은 공산당 당원이니까 그런대로 받아들일 수밖에 없었다. 그러나 작은아들은 아니었다. 치솟는 울분을 참지 못하고 입술을 깨물었다.

"빨갱이들의 국가를 만들기 위해 유신정권을 타도하라는 지령을 받아 작은아들에게 활동자금을 전해준 것은 사실이지 않아?"

"아닙니다. 하늘을 두고 맹세합니다."

"그래서, 경섭이 학생들을 모아 빨갱이 집단을 만들어놓고 두목 노릇하고 있지 않아?"

검사는 윤 교장의 말을 무시해버렸다. 이미 만들어놓은 각본이었다.

"미치겠네. 이 일을 어쩔 것인가?"

윤 교장은 조사받는 의중을 알아차렸다. 죄 없는 작은아들까지 간첩으로 만들고 있었다.

"계속 오리발을 내면 중앙정보부로 보낼 테니까 알아서 해."

검사는 단호했다. 자신의 말대로 엮어야 했다. 위에서 그렇게 하라는 지시가 내려왔기 때문이었다.

"절대로 그런 사실이 없습니다."

윤 교장은 죽을 각오가 되어 있었다. 무고한 작은아들을 간첩으로 만들어 고통받게 할 수는 없었다.

"안 되겠어."

검사는 눈을 지그시 감았다. 무슨 결정을 내려야 했다. 자백해야 모양새가 좋았다.

"차라리 나를 죽이시오."

윤 교장은 두 다리 뻗어버렸다.

"알았어. 오리발을 내도 정도껏 해야지. 저쪽 구석에 앉아있어."

검사는 신경질 냈다. 구석에 놓여있는 의자를 가리켰다.

"죄 없는 착실한 막내아들까지 간첩으로 만들려고…?"

윤 교장은 두런거리며 구석으로 갔다. 의자에 털썩 앉았다.

15

검사는 전화기의 수화기를 들었다.

"교도관실 이지오? 윤경섭을 데려오시오."

검사는 윤 교장을 노려보았다. 수화기를 신경질적으로 놓았다.

"정말로 경섭이가 구속 되어있구나."

윤 교장은 언젠가 청소부가 구메밥을 넣어주면서 했던 말이 떠올랐다. 이제 그 사실을 확인하게 되었다.

"아버지와 아들이 간첩이 되어 오랏줄에 묶여서 함께 취조를 받게 되다니…. 차라리 죽었어야 했는데…."

윤 교장은 눈을 감고 한숨을 쉬었다. 보아서는 안 될 꼴을 보게 되었다.

16

경섭은 포승으로 꽁꽁 묶여 검사실로 들어왔다.

"경섭아."

윤 교장은 벌떡 일어났다. 아들에게 다가갔다.

"안 돼요."

교도관은 아들에게 접근하는 윤 교장을 떠밀었다.

윤 교장은 장승처럼 서버렸다. 오랏줄에 묶여온 자식을 보니 또 서러움이 복받쳤다.

"아버지!"

경섭은 아버지를 바라보지 못하고 고개를 숙였다.

"내 자식이 무슨 죄가 있다고."

윤 교장은 검사를 노려보았다.

"부자가 고정간첩이면서…."

검사는 외면했다.

"억울합니다."

경섭은 항의했다.

"빨갱이들이 말이 많다."

입회서기는 지켜보고 있다가 신경질 냈다.

"해도 해도 너무합니다."

윤 교장은 악이 복받쳐 대거리했다.

"간첩인 주제에 무얼 잘했다고. 할 짓이 없어 김일성이의 하수인 노릇을 해!"

입회서기는 즐기며 놀려댔다.

"이리 와 앉아."

검사는 경섭을 향해 소리쳤다.

경섭은 검사의 책상 앞에 놓여있는 의자로 가 앉았다.

17

"윤경섭."

검사는 시선을 날카롭게 세워 노려보았다.

경섭은 숙이고 있던 고개를 쳐들었다.

"동아리 이름은 뭐지?"

검사의 음성은 독침처럼 날아가 찔렀다.

"「좋은 날을 위하여」라고 합니다."

"좋은 날을 위하여? 그 동아리 회장이지?"

"그렇습니다."

"네가 주도하여 만들었겠네?"

"아닙니다. 회원들이 만들었습니다."

"활동자금은 어디서 났어? 아버지가 오백만 원 주었지? 남파된 형 경섭이가 주고 간 돈 아니야?"

"받은 적이 없다니까요."

경섭은 펄쩍 뛰었다.

18

"김일성의 지령 받아 그 동아리를 만들어 회장을 하면서 유신정권을 타도하자는 반정부 활동을 했지?"

"김일성의 지령을 받은 적도 없고, 반정부 활동도 하지 않았습니다."

"민주국가를 타도해서 빨갱이의 세상으로 만들려고 했지 않아?"

"그런 사실이 없습니다."

"한국적 민주주의 토착화라는 유신정권을 무너뜨리려는 집회에 참여하지 않았어?"

"구경을 했던 적은 있습니다."

"구경만 했다고?"

"예. 친구들과 함께."

"말 되네."

검사의 입이 귀에 걸렸다. 거리낌 없이 대거리를 하는 것을 보니 덫에 제대로 걸려들고 있었다.

19

"「좋은 날을 위하여」가 무슨 뜻이냐?"

"장래를 위하여 열심히 공부하자는⋯."

"유신정권을 전복하자는 반국가 단체가 아니라는 거야?"

"그렇습니다."

"아버지가 시킨 것 맞지? 돈도 오백만 원 주면서?"

"그런 사실이 없습니다."

20

"형 정섭이가 간첩으로 왔을 때에 가지고 온 자금으로 동아리 활동을 했잖아?"

"저는 형이 있는지도 모릅니다."

"이 자식이, 사람을 가지고 놀고 있어."

검사는 악을 썼다.

"말도 안 됩니다."

윤 교장이 듣고 있다가 한마디 했다.

"언제는 간첩이라고 했었나?"

검사는 윤 교장을 노려보았다.

"우리 동아리는 정치와 아무런 관련이 없습니다."

경섭은 태연하게 말했다. 아버지 때문에 걸려든 것이 분명했다. 간첩의 덤터기를 씌우고 있었다.

21

"이봐요. 윤 교장선생님."

검사는 다정하게 불렀다.

"당신 큰아들 윤정섭의 지령 받아 대학생인 작은아들 윤경섭에게 시킨 것 아니야?"

검사의 음성은 봄에 부는 명주바람처럼 부드러워졌다.

"그런 일은 전혀 없었습니다."

윤 교장은 힐끗 노려보았다.

"그럼, 형 정섭이가 동생 경섭에게 직접 지령을 내렸겠네?"

검사는 능청스럽게 비웃었다.

"정섭과 경섭은 만난 적이 없어 서로의 얼굴도 모릅니다."

윤 교장은 댓바람에 항의했다.

22

"부자가 짜고 검사를 가지고 놀아라."

검사는 주먹으로 책상 치며 벌떡 일어났다.

윤 교장은 검사의 시선을 피하려고 고개를 숙였다.

"민족의 반역자인 빨갱이 집안."

검사는 입술을 깨물었다.

윤 교장은 눈을 감았다.

"사실대로 불어. 김일성이 하수인들이!"

검사는 숨을 거칠게 몰아쉬며 창밖을 내다보았다.

23

언제 해가 넘어갔는지 땅거미가 드리워졌다. 벽에 걸린 시계는 일곱
시를 가리켰다.

"오늘은 이 정도로 하지."

검사는 숨 고르기를 하며 돌아섰다.

"교도관, 이 두 빨갱이를 데려가시오. 내일 다시 데려오고!"

검사는 침을 뱉듯이 말했다.

"두 사람 다요?"

교도관은 고개를 갸웃거렸다.

"그래요. 아버지와 아들 모두! 조사를 마칠 때까지 날마다 소환해요.
김일성 간첩들이 검사를 가지고 놀아! 한번 해보자고!"

검사는 독침으로 뱉어 찌르듯이 또박또박 앙칼지게 말했다.

24

"갑시다."

교도관은 소를 채찍으로 몰아치듯이 재우쳤다. 퇴근 시간이 지났으
니 서둘렀다.

윤 교장은 교도관들에게 이끌려 검사실을 나왔다.

"아버지 어떻게 된 겁니까?"

경섭은 아버지의 뒤를 따라가며 물었다. 아무것도 모르고 갑자기 체포되어 구속되었다.

"난들 알겠냐."

윤 교장은 뒤를 돌아보았다. 오랏줄에 묶여 있는 자식을 보니 자신이 미워졌다.

"형님이 간첩으로 집에 다녀간 것은 사실입니까?"

경섭은 억울했다. 형님의 덕택에 완전히 간첩이 되어버렸다. 자신의 앞날을 생각했다. 캄캄하여 아무것도 보이지 않았다.

"이틀 밤 자고 갔단다."

윤 교장은 다시 뒤를 돌아보았다. 자식의 모습이 너무나 초라했다. 작은아들까지 간첩이 될 줄은 상상도 못 했다.

"나는 아무것도 모르는데…. 무슨 날벼락이요?"

경섭은 울컥 서러움이 복받쳤다.

25

"누가 통방하라고 했어. 입 닥쳐."

두 교도관은 뒤에서 따라오며 입에 재갈을 물렸다.

"말도 못 합니까?"

경섭은 데설궂게 대들었다.

"아버지와 아들이 공범이면서…? 입을 맞추면 안 되지!"

"할 말이 있으면 검사 앞에서 해야지."

교도관들은 오금을 박았다. 입술 단단히 꿰매어야 했다.

"빨리 가. 시간 없어."

교도관은 고삐로 때리며 소를 몰듯이 재촉했다.

26

교도관유치장 앞에는 호송차가 대기하고 있었다.

"경섭아, 미안하다."

윤 교장은 호송차에 오르면서 작은아들에게 사과했다.

"우리가 무슨 잘못을 했습니까? 조국 분단이 죄겠지요?"

경섭은 자리에 앉으며 한숨을 몰아쉬었다.

"갑시다."

출정교사가 앞자리에 앉으며 운전기사에게 말했다.

호송차는 서서 움직이며 앞으로 나아갔다.

27

"경섭아, 모든 것은 하늘에 맡기자. 몸조심하고."

윤 교장은 자식을 위해 기도했다. 인간의 힘으로는 해결할 수 없는 일이었다.

"아버지도…."

경섭은 아버지를 바라보았다. 현실을 받아들여야 했다. 흐릿한 불빛 사이로 초췌한 아버지의 모습이 불쌍하게 보였다.

"말하지 말라고 했어."

교도관이 입을 틀어막았다.

호송차는 검찰청의 정문을 빠져나가고 있었다.

"내가 고향집으로 간다면…."

윤 교장의 눈앞에는 고향 양촌마을이 영화의 화면처럼 펼쳐졌다. 아내와 딸과 귀염둥이 외손자의 모습이 아른거렸다.

"예수님, 이 일을 어쩌면 좋습니까? 하나님의 뜻대로 해결되겠지요?"

윤 교장은 눈을 감고 기도했다. 무거운 짐을 하나님께 맡기고 있었다. 위로를 받고 싶었다.

12. 이혼당한 딸

1

"2103번 윤선준."

본부담당은 감방문을 열었다.

"예."

윤 교장은 누워 있다가 벌떡 일어나 앉았다.

"누가 낮잠을 자라고 했어?"

본부담당은 인상을 긁어댔다.

"누워 있으면 안 됩니까?"

윤 교장은 밤마다 괴로워서 잠을 이룰 수가 없었다. 여러 날 검찰청
에 다니면서 작은아들 경섭이와 대질 신문을 받았기에 고통이 이만저
만이 아니었다. 자식까지 괴롭히는 자신이 미워졌다. 구차스럽게 살려
고 했던 지난날의 비굴한 행동을 저주했다. 그래서 심신이 무척 피곤해
졌다. 반듯이 누워서 가족들을 생각하다가 깜빡 잠이 들었다.

"빨갱이라 말이 많다."

본부담당은 악을 썼다.

"그렇지요. 공산당, 김일성괴뢰도당, 빨갱이의 간첩. 나라의 역적이
니…."

윤 교장은 속으로 중얼거렸다. 무슨 일이 있어도 대거리하지 않기로 결심했다.

"날이면 날마다 검찰청에 나가더니…. 오늘은 검사가 부르지 않았네?"

"그러게요."

"그래서, 검사는 불러서 조지는 거야."

"두 주일을 하루도 빠지지 않고 소환하더니…."

윤 교장은 갑자기 눈물이 나왔다. 검사에게 당했던 서러움이 한꺼번에 복받쳤다. 날마다 불러서 은근히 조져댔다. 그렇게 당하고 나니 제정신이 아니었다. 자포자기했다. 모든 것을 검사의 뜻대로 맡겨버렸다.

2

"오늘부터 면회, 운동 금지가 해제되었어."

본부담당은 퉁명스럽게 쏘아 붙었다. 남한 사회에서 우대받고 사는 교장선생님이 간첩이라는 사실이 마땅찮았다. 몹시 미워졌다.

"운동을 나가게 되는 겁니까?"

"당연하지!"

"몇 개월 만에 햇빛을 보겠네."

윤 교장은 사랑하는 그리운 고운 연인을 만난 것처럼 반겼다. 비좁은 감방에서 빨리 빠져나가고 싶었다. 단 몇 초라도 좋았다.

"운동시간은 20분이라는 걸 알고 있겠지?"

본부담당이 크게 인심 썼다.

"정말로 나가도 됩니까?"

윤 교장은 믿어지지 않아 망설였다. 반갑기는 한데 한편으로는 두려웠다. 한동안 감방에만 갇혀있었기에 밖으로 나가는 것이 겁나고 무서윘다.

"빨리 나가. 시간 없어!"

본부담당은 떠밀듯이 쫓았다.

윤 교장은 뛰어나갔다. 파란 하늘과 태양을 보고 싶었다. 창공을 날아다니는 새들이 그리웠다.

3

"흰 구름이 마실 나와 떨꺼둥이처럼 떠다니는 파란 하늘!"

윤 교장은 사동을 나와 장대처럼 서 있었다. 하늘을 쳐다보았다. 바닷물처럼 짙은 쪽빛 하늘에는 목화솜 같은 구름이 떠가고 있었다.

"눈부신 찬란한 태양!"

윤 교장은 손바닥으로 햇빛을 가렸다.

"얼마 만에 나온 운동인가."

윤 교장은 자신의 몸을 감싼 따뜻한 햇볕을 음미했다. 겨울의 싸늘한 공기 사이로 햇빛이 파고들었다. 태양의 따뜻한 손길이 감미롭게 느껴졌다.

"내가 살아 있는 건 분명하지?"

윤 교장은 들숨과 날숨을 크게 쉬어보았다. 두 팔을 벌렸다. 분명히 살아 있었다. 널 같은 감방에 갇혀있으면 무덤 속에 묻혀있는 주검이 되어버렸다.

"높은 담으로 에워싼 교도소이지만 새로운 세상처럼 아름답구나."

윤 교장은 두리번거렸다. 어두웠던 눈앞이 환하게 밝아졌다. 새로운 세상이 펼쳐진 것처럼 신비롭게 보였다.

비둘기들은 떼를 지어 교도소 위를 날아다니고 있었다.

4

"뭐 하고 있어. 하늘만 쳐다보고 있다가 운동을 끝낼 거야?"

운동담당이 뒤에서 떠밀었다. 재소자가 처연하게 하늘만 바라보고 있는 것이 참으로 딱하게 보였다.

"참으로 오랜만에 밖으로 나오니…."

윤 교장은 담당에게 떠밀려 걸어갔다. 걷다가 멈추어 섰다. 두리번 거렸다. 두 사람은 나란히 걸었다. 운동담당의 눈치를 살피며 가끔 무슨 말을 주고받았다. 한 사람은 땀을 흘리며 달리기를 했다. 누군가는 양지바른 담 밑에 서 있었다. 햇빛 속에 파묻혀 꿈을 꾸고 있는 것 같았다.

"교도소에서 처음 하는 운동인가 보지?"

운동담당은 윤 교장에게 관심을 보였다.

"오랜만에 운동을 하니 신기해서요."

윤 교장은 어리둥절했다. 다시 천천히 걸어갔다. 교도소에 입소하여 강제로 끌려 나왔을 때가 생각났다. 억지로 떠밀려 운동을 몇 번 하였었다. 그 후 운동 금지가 되어 감방에서 나오지 못했다.

윤 교장은 모든 것이 신비스러웠다. 사동과 담 사이의 좁은 공간을 다시 살펴보았다. 담 밑의 살피꽃밭에는 노란 국화꽃의 꽃잎이 구드러져 추레하게 보였다.

5

"동네 고샅보다 비좁은 운동장!"

윤 교장은 괜히 짜증이 났다. 비좁은 감방에서 지내고 있으니 운동하는 시간만이라도 넓은 곳에서 뛰어다니고 싶었다.

"죄수들이라고 해서…."

윤 교장은 발길을 재우쳤다. 잰걸음으로 걷기운동을 시작했다. 몇 걸음 걷고 나니 숨이 찼다. 햇빛이 가득한 양지바른 곳을 찾아갔다. 일광욕을 하며 햇볕의 따뜻함을 음미했다.

"호루루루…."

운동담당이 구석에 서서 지켜보다가 호루라기를 불었다.

"벌써 끝났습니까?"

한 재소자가 투덜거리며 항변했다.

"말이 많다. 빨리 입방."

운동담당은 손목의 시계를 들여다보았다.

"운동 나온 지 몇 분이나 되었다고."

윤 교장은 운동담당의 눈치를 살피며 씨우적거렸다. 천천히 걸었다. 비좁은 감방에서 나오니 들어가기가 싫었다. 토끼를 가두어 놓은 토끼장 같은 작은 관 속이었다. 감방에 가득한 독가스 같은 악취에 질식될 것만 같았다. 뼛속까지 파고드는 겨울의 차가움도 싫었다. 어린애들처럼 종일 밖에서 뛰놀고 싶었다.

6

운동을 마치고 감방에 들어온 지 얼마 안 되어서였다.

"2103번 윤선준, 면회."

접견연출담당이 특사 출입구 앞에 서서 악을 써댔다. 그 소리가 사동을 흔들었다.

"무슨 소리야. 면회라고?"

윤 교장은 앉아있다가 벌떡 일어났다. 누군가 찾아왔다는 사실이 반가웠다.

"22방입니다."

윤 교장은 감시 통에 대고 자신의 방을 알려주었다.

"아내가 왔겠지?"

윤 교장은 첫날밤에 아내를 대면한 것처럼 흥분했다. 몸이 바르르 떨렸다. 얼굴이 상기되어 화끈거렸다.

7

"22방도 찾아온 사람이 있네."

본부담당은 주머니에서 열쇠를 꺼내 들었다. 열쇠로 자물쇠를 풀었다. 철문을 열었다.

"면회 가시오."

본부담당은 퉁명스럽게 쏘아 붙였다.

"누가 왔을까요?"

윤 교장은 방문을 나서면서 담당을 바라보았다. 갑자기 불길한 예감이 머릿속으로 찾아들었다. 귀살쩍었다. 반가운 흥분은 단번에 가셔버렸다. 두려움이 눈앞에서 아른거렸다.

"가보면 알아."

본부담당은 외면했다. 사실 아무것도 알 수 없었다.

"누굴까?"

윤 교장은 자신에게 물었다. 고무신을 질질 끌며 통로를 따라 걸어갔다.

"가족이 왔겠지."

본부담당은 철문을 닫아 잠그며 장단을 맞추었다.

"빨리 오시오. 시간 없으니까."

접견연출담당은 출입문 밖에 서서 손짓을 했다. 면회하러 온 가족이 기다리고 있을 것이다. 민원이기에 빨리 처리해야 했다.

윤 교장은 고무신을 신고 뛰듯이 걸었다.

"틀림없이 아내가 왔을 거야."

윤 교장은 내색은 하지 않았지만 날이면 날마다 아내를 기다리고 있었다. 자신의 옥중수발을 들어줄 사람은 집사람밖에 없었다.

8

접견6호실 안은 서러움으로 가득했다. 두 사람은 철창살을 사이에 두고 서로를 바라보며 흐느끼기만 했다. 한참 동안 말을 하지 않았다. 하염없이 흘러내리는 눈물을 닦았다.

"여보."

윤 교장은 눈물을 삼키며 철창살 건너편에서 있는 아내를 물끄러미 바라보았다. 볼을 타고 내려온 눈물방울이 턱에 매달려있었다.

"우리가 무슨 죄를 지었다고…."

아내는 손수건으로 서러움을 훔쳤다. 철창살 안쪽에 갇혀있는 남편에게 시선을 보냈다.

"당신은 별일 없지요?"

윤 교장은 아내를 걱정했다.

"나도 끌려가서 조사받았어요."

아내는 정신을 가다듬었다.

"당신은 아무것도 모르지 않아요?"

"자식들과 서울 집에 있어서 아무것도 모른다고 했지요."

"그것이 사실이니까."

"거짓말한다고…."

아내는 울음을 터뜨렸다. 고문받았을 때가 생각나 서러웠다. 공갈, 협박 때문에 두려움에 떨고 있었다.

"혼났겠네?"

윤 교장은 강 건너 불구경하듯이 물끄러미 바라보았다.

9

"정섭이가 살아서 집에 왔던가요?"

아내는 큰자식을 생각했다.

"죽지는 않았어요."

"다행이네."

"큰자식 때문에 집안이 쑥대밭이 되었는데…?"

윤 교장은 큰아들이 야속스러웠다. 간첩으로 내려오지 않았으면 이런 일이 없었을 것이다. 기가 막힌 일이었다.

"정섭이는 간첩이 되고 싶어서…? 어쩔 수 없이…. 집을 찾아왔겠어요?"

아내는 큰아들의 심정을 헤아려보았다.

"작은아들 경섭이까지 징역살이하게 되니…."

윤 교장은 속상해할 아내의 심정을 헤아려보았다. 남편 잘못 만난 죄로 생고생을 하고 있었다.

"세상에 이런 일도…?"

아내는 다시 눈물을 닦았다.

"작은아들을 면회했어요?"

"아니요."

"경섭이는 정말로 억울한데…."

"이것이 무슨 날벼락입니까?"

아내는 넋을 잃었다. 아무것도 생각나지 않았다. 하염없이 흘러내리는 눈물만 훔쳐냈다.

10

면회장은 슬픔으로 가득했다. 세상에서 가장 불행한 부부가 만나서 서럽게 흐느끼고 있었다.

"많이 힘들었지요?"

윤 교장은 흘러내리는 눈물을 손등으로 쓱쓱 문질렀다.

"고향 동네에서는 못 살겠어요."

아내는 콧물을 닦으며 남편을 바라보았다.

"무엇 때문에?"

"남들이 간첩집안이라고 손가락질하며 따돌리니까."

"왕따를 당하는군요? 앞으로는 서울에서만 살아요. 고향에 오지 말고!"

"그러려고요."

아내는 눈물을 닦았다.

11

"딸내미는 시집에서 쫓겨나 집에 와 있어요."

"간첩 딸이라고…?"

윤 교장은 목이 메어 말하지 못했다. 가족들이 당해야 할 고통을 생각하니 가슴이 터질 것만 같았다.

"사위가 출세하는 데에 지장이 있다고…. 이혼하자고 한답니다."

"행정고시에 합격한 잘난 놈이라…."

"출세할 길을 막는다고 하니…."

"자기 자식 놈은 어떻게 하고?"

윤 교장은 화가 치밀어 분노를 토해 냈다.

"난들 알겠어요."

아내는 무슨 말을 해야 할지 몰랐다.

"데려다 키워요. 예쁜 손자인데…."

"주겠어요. 간첩집안에…."

면회시간이 다 되었다는 신호가 들려왔다.

"면회 끝."

접견실담당은 접견부에 대화 내용을 적고 나서 서명하고 도장을 찍었다.

12

"여보."

윤 교장은 떠나지 못하고 그대로 서서 아내를 바라보았다.

"접견이 끝났다니까."

담당은 힐끗 쳐다보며 개 쫓듯이 악을 썼다.

"당신 몸조심해요."

아내는 남편에게 당부했다.

"다음 사람 면회해야 하니까 빨리 나가."

담당은 벌떡 일어나 떠밀었다.

"당신도…."

윤 교장은 떠밀려 나가면서 뒤를 돌아보았다. 아내는 나가지 못하고 망부석처럼 서 있었다.

대기하고 있던 다른 재소자는 호실로 들어갔다. 밖에서는 다른 가족이 들어오고 있었다.

13

"우리 집안이 왜 이렇게 되었을까? 이 일을 어떻게 해야 좋단 말인가?"

윤 교장은 제정신이 아니었다. 서럽게 흐느끼며 몸부림치는 나날들이었다.

"하나님, 제가 무슨 죄를 지었기에…? 간첩으로 집을 찾아온 자식을 신고하지 않은 것도 죄가 됩니까?"

윤 교장은 꿇어앉아 두 손을 모으고 기도했다. 모든 괴로움을 예수님에게 맡기고 싶었다. 그런데 짐은 더욱 무거워졌다. 예수님에게 화풀이하고 있는지도 몰랐다.

"애비가 자식을 죽이라는 말입니까? 6·25 때에 자식은 애비를 살렸는데…. 가족들이 당하고 있는 고통은…?"

"저는 예수님을 부정하는 공산주의자가 아닙니다."

"살아남기 위해 공산당에 가입한 사실은 부인하지 않겠습니다. 그 죄의 대가입니까?"

윤 교장은 몸부림쳤다.

"일제 강점기에 지주이며 친일파의 아들로서 가난한 사람을 괴롭혔던 죄 때문입니까? 그 벌은 받아야 하겠지요? 선한 분은 하나님뿐이라면서요?"

윤 교장은 아버지의 덕택으로 호의호식하며 잘살았었다. 지주였기에 재산을 빼앗기지 않으려고 친일을 할 수밖에 없었다. 부귀영화를 누리기 위해서는 조국을 배반해야 했다.

"이 무거운 짐을 어떻게 하면 좋을까요?"

윤 교장은 지난날을 돌아보며 미친 듯이 곱씹었다. 잘못된 삶으로 죄를 지었던 것은 분명했다. 상상도 하기 싫은 궤적이었다. 모두 지워버리고 싶었다. 더욱 생생하게 떠올랐다.

"차라리 죽어버릴까요? 자살하면 지옥으로 갈 텐데…? 죽고 싶어도 자살할 수도 없고….”

윤 교장은 스스로 목숨을 끊어버릴 방법을 수없이 생각했다. 감방에는 목을 맬만한 장소가 보이지 않았다. 올가미도 있어야 했다.

"하나님, 죄를 많이 지은 저를 데려가시고…. 죄 없는 가족들을 잘 돌봐주소서.”

윤 교장은 꿇어앉았다. 두 손을 모으며 빌고 또 빌었다. 다른 방법은 없었다.

14

며칠이 지나갔다. 누군가 또 면회를 왔다.

윤 교장은 접견연출담당과 함께 접견실로 갔다. 무작정 재소자들이 있는 대기실의 구석으로 가 앉았다.

대기실에는 면회하려고 나온 재소자들로 가득했다. 떠드는 소리가 장날 장사꾼들이 물건을 팔고 사는 흥정을 하는 것처럼 소란스러웠다. 모두가 무죄라고 주장했다. 판검사를 도적놈들이라고 욕설을 퍼부어댔다. 변호사들은 사기꾼이라고 미워했다. 힘없이 착하게 살아가는 서민을 괴롭히는 놈들은 천벌을 받을 것이라고 저주를 퍼부어댔다.

"2103번 윤준선."

연출담당은 대기실을 들여다보며 찾았다.

"예."

윤 교장은 자리에서 벌떡 일어났다.

"간첩이 왜 거기에 앉아있어."

담당은 인상을 썼다.

윤 교장은 말을 못 하고 물끄러미 바라보았다. 아무리 생각해 보아도 잘못한 것이 없었다. 재소자이니까 당연히 재소자대기실에 있어야 옳았다. 저번에는 접견실에 들어오자마자 면회를 하였기에 호실로 들어갔었다.

"다른 재소자들과 접촉하여 포섭하려고?"

담당은 몽둥이로 내려치듯이 말했다.

"나는 간첩이 아닌데…."

윤 교장은 고개 숙이며 투덜거렸다.

"교도소에 갇혀있는 재소자들은 모두가 무죄지. 선하고 착한…. 남에게 사랑을 베푸는 성인군자들이고…. 빨리 이쪽으로 와! 여기에 앉아서 기다려!"

연출담당은 교도관들이 앉아있는 구석을 가리켰다. 간첩이기 때문에 다른 재소자들과의 접촉을 막기 위해서였다.

윤 교장은 지시에 따랐다.

"앞으로 면회 오면 대기실로 가지 말고 항상 그 자리에 앉아있어."

접견실책임교사는 망치로 대못을 박듯이 고정시켰다.

"재소들까지 빨간 물을 들게 하면 안 되지."

연출담당은 눈을 흘기며 장단을 맞추었다.

윤 교장은 가는 곳마다 철저한 감시를 당하고 있었다.

15

접견실의 분위기는 찬물을 끼얹듯이 싸늘해졌다. 교도관들의 비수 같은 날카로운 시선이 윤 교장에게 집중되었다.

"당신이 2103번 윤선준이요?"

접견교사는 날카로운 시선으로 노려보았다.

윤 교장은 고개 숙였다.

"교장선생님? 일가족간첩단사건의 주인공이시구먼?"

"언론에서 계속 떠들어대는 유명인사야. 날마다 톱뉴스로 나오지 않아?"

"할 짓이 없어 김일성이의 앞잡이 노릇 해?"

"학생들이 데모하는 것도 간첩들이 배후에서 선동한다면서?"

"어린 학생들에게 공산당 교육을 시켰겠네?"

"사람은 겉으로 보아서는 알 수가 없다니까? 열 길 물속은 알아도 한 길 사람 속은 모른다고?"

"교장선생님이 고정간첩일 줄이야?"

교도관들은 여기저기서 독침 같은 말을 쏘아붙였다.

윤 교장은 귀를 막았다. 눈도 감았다. 서러움을 꿀꺽 삼켰다.

16

"가족들도 이렇게 따돌림 당하고 있겠지? 그래서, 딸은 이혼 당하고…. 그런데, 사위는 어쩌겠어? 출세도 출세지만…? 오죽했으면 이혼하자고 했겠어?"

윤 교장은 고통받고 있을 딸의 모습을 떠올렸다. 딸과 이혼하자는 사위만을 탓할 수가 없었다. 세상이 그렇게 만들고 있었다.

"반공을 국시의 제일로 삼고…. 한국적 민주주의 토착화를 위한 유신 독재정권이 아닌가? 죄 많은 애비 때문에…?"

윤 교장은 서럽게 늘킴으로 흐느꼈다.

17

"뭐 하러 면회 왔느냐? 애비가 밉지도 않던?"

윤 교장은 철창살 건너편에 서서 울고 있는 딸을 향해 꾸짖었다. 사실은 자신에게 화풀이를 하고 있었다. 가족을 괴롭히는 죄인이었다.

딸은 아버지를 바라보지 못했다. 눈물만 닦았다.

"애비가 간첩이라고 하여 애 아빠가 이혼하자고 했다면서?"

윤 교장의 입술이 바르르 떨렸다. 세상인심이 야속스러웠다.

"예."

딸은 고개를 쳐들었다. 아버지를 바라보며 눈물을 훔쳤다.

"그래서?"

"행정고시를 합격하여 고급 공무원이 된 남편인데…. 앞길이 창창한데…. 출세하는 데에 지장이 있다고 하니까…."

딸은 더듬거렸다.

"어린 자식은 어떻게 하고?"

"내가 길러야지요."

"서울에 집이 있으니까 네 어미와 함께 살아라."

"그래야 할 것 같아요."

"다시는 고향에 올 생각을 말고."

윤 교장의 눈에서는 눈물이 하염없이 흘러내렸다.

"마지막으로 아버지를 뵙고 싶어서…"

"천하에 못된 짓을 한 애비를 봐서 무엇 하게?"

윤 교장의 볼에 엉켜있는 눈물방울을 손등으로 닦았다.

"큰오빠 때문에…"

그녀는 얼굴도 모르는 오빠가 야속스러웠다.

"모두가 네 애비 탓이다. 어서 가거라!"

윤 교장은 딸을 쫓았다. 마주 대하고 있는 것이 두려웠다.

"편지할게요."

"내 걱정은 하지 말고, 네 자식이나 잘 키워라. 편지할 것 없다."

"어린 자식의 장래가…?"

딸은 자신의 자식걱정이 먼저였다.

"세월이 가면…. 세상의 모든 것은 변하게 되어 있다. 내 말 깊이 새겨라."

윤 교장은 힘주어 말했다. 자신이 살아오는 지난날을 되돌아보니 그랬다. 침략자 일본이 망했다. 남북이 갈라졌다. 전쟁이 터졌다. 북에서 밀고 내려왔다. 김일성이 승리할 것 같았다. 유엔군이 들어와 밀어붙였다. 중국이 개입하여 38선 부근에서 휴전했다. 그리고 전쟁을 계속하고 있었다. 장기집권하던 독재자 이승만은 국민에게 쫓겨났다. 박정희는 군사쿠데타를 일으켜 정권을 잡았다. 두세 번에 양이 차지 않아 유신까지 하여 장기집권을 하기 시작했다. 반공을 국시의 제일로 삼아 공포 분위기로 유신 독재정권을 유지하고 있었다. 자유당의 독재정권을 무너뜨린 경험이 있는 국민은 저항하며 유신정권의 퇴진을 요구하고 있었다. 앞으로 어떻게 변하게 될지는 아무도 몰랐다.

"그렇게 된다면…."

그녀는 나름대로 자신과 자식의 미래의 삶에 대해 그려보았다.

"못난 애비가 네게 고통을 주어 미안하다."

윤 교장은 딸에게 용서를 빌었다.

"아버지!"

그녀는 말을 못 하고 아버지를 불러보았다. 불쌍하게 보였다.

"살아가다가 괴로우면 교회에 나가보아라. 예수님의 위로를 받을 것이다."

윤 교장은 달리 할 말이 없었다. 애비가 간첩이라고 하여 이혼을 당한 불쌍한 딸이었다. 하나님은 간첩이 아니라는 진실을 알고 계실 것 같았다.

13. 아내

1

윤 교장은 삭풍 속에서 운동을 하고 있었다. 진눈깨비 속을 달렸다. 숨이 찼다. 바람받이가 되는 담 밑으로 갔다. 몸을 웅크리고 서 있었다. 한겨울의 차가움이 살품으로 파고들었다. 몸이 바르르 떨었다. 교도소의 추이는 마음도 꽁꽁 얼어붙게 했다.

"2103번 변호사 접견."

청소부는 사동 후문으로 나와 운동하는 재소자들을 향해 소리쳤다.

"변호사 접견이라고?"

윤 교장은 자신을 찾는다는 걸 알아들었다. 대답을 못 하고 머뭇거렸다.

"2103번."

청소부는 나서는 사람이 없자 다시 불렀다.

"갑니다."

윤 교장은 시무룩하게 대답했다. 모든 것이 귀찮았다. 마지못해 살고 있었다. 날이 갈수록 죽고 싶은 생각뿐이었다. 얼굴을 찡그리며 천천히 걸어갔다. 운동하는 것이 더 좋았다.

"변호사가 접견 왔는데 뭐 하고 있어요?"

청소부는 교도관처럼 꾸짖었다. 이곳에서는 같은 재소자인 청소부들의 권한이 대단했다. 배식하고 식수나 잡수 등을 넣어주기 때문이었다. 가끔 감방에 있는 재소자들의 심부름을 하여주기도 했다.

"변호사를 사지 않았는데…?"

윤 교장은 청소부가 건네준 접견연출용지를 받아들었다. 사동으로 들어가 통로를 따라 걸어갔다. 발이 무거워 잘 떨어지지 않았다.

"빨리 와. 변호사님이 기다리고 있어."

접견연출담당이 사동의 출입문 밖의 통로에 서서 악을 썼다. 교도관들은 모두가 항상 바빴다. 재소자들이 지정거리면 다그쳤다.

"변론을 제대로 하지 못할 텐데…. 귀찮게!"

윤 교장은 혼잣말로 투덜거렸다. 발걸음은 천근만근이었다. 세상의 모든 것이 헛되고 헛되며 싫고 짜증이 났다.

2

윤 교장은 연출담당을 따라 변호사접견실로 들어갔다.

"윤선준 씨입니까?"

변호사는 접견실로 들어오는 재소자를 반겼다.

"예."

윤 교장은 변호사를 바라보며 머뭇거렸다. 도움을 주려고 온 사람이 아니라 감시하러 온 첩자로 보였다.

"여기 앉으세요."

변호사는 책상 건너편에 놓여있는 의자를 가리켰다.

"변호사를 선임하지 않았는데…?"

윤 교장은 고개를 갸웃거렸다. 책상을 앞에 놓고 변호사와 마주 보

고 앉았다. 옆에 있는 교도관을 힐끗 돌아보았다. 신경이 쓰였다. 따라
다니며 감시하고 있는 것 같아 두려웠다.

"나는 국선변호사입니다."

변호사는 자신을 소개했다.

"고맙습니다."

윤 교장은 고개 숙였다. 인사치레를 했다. 변론을 제대로 하지 못하
리라는 선입견 때문에 반갑지는 않았다. 유신 독재정권의 첩자라는 상
상을 지울 수가 없었다.

"내일 재판이 있다는 것 아시지요?"

"예. 통보를 받았습니다."

"변론하려면 사건 내용을 알아야 하겠기에…?"

"수고하시겠습니다."

윤 교장은 미안했다. 돈 주고 사선변호사를 선임하지 않았다. 필요
할 것 같지 않았다. 빨갱이 김일성괴뢰도당의 간첩이라 하여 정성을 다
해서 변론해줄 만한 변호사가 없을 것 같았기 때문이었다. 형식적으로
구색만 갖춘 것뿐이라고 생각했다.

"교장선생님이십니까?"

"예."

"고정간첩이라고요? 언론에서 매일 대서특필입니다."

변호사는 시대의 상황을 암시해주고 있었다.

"교장선생인 교육자가 간첩이라고 해서?"

윤 교장의 눈앞에는 신문이 펼쳐져 있었다. 보지 않아도 알 수 있
었다.

"교육자의 일가족이 김일성공산당의 간첩이라고!"

"교장선생의 한 가족들이 간첩이라는 사건?"

윤 교장은 어깃장을 놓았다.

3

"고정간첩이 분명합니까?"

변호사는 궁금했다.

"아닙니다."

"그런데?"

"6·25 때에 북으로 넘어갔던 큰아들이 간첩으로 남파되어 집에서 이틀간 숨어 있다가 돌아간 사실은 있습니다."

윤 교장은 침착하게 말했다.

"그랬군요."

변호사는 고개를 끄덕거렸다.

4

"억울합니다."

윤 교장은 변호사를 바라보았다.

"뭐가요?"

"나는 절대로 간첩이 아닙니다."

"왜요?"

"김일성의 지령을 받았거나, 간첩질을 한 사실이 없습니다. 진실입니다."

윤 교장은 항변하듯이 말했다. 변호사에게 화풀이를 하고 있었다.

5

"조서를 보니 6·25 때 공산당에 가입했다고 되어 있던데?"

변호사는 윤 교장을 뚫어지게 바라보았다. 부인해도 빠져나갈 수 없다는 사실을 암시해주고 있었다.

"그것은 집안이 가멸어서…. 목숨을 부지하기 위해서…. 어쩔 수 없이…."

윤 교장은 고개를 처들었다. 변호사를 바라보며 애걸했다. 소용없는 짓이라는 걸 알면서도 하소연하고 있었다.

6

"아들은 어떻게 해서 북으로 가게 되었습니까?"

변호사는 이해하기가 어려웠다. 남들이 부러워할 만큼 잘사는 부잣집이었기 때문이었다.

"공산당 당원이었기에…."

윤 교장은 말끝을 흐렸다.

"큰아들은 왜 공산당 당원이 되었습니까?"

"모르겠습니다. 제 놈이 좋아하니까…."

"교장선생님은 왜 공산당에 가입했습니까?"

"큰아들이 공산당에 가입하면 살 수 있다고 하기에 어쩔 수 없이…."

"자식이 아버지를 살리기 위해서?"

"죽고 싶은 사람이 있겠습니까?"

"하는 수 없었겠군요."

변호사는 이해가 되었다.

"일제 강점기에는 재산을 지키기 위해 친일을 했듯이…."

윤 교장은 거리낌 없이 태연하게 말했다. 인간의 욕심 때문이라는 사실을 감추지 않았다.

"무슨 말인지 알겠습니다."

변호사는 고개를 끄덕였다. 전쟁 통에 개죽음을 당하고 싶은 사람은 아무도 없었다. 살기 위해서는 시킨 대로 따라야만 했을 것이 분명했다.

7

"나는 어떻게 될 것 같습니까?"

윤 교장은 마른침을 삼켰다.

"반공을 국시의 제일로 삼고 있는 유신정권이라서…. 그리고 한국적 민주주의 토착화가…. 또 삼권을 대통령이 손에 쥐고 있어서…."

변호사는 윤 교장을 바라보며 어눌하게 얼버무렸다. 어쩌면 사형을 면치 못할 것이라는 선입견을 버릴 수가 없었다.

"무슨 말씀을 하시는지…?"

윤 교장은 눈을 지그시 감았다.

"나도 모르겠습니다. 판사가 변론을 부탁하기에…. 거절할 수가 없어서…."

변호사는 접견을 간단히 끝냈다. 간첩이기에 조심스러웠다. 교도관이 중앙정보부의 첩자일지도 몰랐다. 잘못하다가는 의심받아 곤욕을 당할 수 있기 때문이었다. 이렇게 찾아온 것은 형식에 불과했다.

8

"잘 부탁드립니다."

윤 교장은 애걸하는 것처럼 말했다.

"나는 판사가 아닌데…. 유신정권은 대통령이 입법 사법 행정의 권한을 제한할 수 있다는 사실을 아시고 있지요? 그래서 판사도…."

변호사의 입술에는 조소가 묻어있었다. 씨우적거리는 말속에 가시가 박혀 있었다.

"국민의 자유권을 제한하고 있으니…."

윤 교장은 고개를 끄덕였다.

"그 긴급조치가…."

변호사는 고개를 돌렸다.

"그렇다고 죽이지는 않겠지요?"

윤 교장은 눈물이 나오려고 하였다.

"유신을 반대하는 모든 불순세력은 역적 김일성의 조정을 받고 있으니…."

변호사는 살 수 없을 것이라는 말을 이렇게 암시했다.

"정말 그런 걸까요?"

윤 교장은 입술을 깨물었다.

"그러게 말입니다."

변호사는 서류를 가방에 담았다.

9

"재판받기 전에 얼굴이라도 보아야 하겠기에…."

변호사는 자리에서 일어났다. 옆에서 적고 있는 교도관에게 시선을 보냈다. 접견이 끝났다는 신호였다.

"들어갑시다."

교도관은 변호사의 접견부 작성을 마쳤다.

"찾아와주셔서 감사합니다."

윤 교장은 자리에서 일어났다. 인사치레를 했다. 교도관의 앞을 섰다.

"내일 봅시다."

변호사는 안타까웠다. 혀를 차며 뒤를 따라갔다.

10

합의부 법정 높은 곳에 있는 판사석에 세 명의 판사가 나란히 앉아있었다.

"피고인."

재판장이 피고인석에 서 있는 윤 교장을 내려다보았다.

"생년월일은?"

재판장은 조서를 들여다보았다.

"1911년 2월…."

윤 교장은 더듬거리며 말했다.

"본적은?"

"전남 장흥군 부산면…."

"주소는?"

"본적과 같습니다."

"이름은 윤선준?"

판사가 말했다.

"예."

"교장선생님이시죠?"

"예."

윤 교장은 작은 목소리로 대답했다.

인정심문이 끝났다.

11

재판장은 검사를 바라보았다. 모두진술을 하라는 것이었다.

"피고인."

검사는 윤 교장을 노려보았다.

윤 교장은 대답하지 않았다. 검사의 날카로운 시선이 부린 화살처럼 날아와 찔러대는 것 같았다. 무서워 피하려고 고개 숙였다.

"공소장 받았죠? 읽어봤죠? 범죄사실 인정합니까?"

검사는 피고인이 대답하지 않기에, 댓바람에 묻고 있었다.

윤 교장은 대답을 하지 않고 재판장을 바라보았다.

"고정간첩 맞지요?"

검사는 인상을 써댔다. 솥뚜껑으로 자라를 잡듯이 짓눌렀다.

"아닙니다."

윤 교장은 검사를 향해 항변했다.

"오리발 내도 소용없어. 증거가 있는데?"

검사는 자신의 죄를 뉘우치고 자백하여 선처를 바라는 것이 훨씬 유리하다는 말을 덧붙였다.

12

"억울합니다."

윤 교장은 고개를 쳐들었다.

"뭐가 억울해? 큰아들 윤정섭이 6·25전쟁 때에 이북으로 넘어갔죠? 윤정섭이 간첩으로 남파되어 집에 찾아온 적이 있었고? 간첩으로 온 큰아들을 숨겨 주었다가 북으로 넘어가도록 도와주었죠? 간첩을 왜 신고하지 않았어요?"

검사는 신경질을 내며 물어댔다.

윤 교장은 입술을 굳게 다물고 있었다.

13

"아들 정섭이 집에 찾아와서 김일성의 지령을 전달했지요?"

검사는 다그쳤다.

"아닙니다. 그런 사실은 절대로 없습니다."

윤 교장은 펄쩍 뛰었다. 재판장을 바라보았다. 고개를 저어댔다.

"당신, 교장선생이 맞소? 간첩을 왜 신고하지 않았소?"

검사는 칼로 심장을 찌르듯이 노려보았다.

윤 교장은 입술을 깨물었다.

14

"6·25 때 공산당에 가입했지요?"

윤 교장은 대답하지 않았다.

"왜 대답을 못 해? 벙어리가 되었나?"

"이상입니다."

검사는 간단하게 모두진술을 마쳤다.

15

"변호사님, 말씀하시지요."

"지령을 받지 않았고 간첩질을 한 일이 없어서 간첩이 아니라고 부인하는 거죠?"

변호사는 윤 교장을 바라보았다.

"예."

윤 교장은 어눌하게 말했다.

"이상입니다."

변호사는 단 한 마디로 간단하게 끝냈다. 중언부언할 수가 없었다. 그럴 필요도 없었다.

16

"이 재판은 사건의 중요성을 감안해 비공개하겠습니다."

재판장이 힘주어 말했다. 이 재판은 공개하지 말라는 지시가 내려졌다. 든손에 일사천리로 끝내라는 압력이 들어왔다. 그대로 실행할 수밖에 없었다.

"무슨 말씀입니까?"

윤 교장은 재판장을 바라보았다.

"재판을 공개하지 않는다고 했어요!"

판사는 신경질을 내며 꾸짖었다.

윤 교장은 왜 비공개로 하느냐고 따지려다가 참았다. 그럴 필요가 없을 것 같았다.

"다음 재판은 두 주 후 오후 2시에 열겠습니다. 증거를 제출하시기를 바랍니다."

재판장은 검사와 변호사를 번갈아 바라보았다.

"그렇게 하겠습니다."

검사는 당당하게 말했다.

"교도관, 데려가요."

재판장은 조서 뭉치를 한쪽으로 밀어놓았다.

피고인의 바로 뒤에 앉아있던 교도관이 자리에서 일어났다. 피고인의 팔을 잡으며 끌어당겼다.

윤 교장은 수긋이 따라갔다. 방청석을 살펴보았다. 아내를 찾고 있었다.

17

윤 교장은 면회실에 안으로 들어갔다.

"또 왔어요?"

윤 교장은 철창살 건너편에 서 있는 아내를 바라보며 꾸짖었다. 일주일이 멀다 하고 찾아다녔다. 속으로는 반가웠지만 미안했다. 못난 남편을 만나서 고생하고 있었다.

"당신이 사형을 당하게 될지 모른다고 하던데…?"

아내는 남편 걱정에 잠시도 마음이 놓이지 않았다. 용하다는 점쟁이, 무당, 사주를 잘 본다고 소문이 난 철학관을 찾아다녔다. 언젠가는 판수에게 무꾸리를 하였다. 모두가 고개를 갸웃거리며 걱정했다.

"공칙스럽게 되지 않는 한 사형이야 당하겠소?"

윤 교장은 아내를 안심시키려고 태연하게 말했다. 유신 독재정권이 북한 김일성을 이용하고 있기에 사형시킬 것이라는 예감이 들었다. 영구집권의 사기극을 반공으로 감추며 사탕발림을 하고 있었다.

"설마가 사람을 잡는다고…."

아내는 손바닥으로 눈물을 훔쳤다.

18

"경섭이가 걱정입니다."

"작은아들이 무슨 죄가 있다고?"

"작은아들을 만나보았소?"

"아직…."

아내는 또 눈물을 닦았다.

"큰아들 정섭이가 간첩으로 집을 찾아왔던 것이 화근이 되었으니…."

윤 교장은 말을 못 했다. 한숨만 몰아쉬었다.

19

"변호사를 선임해야 한다고 하던데…?"

"변호사?"

"국선변호사는 일을 해주지 않는다고 해서…?"

"사선변호사도 마찬가지일 거요?"

윤 교장은 고개를 저어댔다. 간첩이기에 어느 누구도 적극적으로 나설 수 없을 것이다. 유신 독재정권의 눈 밖에 나면 사회에서 매장되기 때문이었다. 독재정권의 눈치를 보아가며 구렁이 담 넘어가듯 적당하게 생색만 낼 것이 분명했다.

"최선을 다해야 합니다."

아내는 또 흐느끼기 시작했다.

20

"돈 있소?"

"전답이라도 팔아서…?"

"나는 괜찮으니 경섭이나 살려보시오."

윤 교장은 작은아들을 걱정했다. 자신은 살 만큼 살았다.

"어떻게 해서든 변호사를 살게요?"

"그것이 당신의 소원이라면 알아서 하시오."

윤 교장은 더 이상 말리고 싶지 않았다. 아내의 원이라도 풀어주어야 할 것 같았다.

"무슨 날벼락이…."

아내는 기가 막혔다.

21

"어떻게 해서든 막내아들 경섭이는 살려내야 합니다."

윤 교장은 사형을 면하기가 어려울 것이라는 직감을 지워버리지 못했다. 유신 독재정권의 현 정치적 상황이 그랬다. 유신 독재는 자신의 모든 잘못을 김일성의 북한괴뢰정권 탓으로 떠넘기고 있었다.

"당신은 왜 죽어야 합니까?"

아내는 남편도 소중했다.

"저들이 간첩이라고 하니까…."

윤 교장은 어깃장을 놓았다.

"이념이 무엇인가? 자본주의 공산주의는 누가 만들었는가? 왜 한 민족이 두 패로 나뉘어 힘 겨루기를 하고 있을까? 하필이면 정섭이가 왜 간첩으로 내려왔을까?"

아내는 미친 사람처럼 씨부렁거렸다.

"여보, 미안하고 고맙습니다."

윤 교장은 태연한 체했다. 아내가 새삼스럽게 존경스러웠다. 안타깝고 측은하여 초라하게 보였다.

"무슨 소리 하는 거요?"

아내는 눈물을 닦았다. 정신을 가다듬었다.

22

두 사람은 잠시 침묵했다.

"다음 재판은 언제지요?"

아내는 눈물을 훔쳐냈다. 슬퍼하고 있을 때가 아니었다. 어떻게 해서든 살려내야 했다.

"재판은 비공개인데…?"

"그래도….'

"다음 주 목요일 오후 두 시이니까?"

윤 교장은 또박또박 말했다. 아내가 지켜보았으면 좋겠다는 소망을 담았다.

면회가 끝났다는 버저 소리가 길게 울렸다.

23

"속옷과 담요를 넣었어요."

아내는 차가운 겨울 날씨를 생각했다.

"경섭이에게도 넣어주었지요?"

"예."

"자주 오지 말아요."

윤 교장은 돌아서며 당부했다.

아내는 나가지 못하고 남편의 뒷모습을 바라보았다.

24

법정 방청실은 한 사람도 없었다. 휑뎅그렁하게 텅 비어 조용했다. 호젓한 후미진 산골 같았다.

"피고인. 사선변호사를 선임했지요?"

재판장은 재판을 시작했다. 바로 앞에 서 있는 피고인을 내려다보왔다.

"저는 잘 모르겠습니다."

윤 교장은 시선을 변호사에게 보냈다. 아내가 선임한 모양이었다.

"예. 정식으로 선임되었습니다."

변호사는 재판장에게 시선을 보냈다.

"국선변호사는 필요 없으니 취소합니다."

재판장은 고개를 끄덕거렸다.

"변호사는 무슨 변호사. 돈만 들어가겠지?"

윤 교장은 속으로 두런거렸다.

25

"심문하시지요."

재판장은 검사에게 시선을 보냈다. 사실관계를 입증하라는 것이었다.

"재판장님."

변호사가 발등걸이하여 나섰다.

"무업니까?"

재판장은 변호사를 바라보았다.

"피고인의 작은아들 경섭이가 같은 사건으로 구속되어 있습니다."

"그래요?"

"그렇습니다."

검사는 맞장구를 쳤다.

"그러면 사건을 병합해서 함께 심리해야 하겠네?"

재판장은 고개를 끄덕거렸다. 분리해서 심리하면 복잡하고 시간만
낭비했다.

"같은 사건이니까."

변호사는 재판장의 표정을 살폈다.

"그렇게 하는 것이 좋겠습니다."

검사는 동의했다. 반대할 필요가 없었다.

"그렇게 하지요. 다음 기일은 추후에 지정하겠습니다."

재판장은 조서를 덮었다.

26

재판은 병합하여 다시 시작되었다.

윤 교장은 검사의 물음에 대답을 회피했다. 간첩이 아니라고 부인했다. 억울하다고 하소연도 했다.

"피고인. 사실을 인정하지 그래?"

검사는 참다못해 얼굴을 찡그리며 피고인을 노려보았다.

윤 교장은 검사의 시선을 피하려고 고개 숙였다.

"큰아들 윤정섭이 공산당 당원으로서 6·25 때 월북한 것 맞지요?"

검사는 다시 되짚어 물었다.

윤 교장은 입술을 굳게 다문 채 고개만 끄덕였다.

"판사님이 알아들을 수 있도록 큰 소리로 말하시오."

검사는 몽둥이로 치듯이 꾸짖었다.

"다시 묻겠는데 윤정섭이 월북한 사실이 있지요?"

"예."

윤 교장은 기어들어 가는 목소리로 대답했다.

"피고인도 공산당원이지요?"

윤 교장은 대답을 하지 않고 시선을 내리깔았다.

"살기 위해 공산당에 가입했다면서?"

"어쩔 수 없이…."

윤 교장은 얼버무렸다. 통하지 않는다는 사실을 잘 알고 있었다.

"큰아들 윤정섭이 간첩으로 남파되어 집에 찾아온 사실이 있지요?"

"간첩인 줄 알고 숨겨 주었지요?"

"이틀간 간 집에 있었어요?"

"다시 월북하게 도와주었지요?"

"간첩으로 내려온 아들 정섭이 북으로 넘어갔잖아?"

검사는 독침을 꽂아대듯이 추궁했다. 피고인의 대답과 상관없이 끊임없이 물었다. 조금도 거칠 것이 없었다. 재판은 비공개였다. 재판의 형식만 갖추면 되었다. 판결의 권한은 대통령이 가지고 있었다.

윤 교장은 입술을 굳게 다물고 있었다.

27

"왜 신고하지 않았어요?"

검사는 물고 늘어졌다. 바로 이것이 고정간첩이라는 증거였다.

"자식이라…."

윤 교장은 항변을 하려다가 참았다.

"큰아들이 와서 무슨 말을 전해주던가요?"

"아무런 말이 없었습니다."

윤 교장은 검사를 힐끗 쳐다보았다.

"김일성의 지령을 받아 학생들에게 빨갱이 물을 들였겠지? 이상입니다."

검사는 잘근잘근 곱씹어댔다.

"변호사님, 물어볼 말이 있으면 물어보시지요?"

재판장의 시선이 변호사에게 갔다.

"피고인, 6·25 때 공산당에 가입했던 적이 있습니까?"

변호사는 피고인을 안타까운 시선으로 바라보았다. 마음속으로 동정하지만 적극적으로 나설 수 없는 현실이 가슴 아팠다. 자신이 살기위해서는 형식으로 변론할 수밖에 없었다. 잘못했다가는 피고인과 같이 빨갱이로 몰릴 수 있었다. 어느 귀신이 잡아갈지 알 수 없었다. 보이지 않는 시선이 감시하고 있었다. 어딘가에 도청장치가 설치되어 녹음하고 있을 것이다. 중앙정보부 요원이 숨어서 지켜보고 있을 것이다. 사정에 못 이겨 억지로 맡았을 뿐이었다. 국가를 전복시키려는 간첩이기에 형식만 갖추어 재판하고 있다는 사실도 알고 있었다.

"죽기가 싫어서…. 큰아들이 아버지가 살아남으려면 공산당에 가입해야 한다고 하기에…. 어쩔 수 없이…."

윤 교장은 더듬거리며 얼버무렸다.

"정섭이가 협박을 했군요?"

"지주의 아들이었기에 생명의 위험을 느끼고…."

"자진해서 공산당에 가입한 것은 아니지요?"

"당연하죠."

윤 교장은 힘주어 대답했다.

"살기 위해서 어쩔 수 없이 큰아들이 시키는 대로 한 것뿐이지요?"

"죽고 싶은 사람 있습니까?"

"큰아들 정섭이가 간첩으로 내려왔을 때 무엇 때문에 자수를 시키지 않았습니까?"

"간첩인지 몰랐습니다. 말을 하지 않아서…."

윤 교장은 고개 숙였다. 거짓말하고 있었다. 이렇게 말한 것이 자신에게 유리할 것 같았다. 사실은 간첩인 줄 알았지만 자식이기 때문에 신고할 수가 없었다.

"간첩인 줄 알았으면 자수시켰거나 신고하였겠습니다."

변호사는 추임새를 메기었다.

"국가를 위해서 당연히 그렇게 해야 하는 것 아닙니까?"

윤 교장은 발림을 하였다. 사실은 자식을 살리기 위해 자수시키지 않았다. 신고할 수도 없었다. 북에 두고 온 아들의 가족을 생각했었다.

"만약에 간첩인 줄 알았다 할지라도 자식이기 때문에 신고할 수 없었던 것은 아니겠지요?"

변호사는 덧붙이면서 속으로 웃었다. 피고인은 말도 안 된 소리를 하고 있었다.

"아니요. 억지로 끌고 가 자수를 시켰거나 신고하였을 겁니다. 역적인 김일성괴뢰도당의 앞잡이니까."

윤 교장은 억지소리를 하고 있었다. 자신의 속내를 들여다보며 비웃었다.

"정말이지요?"

"자식보다 국가 더 중요하지 않습니까?"

윤 교장은 뻔뻔스럽게 대거리했다. 자신이 미친 사람같이 보였다. 살기 위해서 거짓말하고 있었다.

"직업이 교장선생이라 학생들에게 그렇게 해야 한다고 가르쳤지요?"

변호사는 한술 더 떴다.

"당연하죠."

윤 교장은 재판장을 쳐다보았다.

"이상입니다."

변호사는 더 이상 묻지 않았다. 그럴 필요가 없기 때문이었다. 판사들도 인간이기 때문에 알고 있을 것 같았다.

29

"피고인 윤경섭."

"ㅁ대학에 다니고 있는 학생이지?"

검사는 피고인을 노려보았다.

"예."

"몇 학년?"

"4학년입니다."

"'좋은 날을 위하여'라는 동아리의 회장직을 맡고 있지?"

"그렇습니다."

경섭은 태연하게 대답했다.

"무엇을 목적으로 하는 단체지?"

"공부를 열심히 하여 좋은 미래를 기약하자는 모임입니다."

"새마을사업으로 국가를 부강하게 만든 유신정부를 타도하자는 반국가 단체가 아니고?"

"정치와는 아무런 상관이 없습니다."

"간첩인 형이 내려와 김일성의 지령을 받고 만든 단체가 아니야?"

"아닙니다. 형이 있는지도 모릅니다."

"단체 운영자금은 김일성이가 보내주었지?"

"말도 안 됩니다. 회원들이 각출하여…."

"아버지가 건네준 오백만 원의 활동자금을 사용했잖아?"

"아버지는 한 푼도 안 주었는데요."

"일원도 안 주었다고? 간첩으로 내려온 형이 피고인에게 건네주라고

한 오백만 원을 받아 사용해 썼잖아?"

"그런 사실은 전혀 없습니다."

"김일성이가 보내준 장학금까지 받아 썼으면서…?"

"지금 무슨 소리를 하는 것입니까? 억울합니다."

경섭은 재판장을 쳐다보았다.

30

"피고인 윤선준."

검사의 시선이 윤 교장에게 갔다.

"정섭이가 가져온 지령을 경섭이게 알려주었다? 오백만 원도 건네주고?"

검사의 독침 같은 시선은 윤 교장에게 날아가 찔러댔다.

"지령은 무슨 지령입니까? 오백만 원은 무슨 뚱딴지같은 소리입니까? 자식 학비는 내가 주었습니다."

윤 교장은 항의했다. 작은아들은 정말로 아무것도 모르는 일이었다. 정섭이가 다녀간 일은 가족 누구에게도 말하지 않았다. 까마귀 날 자 배가 떨어진 것뿐이었다.

"정섭이가 북에서 가지고 온 자금을 당신이 받아두었다가 경섭에게 건네주어 대학에서 동아리를 만들어 반정부 활동을 하고 있지 않아?"

"저는 아무것도 모릅니다."

윤 교장은 발버둥을 쳤다.

"말도 안 된 소리."

검사는 인상을 긁어댔다.

"세상에 이럴 수가 있습니까?"

경섭은 재판장을 바라보았다.

"무얼 잘했다고 그래?"

검사는 시퍼런 대검으로 무를 자르듯이 단칼에 베어버렸다.

"자식 놈은 아무것도 모릅니다."

윤 교장은 듣고만 있을 수가 없었다.

"이상입니다."

검사는 심문을 끝냈다.

31

"변호사님 반대심문 하시지요?"

재판장은 변호사를 바라보았다.

"피고인, 작은아들 경섭은 아무것도 모른다는 것 맞습니까?"

변호사는 윤 교장에게 물었다.

"정말로 억울합니다. 자식 놈은 아무것도 모릅니다."

윤 교장은 하소연했다.

"이상입니다."

변호사는 반대심문을 끝냈다. 특별히 물어볼 말이 없었다. 이미 짜인
극본이었다. 꼬치꼬치 따져보아야 피고인들에게 유익할 것이 없었다.

"오늘 심리는 여기서 끝내겠습니다. 다음 기일은 두 주 후 목요일 오
후 두 시로 하겠습니다."

판사들은 벌떡 일어나 법정에서 나가버렸다.

32

재판은 일사천리로 진행되었다. 한 주에 두 번씩 열렸다. 절차만 갖추었다. 형식적인 진행이었다. 든손에 마쳤다.

지난주에는 마지막 심리를 하였다.

검사는 윤 교장에게 사형을, 경섭에게는 15년의 금고형을 요구했다.

변호사는 사형만은 면하게 해달라고 선처를 호소했다.

피고인들은 최후의 진술을 하였다. 간첩이 아니라고 항변했다. 억울하다며 울먹였다.

재판장은 모든 것을 재판부에서 판단하겠다고 했다.

33

오늘은 선고하는 날이었다.

윤 교장과 경섭은 재판장 앞에 섰다.

"피고인 윤선준은 고정간첩이 아니라고 하나 공산당 당원이고 6·25 때에 월북한 큰아들 윤정섭이 간첩으로 남파되어 집에 찾아왔을 때 자수시키거나 신고해야 하지만 숨겨 주어 북으로 되돌려 보낸 사실을 시인하고 있습니다. 또 다른 간첩이 남파되어 피고인의 집을 찾아가려고 했던 것은 피고인이 고정간첩이라는 사실을 분명하게 입증시켜주고 있습니다."

재판장은 윤 교장을 내려다보았다.

"피고인 윤경섭은 대학교에서 '좋은 날을 위하여'라는 불순한 동아리를 만들어 유신정부를 타도하여 국가를 정복하려는 의도가 분명하므로 간첩활동 했던 사실이 인정됩니다."

재판장은 피고인 부자를 내려다보며 간략하게 판결문을 읽었다.

윤 교장은 고개를 숙이고 있었다. 입술을 깨물었다. 귀에는 아무런 소리도 들리지 않았다. 사형을 구형받았기 때문에 무서워 떨고 있었다. 죽음이란 늪 속에 빠져 허우적거렸다.

34

"피고인 윤선준은 사형, 피고인 윤경섭은 금고 7년 형에 선고한다."

재판장은 또박또박 형량을 말했다.

"이 판결에 불복하면 일주일 이내에 고등법원에 상소할 수 있습니다."

재판장은 힘주어 말했다.

"고등법원에서 다시 재판을 받아보시오."

재판장은 부드러운 시선으로 피고인들을 바라보며 당부하였다. 자신이 해줄 수 있는 말은 이것뿐이었다.

재판장은 선고를 마쳤다. 자리에서 벌떡 일어났다. 돌아서서 나가버렸다.

35

"사형이라고?"

윤 교장의 귓속에는 사형이라는 소리만 파고들었다. 그리고 범종의 맥놀이처럼 울려댔다. 다른 말은 들려오지 않았다.

"기가 막혀서!"

경섭은 몸을 바르르 떨었다.

"빨리 가."

교도관들은 달려들어 에워쌌다. 양쪽에서 팔을 잡고 끌어당겼다.

"사형!"

윤 교장의 몸은 주검처럼 굳어졌다. 발이 움직여지지 않았다.

"빨리 들어가!"

교도관들은 피고인을 붙잡고 시체를 끌고 가듯이 데려갔다.

14. 기도

1

"예수님, 저는 간첩이 아닙니다. 내가 사형당할 만한 죄를 지었습니까?"

윤 교장은 감방 가운데에 꿇어앉아 기도를 하였다. 눈에서는 눈물방울이 하염없이 흘러내렸다.

"자식을 신고하여 죽일 수 없지 않습니까? 이북에 가족을 두고 왔기에 자수를 강요할 수 없었습니다. 자수한다고 하여 살아난다는 보장도 없지 않습니까? 내가 공산당 당원이 된 것은 전쟁 통에 살아남기 위해서 어쩔 수 없는 선택이었습니다."

윤 교장은 하나님에게 하소연하며 화풀이를 해댔다.

"자본주의가 무엇이고 공산주의가 무엇인데…? 왜 남북이 갈라져서 어리석은 전쟁을 하고 있는지요? 전쟁이 끝난 것이 아니라 싸움을 잠시 휴식하는 휴전 중이랍니다. 총질은 하지 않는 것뿐 서로를 못 잡아먹어 안달이 났습니다."

윤 교장은 씨우적거리며 통곡하고 있었다.

"나는 사형장에서 이슬로 사라진다. 간첩이라는 누명을 쓰고! 고등법원에 항소하라고 합니다. 사형은 면할 수 있을까요?"

윤 교장은 멈추었던 숨을 몰아쉬었다.

"최선을 다해야 합니까?"

윤 교장은 완전히 제정신이 아니었다.

2

"모든 것은 때가 있지? 흥할 때가 있으면 망할 때가 있고?"

"낳을 때가 있으면 죽을 때가 있지? 그래서 생과 사는 하나고! 그런데, 그 죽음이 무서워서…."

윤 교장은 시도 때도 없이 혼잣말로 중얼거렸다. 죽음의 공포에 시달리며 괴로워하고 있었다.

"저승은 어쩌면 가장 편안한 휴식처인지도 모르는데…?"

윤 교장은 넋을 잃어버렸다. 저승으로 가지 않으려고 저항하고 있는지도 몰랐다. 욕심으로는 이승에서 영생하고 싶었다. 그런데 때가 되면 저승사자가 데려가 버렸다.

"영생은 죽은 후에 천당인지 지옥인지 모르지만 저승에 가서 하게 되는데…?"

윤 교장은 날이면 날마다 서럽게 흐느끼면 눈물을 훔쳐냈다.

3

윤 교장은 또 뺑끼통에 서서 철창살 사이로 보이는 조각난 하늘을 쳐다보았다. 두 손을 모아 기도하였다. 샘물처럼 솟아나는 서러움을 곱씹어댔다.

"고등법원에서 다시 재판을 받아보기 위하여 항소를 했습니다. 어쩌면 이심재판에서는 사형을 면하게 될지도 모르니까요. 작은아들의 형기도 감해질 수도 있으니까요? 죄가 없는데 너무 가혹합니다."

윤 교장은 한동안은 삶을 포기했었다. 상소를 하지 않으려고 했다. 아내와 교도관들의 권유로 고등법원에서 다시 재판을 받아 보기로 했다. 사형만은 면하게 될지 모른다는 기대감에서였다. 한 시간이라도 더 살 수 있다는 희망이 있기 때문인지도 몰랐다.

"예수님, 몇 시간 더 살아보려고 고통받는 것보다 자살하여 빨리 죽는 게 훨씬 편안하지 않을까요?"

윤 교장은 자살에 대한 충동도 버리지 못했다. 괴로울 때면 정말로 죽고 싶었다. 삶과 죽음을 함께 끌어안고 바동거리고 있었다.

4

"언젠가 죽게 되는데 서둘러 죽을 필요가 없다는 거요?"

윤 교장은 죽기 싫어 핑계를 대어 언턱거리를 하고 있는지 몰랐다.

"징역살이하다 보니 옷을 찢어 올가미를 만든다는 것도 알았는데…?"

윤 교장은 뺑끼통의 환기통 철창살에 목맨다는 사실도 동료에게 들어서 알고 있었다.

"살아 있으니 죽음의 고통도 느낀다는 겁니까?"

윤 교장는 늘킴으로 서러워했다. 눈가는 항상 슬픔으로 젖어 있었다.

5

"정말로 사형을 당하게 되는 걸까? 정치적으로 이용당하게 되면…?

그 희생의 제물이…?"

윤 교장은 갑자기 분노가 치밀었다. 자연사가 아니라 죄인이 되어 사형장에서 교수형을 당한다는 그 사실이 끔찍했다.

"위대한 영웅이고, 민족을 사랑하는 애국자이고, 훌륭한 대한민국의 지도자이신 대통령 각하님은 빨치산이 아니었던가?"

윤 교장은 억울하고 분했다. 유신 독재의 시대적인 상황이 매우 좋지 않았다. 살아남지 못할 것 같았다. 재판을 판사의 마음대로 할 수 없다는 것도 알고 있었다. 유신정권이 이용하고 있기 때문에 죽게 될 것은 불을 보듯이 뻔했다.

6

"이념이 무엇인가? 왜 반공을 국시의 제일로 삼게 되었을까?"
윤 교장은 공산당에 가입한 자신의 처지를 곱씹었다.
"제 무거운 짐을 예수님께 맡깁니다. 평화와 평안을 주소서….'
윤 교장은 영혼을 빼앗긴 허깨비가 되어버렸다.

7

죽음과 싸우는 고통스러운 하루하루가 지나가고 있었다. 낮이 지나고 밤이 되었다. 밤은 더욱 잔인했다. 두려움 속에서 몸부림치고 있었다.
"오늘 밤도 여전히 사형장의 저승사자가 찾아와서 괴롭히는구나!"
윤 교장은 환자처럼 자반뒤집기를 하다가 벌떡 일어났다. 방 가운데에 쪼그리고 앉았다. 홀로 흐느끼고 있었다.

"잠자지 않고 무엇 하고 있지?"

담당은 시찰구로 들여다보며 꾸짖었다.

윤 교장은 서러움을 삼키며 고개를 쳐들었다. 볼을 타고 내려오는 눈물을 닦았다.

"왜? 괴로운가요?"

야간담당은 사형수라는 사실을 알고 있었다. 요시찰자였다. 더욱 관심을 가지고 지켜보아야 했다. 자살을 할 수 있기 때문이었다.

윤 교장은 입술을 굳게 다물었다. 모든 것이 귀찮았다. 무슨 말도 귀에 들어오지 않았다.

"죽음은 인간의 뜻대로 되는 것이 아니지요?"

담당은 사형수라는 사실을 알고 있기에 위로해 주고 싶었다.

"너무 억울해서…."

"형이 확정된 것은 아니지 않아요? 아직 고법이 있고, 대법도 남아 있으니…, 그리고 대통령의 사면도 있답니다."

담당은 천천히 또박또박 말했다.

"대통령사면?"

윤 교장은 비웃었다.

"혹시 아십니까? 위대하신 대통령 각하님이라…?"

담당은 희망을 주려고 갖은 애를 썼다.

8

담당은 잠시 입술을 다물었다.

"종교를 가져 보시지요?"

담당은 조심스럽게 다가갔다. 공산주의자들은 신을 부인하기 때문이었다.

"교회에 다녔습니다."

윤 교장은 댓바람에 받았다.

"그렇다면 공산주의자가 아닌데…?"

담당은 교회라는 말을 듣고 용기를 얻었다.

"그래서 억울합니다."

"교회에 다닌 지 얼마나 되었습니까?"

담당은 재소자의 말을 믿지 않았다.

"몇 년 되었습니다."

"그래요?"

담당은 고개를 갸웃거렸다.

9

"성경을 읽고 싶은데…."

윤 교장은 성경책이 생각났다. 홀로 잠 못 이룰 때면 성경을 보았었기 때문이었다. 괴로움을 극복하는 데 많은 도움이 될 것 같았다. 생명이 붙어 있는 한 죽음과 싸워야 했다. 결국에는 주검으로 변하지만…. 인간은 하찮은 숨 쉬는 흙덩이인지도 몰랐다.

"성경책을 구하고 싶습니까?"

담당은 기독교 신자였다. 이념과 상관없이 도와주고 싶었다. 도움을 받았던 사람에게 베푸는 것은 사랑이 아니라고 했다. 미워하는 원수를 사랑해야 했다. 그것이 예수님의 진리였다.

"물론이죠."

윤 교장은 예수님을 만난 것처럼 반가웠다.

"면회 오면 가족에게 부탁해보세요. 서신으로 연락을 해도 되고. 소포로 부치거나…, 성경책을 구해서 넣어달라고 하면…. 받아서 볼 수가 있을 것입니다."

담당은 사형수의 괴로워하는 마음을 이해했다. 자살하게 될지도 몰랐다. 위로하고 달래주고 싶었다. 인간은 죽게 되지만 살아있는 한은 소중한 생명이었다. 스스로 목숨을 끊은 행위는 막아야 했다. 그것은 자신을 살해하는 가장 큰 죄악이기도 했다.

"가족이 보내주면 됩니까?"

윤 교장의 표정이 밝아졌다.

"교무과에서 거절할 이유가 없을 것 같습니다."

"그렇다면…."

윤 교장은 하나님을 만난 것처럼 편안함을 느꼈다.

10

"재소자들도 종교집회에 참여할 수 있다고 하던데…?"

윤 교장은 욕심이 생겼다. 언젠가 운동하면서 동료들이 하는 말을 들었었다. 청소부는 가끔 교회집회에 참석하고 와서 자랑스럽게 떠들어대었다. 떡이나 과일 같은 위문품도 가지고 왔었다.

"형이 확정되지도 않아서 당장은…. 또 사형수라 종교집회에 참석하기는 어려울 수도 있을 것 같아서…."

담당은 사실대로 말했다.

"아직 고등법원과 대법원이 있어 확정되지 않았으니까…?"

윤 교장은 고개를 갸웃거렸다.

그때였다. 사이렌 소리가 들려왔다. 꼬리를 물고 수탉이 홰를 치고 있었다.

"새벽이 된 것 같은데…. 눈을 붙여 보시오. 노루잠을 자더라도…."

담당은 시찰구의 덮개를 닫고 옆방으로 옮겨갔다.

그때 교회의 종소리가 은은하게 들려왔다.

"하나님. 이 죄 많은 죄인을 구해주소서…."

윤 교장은 무릎을 꿇었다. 두 손을 모았다. 또 기도를 하기 시작했다.

11

그 후 며칠이 지났다.

"2103번, 윤선준."

교무과담당이 특사의 22방 문 앞에 서서 시찰구로 감방을 들여다보며 불렀다.

"예."

윤 교장은 뺑끼통에서 환기통으로 하늘을 쳐다보고 있다가 얼른 대답했다. 이상하게 가슴이 설레었다.

"성경책 왔어요."

교무과담당은 손에 들고 있는 성경책을 내려다보며 고개를 갸웃거렸다. 지금까지 상상도 할 수 없는 일이 벌어졌기 때문이었다. 특사의 재소자들은 긴급조치나 정치사범을 제외하고는 대부분 공산주의자였다. 공산주의는 무신론을 주장했다. 신앙을 인정하지 않고 종교인을 배척하기 때문이었다.

"제게 주시는 겁니까?"

윤 교장은 흥분되어 얼굴이 화끈거렸다.

"집에서 보내왔는데…. 원하신다면 당장 드리지요."

교무과담당은 조금도 망설이지 않았다. 특사의 재소자들을 전향시키기 위해서는 성경책만큼 좋은 것이 없었다. 식구통으로 성경책을 밀어 넣어주었다.

"고맙습니다."

윤 교장은 받아들었다. 예수님을 대한 것처럼 반가웠다.

"신자가 분명합니까?"

교무과담당은 시찰구로 재소자의 행동을 살펴보았다. 이상하다는 듯이 고개를 갸웃거렸다. 다른 재소자와는 전혀 달라 보였다. 거짓으로 꾸미고 있는지도 몰랐다.

"교회를 여러 해 다녔습니다."

윤 교장은 눈물이 핑 돌았다. 찬송가를 부르고 목사님의 설교를 들으면서 마음의 위안을 받았었다. 괴로움과 고통과 두려움에 떨고 있는 자신의 삶을 모두 예수님에게 맡기고 위로받았다. 무거운 짐을 하나님으로부터 버리고 살아야 했다.

"잘 해보시오."

교무과담당은 퉁명스럽게 말하고 돌아섰다.

윤 교장은 성경책을 가슴에 안고 눈을 감았다. 하나님의 품속으로 들어간 것처럼 포근하게 느껴졌다.

"인간은 참으로 나약한 생물이야."

윤 교장은 죽음 공포 앞에서 자닝스럽게 시달리고 있었다. 자신이 참으로 불쌍하고 가련하게 보였다.

12

"전능하신 아버지 하나님, 제가 지금까지 살아오면서 지었던 모든 죄를 용서하여 주십시오. 일제 강점기에 지주의 아들로서 소작인들에게 배려하지 못하고 착취했던 잘못이 가장 큰 과오였습니다. 농사는 소작인들이 지어주어서 호의호식하였는데…. 고마운 줄 몰랐습니다. 소작인들을 깔보고, 멸시하고, 조롱하며 교만을 부리며 살았습니다. 감사하며 더불어 살았어야 했는데…. '욕심이 죄를 낳고 죄가 쌓여 죽음을 부른다.'고 하였는데…. 저의 과욕 때문에 사형을 당한 것은 아닌지요? '하나님의 아들 예수님께서 대신 피 흘려 죽게 하심으로 모든 인간의 죄를 깨끗하게 씻어 주셨다.'고 하셨는데…? 남에게 사랑을 베풀지 못하고 악한 일을 많이 하였습니다. 저의 죄를 참회하며 회개하오니…."

윤 교장은 꿇어앉아 성경책 위에 얼굴을 파묻고 흐느꼈다. 살아오면서 남을 괴롭혔던 일들을 낱낱이 떠올리며 회개했다. 마름을 시켜 소작료를 거두어들이던 일, 가난한 농부에게 소작논을 빼앗던 일, 배메기 논을 가지고 가난한 사람들을 조롱했던 일, 뭇가름을 하며 소작료가 적다고 소작논을 빼앗던 일, 자리품 농사라도 짓겠다고 하며 고자품으로 식량을 달라고 찾아온 이웃을 박대하던 일, 굶기를 밥 먹듯이 하는 가난한 이웃을 외면하던 일, 비렁뱅이를 학대하던 일, 일본에 아첨하며 동족을 괴롭히던 일, 부자라고 하여 가난한 사람을 깔보고 멸시하던 일, 남들의 도움을 받고 살았으면서 도와주지 못했던 일, 함께 살아가면서도 감사함을 몰랐던 일…. 이루 헤아릴 수 없이 많았다. 죽음을 앞에 놓고 생각하니 모두가 다 헛되고 헛된 일이었다. 불쌍한 사람을 도와주는 것이 옳았었다. 사랑을 실천하지 못했던 것이 후회되었다.

"네 이웃을 내 몸같이 사랑하라! 원수를 사랑하라! 겉옷을 달라하거든 속옷까지 내어 주어라."

윤 교장은 예수님의 말씀을 곱씹어댔다.

"인간은 어느 누구나 빈손으로 가는 것을…. 그래서 이승에서 어떻게 살아야 하는가가 참으로 중요하지. '많이 거둔 자도 남지 않았고 적게 거둔 자도 부족하지 않는다.'고 하셨는데…?"

윤 교장은 성경의 구절구절을 곱씹으며 음미해보았다.

13

"죽음은 무엇일까? 태어나는 모든 생명체는 죽게 된다. 생은 곧 사를 의미한다. 그래서 생과 사는 하나다."

윤 교장은 혼불이 나간 사람처럼 넋두리를 해댔다.

14

"선한 의인은 하나님 한 분뿐이라고 했는데…."

윤 교장은 슬그머니 자신을 합리화시켜보았다.

"간첩의 누명을 쓰고 죽는다는 것은 너무 억울합니다."

윤 교장은 고개를 저어댔다.

"유신 독재정권의 합리화를 위한 춤추는 꼭두각시가 되는 것은 더욱 더 싫습니다."

윤 교장은 하나님에게 억울함을 하소연하고 있었다. 살고 싶어서였다.

15

윤 교장은 성경책을 무작정 펼쳤다. 요한복음이 나왔다.

"태초에 말씀이 계시니라, 이 말씀이 하나님과 함께 계셨으니, 이 말씀이 곧 하나님이시라. 그가 태초에 하나님과 함께 계셨고…."

윤 교장은 성경책을 읽기 시작했다. 눈 속에는 눈물이 가득 고여 흐릿해졌다. 성경의 글자가 잘 보이지 않았다.

'하나님, 이 죄인은 어떻게 되는 겁니까?'

윤 교장은 고개를 쳐들었다. 하염없이 흘러내리는 눈물을 주체할 수가 없었다. 손바닥으로 훔치고 훔쳐내도 자꾸만 흘러내렸다. 서러움만 복받쳤다.

"하나님, 이 못난 죄인을 살려주옵소서!"

윤 교장의 흐느끼며 애걸했다.

16

"하나님의 말씀을 읽으며 위로를 받고 싶었는데…?"

윤 교장은 성경책을 덮었다. 벌떡 일어났다. 뻥끼통으로 들어갔다. 환기통의 철창살 사이로 하늘을 쳐다보았다. 저녁노을이 붉게 물들어 있었다. 또 교도소의 하루가 저물어갔다.

"이승의 여행길도 황혼이니…?"

윤 교장은 자신이 살아왔던 궤적을 다시 더듬어 보았다. 어느새 생의 끝자락에 다다라 있었다.

"마무리가 너무나도 비참하니…. 사형장에서 생을 마감한다고…?"

윤 교장은 몸서리쳤다.

"슬퍼한다고 해결되는 것은 아닌데…? 만사는 내 뜻대로는 된 것이 하나도 없었어…. 모든 것을 하나님께 맡기는 수밖에…."

윤 교장은 명줄을 하나님께 맡기고 있었다. 그분의 뜻에 따르기로 결정했다. 몸부림치며 괴로워한다고 해서 해결될 문제가 아니었다. 두려움에서 벗어나기 위해서는 다른 방법이 없었다.

"인간들은 자기만 잘났다고 남들을 짓밟으며 방정을 떨지만 한없이 연약한 불쌍한 존재야!"

윤 교장은 젖어있는 눈가를 소맷자락으로 닦았다.

17

"예수님도 자신의 죽음을 알고 두려워했었지? 하나님의 뜻대로 하시라고 맡기면서도…?"

윤 교장은 예수님의 죽음을 떠올렸다. 예수님은 자신의 죽음을 알고 계셨다. 가까이 다가와 있었기에 괴로워했었다.

"겟세마네에서 기도하시면서…. '아버지께서는 모든 것이 가능하오니 이 잔을 내게서 옮기시옵소서. 그러나 나의 원대로 마시옵고 아버지의 원대로 하옵소서!' 하시면서…."

윤 교장은 마가복음 14장 36절을 떠올렸다. 예수님께서는 십자가에 못 박혀 죽게 될 죽음을 앞두고 두려워 기도했었다. 하나님의 뜻을 거스를 수 없다는 사실을 잘 알고 있으면서도 투정을 부려댔다. 인간의 죽음이 모두 그럴 것 같았다.

"예수님은 죄가 없으신데…. 이 세상 사람들의 모든 죄를 대신 지시고…. 십자가에 매달려서…?"

윤 교장은 예수님이 몸부림치는 모습을 수없이 다시 그려보았다. 자신의 처지도 흡사한 것 같았다.

"나도 예수님처럼…. 언젠가…. 사형장에서…. 그러니, 자살할 필요가 있겠어? 기다려야지?"

윤 교장은 예수님에게 언턱거리 하며 마음의 위로를 받고 싶었다.

"예수님을 믿으며…. 기도하고…. 찬양도 하며…. 나의 모든 고통을 맡기고 편안하게 살다가…. 때가 되면 미련 없이 사형장으로 가서…?"

윤 교장은 황혼으로 물든 하늘을 쳐다보았다. 붉게 물든 구름이 핏덩이처럼 보였다. 죽음을 받아들이며 마음을 정리하고 싶었다.

18

"하나님, 저는 예수님은 아닙니다. 그러나, 하나님이 택하신 자녀이기에…. 이 죄인의 죽음도 하나님 뜻대로 하시고…. 예수님이 모든 사람의 죄를 대신 지고 가신 것처럼…. 저도 다른 사람들의 죄를 함께 가져가게 하셔서…. 다시는 저 같은 억울한 죄인이 생겨나지 않게 하여주소서. 그리고 평화통일 주시고…. 마지막 저 한 사람의 희생으로…. 이 추악한 전쟁을 끝맺게 하여주소서!"

윤 교장은 뻥끼통에서 나갔다. 감방 가운데에 꿇어앉았다. 성경책을 들고 폈다. 시선을 날카롭게 세웠다. 성경책을 읽어 내려갔다.

19

윤 교장은 그저 성경만 붙들고 있었다. 시간 가는 줄 몰랐다. 점심때가 되었다. 구매밥이 들어왔다. 콩밥을 먹으면서 예수님의 말씀을 곱씹었다. 그리고 함께 삼켰다.

윤 교장은 식사를 마쳤다. 비좁은 감방 안에서 바장이고 있었다.

"2103번 윤선준, 출정!"

출정담당이 특사로 들어가며 소리쳤다.

"22방입니다."

윤 교장은 기다렸다는 듯이 대답했다.

본부담당은 호주머니에서 열쇠를 꺼내 들고 다가갔다. 자물쇠를 풀고 문을 열었다.

"갑자기 무슨 출정입니까?"

윤 교장은 감방을 나서며 고개를 갸웃거렸다.

"나는 몰라."

본부담당은 외면했다.

"빨리 와. 시간 없어."

출정담당은 사동 출입구에 서서 채찍질하듯이 재우쳤다. 교도관들은 항상 바빴다.

20

"손 내밀어, 시승하게!"

출정담당은 수갑을 들고 설쳐댔다. 사형수는 특별계호의 대상자였다. 그래서 사동에서 묶어 연출했다.

윤 교장은 다가가 손을 내밀었다.

출정담당은 양쪽 손목에 쇠고랑이 채워졌다. 오랏줄로 몸을 묶었다. 능숙한 솜씨였다. 든손에 시승을 마쳤다. 난든집이라 단숨에 끝냈다.

"빨리 가."

출정담당은 재소자의 등을 떠밀었다.

"갑자기 오후에 무슨 출정입니까?"

윤 교장은 밀려가며 뒤를 돌아보았다. 오금이 저렸다.

"고등법원 재판인 것도 몰라?"

출정담당은 퉁명스럽게 쏘아댔다.

"고등법원 재판?"

윤 교장은 잊고 있었다.

"재판기일 통보 받지 못했어?"

출정담당은 신문하듯이 말했다.

"항소이유서를 썼던 적은 있는데…?"

윤 교장은 성경책 속에 빠져서 허우적거리느라 망각하고 말았다.

21

윤 교장은 호송차에 오르면서 발을 헛디뎠다. 몸이 묶여 있어 중심 잡기가 어려웠다. 하마터면 넘어질 뻔했다.

"밥 안 먹었어."

출정담당이 뒤에서 잡아주었다.

"천천히 합시다."

윤 교장은 봉고에 올라갔다. 안으로 들어갔다.

"아버지."

경섭은 뒷좌석에 앉아서 아버지가 차에 오르는 것을 지켜보고 있었다.

윤 교장은 발을 멈추었다. 아들을 바라보았다.

"여기에 앉아."

출정담당이 윤 교장을 앞쪽 자리에 앉혔다.

"몸은 괜찮지?"

윤 교장은 자리에 앉으면서 아들을 돌아보았다. 옆에 있는 교도관의 눈치를 살폈다. 입을 틀어막지 않는 것이 이상했다.

"좋아요. 아버지는?"

경섭은 아버지가 걱정되었다.

"나야 뭐-."

윤 교장은 말을 못 하고 울먹였다. 오랏줄에 묶여 있는 자식의 모습을 보니 가슴이 미어졌다. 애비 때문에 고생한다고 생각하니 또 서러움이 복받쳤다.

22

"재판받을 때 뭐라고 말할까요?"

경섭은 아버지를 도와주고 싶었다. 어떻게 해서든 사형은 면해야했다.

"사실대로 말해라."

윤 교장은 창밖을 내다보았다.

"아버지가 무슨 간첩이라고…?"

경섭은 눈물을 글썽거렸다.

"너는 대학을 다닌 죄밖에 더 있느냐?"

윤 교장은 앞날이 창창한 자식을 걱정했다.

"죄가 없어도 각본을 짜 만들면…."

경섭은 억울함을 반추하며 곱씹어 삼켰다.

"기도해라. 하나님은 알고 계시겠지."

윤 교장은 눈을 감았다.

23

"누가 통방하라고 했어. 입 다물어!"

담당은 참고 있다가 눈을 흘기며 노려보았다. 듣고 있다 보니 너무 심한 것 같았다.

차 안이 조용해졌다.

"갑시다."

출정교사는 승차하여 앞자리에 앉았다.

호송차는 서서 움직여 앞으로 나아갔다.

정문 앞에 멈추어 섰다.

"추가 출정 두 명입니까?"

정문담당은 나와 호송차 안을 확인했다. 출입증은 이미 받아 놓았었다.

"예. 두 명입니다."

"알겠습니다."

정문담당은 확인하고 교도소의 정문을 열어주었다.

호송차는 정문을 조심스럽게 빠져나갔다.

24

"내가 살아서 이 정문을 나갈 수 있을까?"

윤 교장은 정문을 나가면서 속으로 중얼거렸다. 그리고 눈을 감고 기도했다. 사형은 면하게 해달라고 애원하고 있었다.

"나 같은 죄인 살리신 주의 은혜 고마워….'

윤 교장은 마음속으로 찬송가를 부르기 시작했다.

"아버지여! 아버지께서는 모든 것이 가능하오니 이 잔을 내게서 옮기옵소서. 그러나 나의 원대로 마시옵고 아버지의 원대로 하옵소서!"

윤 교장은 성경책의 마가복음을 생각했다. 예수님께서 겟세마네에서 기도하는 모습을 다시 상상하며 음미했다.

"아버지, 저들을 사하여 주옵소서. 자기들이 하는 짓을 알지 못함이니이다."

윤 교장은 예수께서 십자가에 못 박혀 돌아가실 때 하시던 말씀이 떠올랐다. 미친 사람처럼 곱씹으며 되뇌었다.

25

"간첩이 된 애비와 두 아들."

윤 교장의 눈앞에는 큰아들과 작은아들의 모습이 교차하며 아른거렸다. 가족이지만 남북으로 나뉘어져 원수가 되어버렸다. 남보다 못한 처지였다. 그렇게 척이 져도 삼부자지간임에 틀림이 없었다.

"전쟁은 무자비하고 사악한 흡혈귀, 사랑은 영원한 진리이며, 아름다운 천사!"

"원수를 사랑하라. 겉옷을 달라고 하거든 속옷까지 내주어라. 오 리를 가자고 하거든 십 리까지 가거라. 오른뺨을 때리거든 왼뺨도 대 주어라!"

윤 교장은 미친 사람처럼 넋두리를 해댔다.

"심판은 하나님이 하시는 거야!"

윤 교장은 늘킴으로 서럽게 흐느꼈다.

"이제 다 이루었다!"

윤 교장은 요한복음 19장 30절에 있는 예수님께서 숨을 거둘 때 마지막으로 하신 말씀을 되새기었다. 흐르는 눈물을 닦았다.

  (교장선생님은 대법원에서 사형확정판결을 받은 즉시, 사형장에서 사형집행을 당했음.)

아버지와 두 아들

홍인표 지음

발행처   도서출판 청어
발행인   이영철
영업   이동호
홍보   천성래
기획   남기환
편집   방세화
디자인   이수빈 | 김영은
제작이사 공병한
인쇄   두리터

등록   1999년 5월 3일
         (제321-3210000251001999000063호)

1판 1쇄 발행 2023년 6월 30일

주소   서울특별시 서초구 남부순환로 364길 8-15 동일빌딩 2층
대표전화 02-586-0477
팩시밀리 0303-0942-0478
홈페이지 www.chungeobook.com
E-mail   ppi20@hanmail.net

ISBN   979-11-6855-163-3 (03810)

이 책의 저작권은 저자와 도서출판 청어에 있습니다.
무단 전재 및 복제를 금합니다.